Für alle, die kämpfen müssen. Viel Kraft!

Über die Autorin:

Mehr auf: www.melisa-schwermer.de

Melisa Schwermer, geb. 1983 in Offenbach, verschenkte schon als Kind lieber selbst Verfasstes als selbst Gebasteltes an die Verwandtschaft. Nach einer Lehre als Industriekauffrau und dem Abitur am Abendgymnasium studierte sie Germanistik und Philosophie. Derzeit promoviert sie in Literaturwissenschaft.

Mit ihrem Thriller „Injektion“ gelang ihr 2014 der Sprung in die Top 20 der Amazon-Kindle-Charts. Nach dem zweiten Teil, „Die Rache“, erschien 2015 der Thriller „Abgewiesen“, der es bis auf Platz 2 der Kindle-Charts schaffte und sich wochenlang in den Top 10 hielt. „So bitter die Schuld“ war sechs Wochen lang in den Top 10 der BILD-Bestsellercharts und mehrere Wochen an der Spitze der Kindle-Charts und wurde außerdem unter die fünf Finalisten des Storyteller-Awards gewählt.

Weitere lieferbare Titel:

So bitter die Schuld

So dunkel die Angst

Gequälte Seelen

Aus dem Verborgenen

Abgewiesen

Diverse Kurzgeschichten in Anthologien

1. Kapitel

In der Toilettenkabine war es eng und es roch nach einer Mischung aus Desinfektionsmitteln, Urin und danach, wie Frauen untenrum eben rochen. Zudem war die Sauberkeit etwas, an dem der Laden dringend arbeiten musste. Kein Wunder, um diese Uhrzeit. Der überwiegende Teil der Gäste im *Flamingos* war alles andere als nüchtern, was auch die Zielsicherheit der Damen beim Pinkeln beeinträchtigte. Die unappetitliche Umgebung blendete sie so gut es ging aus, als sie den Taschenspiegel auf der Halterung für das Toilettenpapier ablegte. Auf der Oberseite war eine kleine ebene Fläche, die früher mal als Aschenbecher gedient hatte, als Rauchen in Bars noch erlaubt gewesen war.

Sie klopfte ein Steinchen von dem Koks aus der Tüte, zermalmte es mit ihrer Kreditkarte und schob es zu einer schmalen Linie zusammen. Dann hielt sie sich den Spiegel unter die Nase, steckte sich den zusammengerollten Zehner in eines der Löcher und atmete kräftig ein. Ein leichtes Brennen breitete sich auf ihren Schleimhäuten und im Rachen aus. Mit dem Finger wischte sie den Rest des Pulvers auf und leckte ihn ab. Sofort merkte sie, wie die Droge ihr das nötige Selbstbewusstsein verlieh. Genau das brauchte sie jetzt. Zum ersten Mal würde sie einen Mann mit nach Hause nehmen, um mit ihm ins Bett zu steigen. Wenn denn alles so funktionierte, wie sie es sich vorstellte.

Sie packte die Utensilien in ihre Handtasche und verließ die Kabine.

An den Waschbecken im Vorraum drängten sich die Frauen, um im Spiegel ihr Aussehen zu überprüfen. Sie zitterte leicht, als sie sich dazustellte. Keine von denen schenkte ihr Beachtung, sie waren alle viel zu sehr mit sich selbst beschäftigt. Sie bleckte die Zähne und kontrollierte, ob Spuren ihres Lippenstiftes zu sehen waren. Nichts. Lasziv fuhr sie sich mit der Zunge über die Lippen. Die Farbe schmeckte leicht nach Erdbeeren, zumindest bildete sie sich das ein. Sie fand die Vorstellung aufregend, dass sie diesen Geschmack bei einem Kuss weitergeben würde. Bevor sie zurück in die Bar ging, legte sie noch etwas Parfüm nach und zupfte mit den Fingern ihre blonde Mähne in Form.

Er stand auf blonde Frauen, das hatte ihr Evelina verraten. Jeden Mittwoch besuchte er das *Flamingos*. Nicht immer buchte er im Voraus eines der Mädchen. Anscheinend wollte er sich von Zeit zu Zeit auch mal auf sein Glück verlassen, sich beweisen, dass er es als Mann noch draufhatte. Dann kam er in der Regel gegen halb elf, bestellte sich einen Drink und saß meist nicht lange alleine am Tresen. Kein Wunder, er sah nach einer Menge Geld aus. Maximal eine Stunde, dann befand er sich in weiblicher Gesellschaft, so hatte sie es die letzten Wochen beobachtet. Die Frauen waren immer blond gewesen. Die Brünetten oder Rothaarigen, ja auch die Schwarzhaarigen ließ er eiskalt abblitzen, wenn sie sich zu ihm setzten. Evelina hatte nicht gelogen. Gut so, schließlich hatte sie ihr genug Geld dafür in den Rachen geworfen.

Nun trug sie also für ihn eine blonde Perücke, auch wenn ihr diese Haarfarbe eigentlich überhaupt nicht stand. Aber hier ging es um seinen Geschmack, nicht um ihren. Es würde sowieso nicht nur auf die Haarfarbe ankommen. Die Frauen, die er sonst mitnahm oder buchte, waren kurvige Schönheiten mit langen Beinen und schmalen Taillen. Sie selbst war mit ihren eins fünfundsechzig nicht besonders groß und auch Kurven hatte sie kaum zu bieten – nur an den Stellen, wo man mit entsprechender Unterwäsche nachhelfen konnte. Dafür war sie jedoch eloquenter und vermutlich auch intelligenter als die meisten anderen Frauen in diesem Etablissement.

Aber davon würde sie sich jetzt nicht entmutigen lassen. Es war nur ein Test, das musste sie sich immer wieder vor Augen halten. Ein Test, der dieses Mal einen Schritt weitergehen sollte. Bisher hatte sie immer nur geflirtet, nie versucht, jemanden mit nach Hause zu nehmen. Doch selbst wenn es schiefgehen sollte, was hatte sie zu verlieren? Niemand in der Bar – einschließlich *ihm* – kannte sie, es gab keinen Grund, sich Sorgen zu machen.

Endlich drehte sie sich um und stolzierte aus dem Damenklo. Er saß noch immer alleine vor seinem Drink an der Theke. Rechts von ihm hatte sich eine Brünette platziert, die ihn offensichtlich bald anbaggern wollte.

»Du hast keine Chance, Mädchen, spar dir die Mühe«, murmelte sie in sich hinein und durchquerte zielstrebig die nicht gerade modern eingerichtete Bar. Jetzt war der Zeitpunkt, anzugreifen, bevor sie es sich anders überlegte und womöglich kniff. Sie setzte sich auf den freien Barhocker zu seiner Linken, schlug die Beine übereinander und lehnte sich nach vorn zum Barkeeper.

»Hey, Roman, machst du mir einen Erdbeer-Daiquiri?«, rief sie ihm zu und wünschte sich sofort, sie hätte es nicht getan. In diesem Aufzug erkannte er sie ja überhaupt nicht. Zum Glück schien er sich nicht daran zu stören, sondern nickte ihr nur freundlich zu. Das war ja noch mal gut gegangen.

Sie warf sich die vorher extra auf ihrer Schulter drapierte Strähne in den Nacken und wandte sich nach rechts. Natürlich hatte er sie bemerkt und musterte sie neugierig. Anscheinend entsprach sie genau seinem Beuteschema. Sie schenkte ihm ein Lächeln und schaute dann sofort wieder weg. Männer wollten jagen, sie durfte auf keinen Fall zu früh interessiert wirken.

»Was halten Sie davon, wenn ich Ihnen den Drink bezahle und Sie dafür mit mir anstoßen?«

Das ging schneller als sie erwartet hatte. Kein erotisches Saugen am Strohhalm, kein laszives Ablecken der Finger? Hätte sie darauf wetten müssen, wie lange es dauerte, bis sie ihn an der Angel hatte, sie hätte haushoch verloren. Sie schaute ihn mit gesenktem Kopf an, klimperte mit ihren Wimpern und leckte sich über die Lippen.

»Warum eigentlich nicht?«, sagte sie schließlich und streckte ihm ihre Hand hin.

Er drückte den Rücken durch und breitete die Beine lässig aus, was auf dem Barhocker ein wenig zu gestelzt aussah. Vermutlich, um sich ihr in seiner vollen Mannespracht zu zeigen. »Ich bin Erik«, sagte er und ergriff ihre Hand. »Mit wem habe ich die Ehre?«

»Wir sind schon bei den Vornamen? Dann nenn mich doch einfach Eva.«

»Eva«, wiederholte er. »Wie die allererste Frau. Hocherfreut.«

Als ihr Cocktail kam, wies er den Barkeeper an, das Getränk auf seine Rechnung zu schreiben und bestellte sich selbst einen doppelten Whiskey. Es war der Zweitteuerste auf der Karte.

Mit ihren falschen Fingernägeln streichelte sie über seinen Oberarm und schaute ihm dabei tief in die Augen. »Du scheinst ein dickes Bankkonto zu haben, wenn du dir diesen exklusiven Tropfen leisten kannst.«

Er grinste sie an. Man konnte quasi sehen, wie seine Brust vor lauter Stolz ein wenig breiter wurde. »Mit einer eigenen Immobilien-Firma, die Luxusapartments in Frankfurt vermittelt, stirbt man bestimmt nicht arm. Zumindest nicht, wenn man es richtig anstellt. Und ich, das kannst du mir glauben, kenne mich aus in der Branche.«

Was für ein Angeber, dachte sie angeekelt. Aber sie war selbst dran schuld, hatte sie doch das Geld angesprochen. Dabei war es für ihre Zwecke völlig unerheblich. Jetzt würde sie sich das Geschwafel darüber, wie erfolgreich er doch war, vermutlich den ganzen Abend lang anhören müssen.

Tatsächlich redete Erik, der *Luxusmakler,* die nächste halbe Stunde ununterbrochen davon, was für ein toller und kosmopolitischer Typ er doch war, und wie sehr er in Frankfurt von den Reichen und Schönen geschätzt wurde. Vermutlich konnte er froh sein, dass er so viel Geld hatte, andernfalls würde sich keine einzige Frau für ihn interessieren. In Wirklichkeit war er nämlich nicht annähernd so gut aussehend, wie er glaubte. Das lag vielleicht aber auch daran, dass er im Laufe des Gesprächs für ihren Geschmack einige Sympathiepunkte eingebüßt hatte.

Sie bestellte sich einen weiteren Erdbeer-Daiquiri und er wurde nicht müde, mit seinen Erfolgen zu prahlen. Verstand er denn nicht, dass er sie nicht überzeugen musste? Die Mühe war umsonst. Als er immer noch keine Anstalten machte, den ersten Schritt zu wagen, stand sie vom Barhocker auf.

»Danke für den schönen Abend, lieber Erik«, säuselte sie ihm ins Ohr.

»Oh, muss er denn schon zu Ende sein?«, fragte er mit gespielter Enttäuschung.

Na endlich. »Nicht, wenn du das nicht willst.« Sie zwinkerte ihm zu. Erik winkte dem Barkeeper, zahlte ihre Rechnung mit, und half ihr in ihre Lederjacke. Seine Hand berührte dabei rein zufällig ihre Hüfte und blieb etwas zu lange darauf liegen. Sie hatte ihn.

Gemeinsam stolperten sie aus der Bar und gingen langsam die Straße in Richtung Park entlang. Die Luft war feucht und kühl, und von einem benachbarten Restaurant zog der Geruch von gebratenem Fleisch und Knoblauch zu ihnen herüber.

»Also, wie geht der Abend nun mit uns beiden weiter?«, fragte er und warf dabei einen Blick auf seinen Geldbeutel, den er noch immer in der Hand hielt. Ein diskretes Zeichen dafür, dass er auch bereit war, für eine gemeinsame Nacht mit ihr zu bezahlen.

»Wie wäre es mit einem Kaffee und einem Absacker bei mir?«

»Klingt verlockend. Nehmen wir ein Taxi?«

Es wurde also tatsächlich ernst. Mit einem Mal spürte sie, wie die Nervosität zurückkam. Neben ihrem Bett lag alles parat: Fesseln, Augenbinde, eine Packung Kondome. Und trotzdem fühlte sie sich auf einmal nicht mehr bereit. Vielleicht machte sie gerade einen Riesenfehler ... Sie brauchte noch etwas mehr Zeit. Ein kleiner Spaziergang, und wenn sie es sich auf dem Weg anders überlegte, würde sie die ganze Sache abblasen.

»Ich brauche noch ein wenig frische Luft. Lass uns durch den Park gehen und dann schauen, ob wir eins finden, in Ordnung?«

Abrupt blieb er stehen und schaute sie an. Skepsis lag in seinem Blick. »Durch den Park? Also gut, wie du meinst.«

Sie hakte sich bei ihm unter. Am Eingang des Parks passierten sie einen Spielplatz und gingen weiter in Richtung Norden. Mit jedem Schritt wuchs ihre Aufregung, und damit stieg ihr auch der Alkohol mehr zu Kopf. Zusätzlich war der Boden aufgeweicht vom Regen, und ihr Gang wurde wegen der High Heels zunehmend unsicherer. An einer besonders aufgeweichten Stelle blieb ihr Absatz im Kiesweg stecken, und sie rutschte mit dem Fuß aus dem Schuh.

»Huch«, sagte er und fing sie auf. Dann kicherte er. Auch bei ihm entfaltete der Alkohol seine Wirkung.

Sie drehte sich um und bückte sich, um den verlorenen Schuh aufzuheben. Die Gelegenheit nutzte er und klatschte ihr mit der flachen Hand auf den Hintern.

Seine Finger wanderten fordernd darüber. Plötzlich hielt er inne.

»Was ist das denn? Was soll das?«

Mit dem Schuh in der Hand richtete sie sich wieder auf und schaute ihn perplex an.

»Was läuft denn hier? Willst du mich verarschen?«, rief er und wich einen Schritt zurück.

»Wovon redest du?«

»Hast wohl gedacht, ich wäre zu besoffen, um es zu merken, oder? Aber nicht mit mir. Das wird heute Abend nix. Verpiss dich bloß und lass mich in Frieden.« Damit drehte er sich um und stapfte in die Richtung, aus der sie gekommen waren.

Sie starrte ihm einige Sekunden hinterher, zog dann den zweiten Schuh aus und setzte sich ebenfalls in Bewegung. Bis zum Taxistand wären es nur noch wenige Minuten gewesen; sie war so weit gekommen! Er konnte sie doch jetzt nicht so einfach abweisen!

»Hey, warte doch bitte!«

Tatsächlich blieb er stehen. Beim Näherkommen erkannte sie, dass er seine Hände zu Fäusten geballt hatte. Die Wut in seinen Augen sprang sie förmlich an.

»Ich werde dir zeigen, mit wem du dich hier angelegt hast. Du bist ja völlig weich in der Birne! Krank! Ja, krank bist du! Dämliches Miststück«, presste er zwischen den Zähnen hervor und kam bedrohlich auf sie zu. »Grundgütiger Gott, wie konnte ich nur so dämlich sein?«

Sie wollte etwas entgegnen, doch ihr Kopf war wie leer gefegt. So durfte er nicht mit ihr reden. Niemand gab ihm das Recht, sie so zu behandeln. In der Dunkelheit des Parks funkelte sie ihn an.

Das Gesicht ihres Vaters starrte zurück.

Plötzlich wurde sie von einer unbeschreiblichen Wut gepackt. Hass durchflutete jede Faser ihres Körpers.

Ohne zu merken, was sie überhaupt tat, hob sie den Schuh an und schlug damit nach seinem Kopf. Der Absatz traf ihn an der Stirn. Sie zog ihn quer über sein Gesicht und hinterließ dabei eine Platzwunde an der Augenbraue, die sofort zu bluten anfing.

»Scheiße, Mann!«, spie er hervor. »Du bist ja tatsächlich völlig durchgeknallt!« Mit der einen Hand hielt er sich die blutende Wunde. Mit der anderen stieß er sie, sodass sie nach hinten stolperte. Dann riss er ihr den Schuh aus der Hand und schleuderte ihn weg.

»Du darfst nicht so mit mir reden«, murmelte sie. Wie in Trance wechselte sie den verbliebenen Schuh in die rechte Hand und hieb erneut auf ihn ein. Dieses Mal traf sie ihn an der Schläfe, sodass sein Kopf zur Seite geschleudert wurde und er ins Taumeln geriet.

»Du bist völlig irre«, rief er, als er sich wieder gefangen hatte. Er schaute sich um. »Hilfe! Ich werde angegriffen!« Plötzlich packte er sie am Handgelenk und versuchte mit der anderen Hand, ihr auch den zweiten Schuh zu entreißen. Verzweifelt klammerte sie sich daran fest und hob das Knie. Der Tritt traf ihn in die Weichteile, und er krümmte sich stöhnend. Ihre Hand war wieder frei.

»Ver... verdammt«, stammelte er.

Sie hob den Schuh und ließ ihn mit voller Kraft auf seinen Hinterkopf sausen. Ein Stöhnen entwich ihm, und er sank auf die Knie. Immer wieder holte sie aus und schlug mit dem Absatz nach ihm. Er hob die Arme, versuchte, die Schläge abzuwehren. Irgendwann ging er komplett zu Boden. Als sie ihm nachsetzte, verfing sich ihr Fuß zwischen seinen Beinen und sie stürzte. Mit dem Knie landete sie auf seinem Bauch. Zischend entwich die Luft aus seinen Lungen. Einen Moment ließ sie von ihm ab.

»Wen nennst du hier krank?«, schrie sie außer Atem.

Er antwortete nicht. Anscheinend war er nicht mehr bei Bewusstsein oder er stellte sich tot. Doch das würde ihn nicht retten. Sie nahm den Schuh in beide Hände und hielt ihn wie eine Spitzhacke. Damit schlug sie so lange auf ihn ein, bis sie die Kraft verließ. Keuchend betrachtete sie die blutige Masse zu ihren Füßen, die einmal Eriks Kopf gewesen war. In der Nähe hörte man das Rauschen des nächtlichen Verkehrs auf der A66.

»Verdammt noch mal«, japste sie und griff sich das Portemonnaie, das er noch immer in der Hand hielt. Dann zerrte sie ihm die Uhr vom Handgelenk und holte das Handy aus seiner Hosentasche. »Das wird dich lehren, wildfremde Frauen als verrückt abzustempeln.«

Sie rückte sich die Perücke zurecht, stopfte den Geldbeutel, die Uhr und das Telefon in ihre Handtasche und zog die Lederjacke aus. Darin wickelte sie den Schuh ein. Der Absatz hatte sich gelöst und hing nur noch lose an der Sohle.

Hasserfüllt schaute sie auf die Leiche des Maklers hinab. Ein Schauer lief ihr über den Rücken. Was hatte sie getan? Wie hatte ihr die Situation so entgleiten können? Gehetzt blickte sie sich um. Im Dämmerlicht der wenigen Laternen im Park war niemand zu sehen. Und doch hatte sie das Gefühl, dass sich Schritte näherten. Jeden Moment rechnete sie damit, dass ein oder mehrere Polizisten aus dem Gebüsch sprangen, um sie zu verhaften.

Sie musste verschwinden. Sofort. Aber vorher musste sie noch den zweiten Schuh finden. Irgendwo in der Nähe hörte sie das Bellen eines Hundes. Sie drehte sich noch einmal zu Erik Marquardt um, dann verschwand sie barfüßig im Schatten der Bäume.

2. Kapitel

»Kannst du dir diese Scheiße nicht einfach mal verkneifen? Ständig gehst du mir auf den Sack damit.«

»Weil du mich immer wie den letzten Dreck behandelst. Ich will doch einfach nur ...«

»Jetzt halt doch endlich deinen Mund! Hast du eigentlich mal auf die Uhr geschaut? Mit deinem Gekeife hältst du ja die ganze Nachbarschaft wach!«

Ganz genau, dachte Fabian und rollte sich auf die Seite. Dabei presste er sich das Kissen auf die Ohren. Seit drei Stunden schon – mit kurzzeitigen Unterbrechungen – brüllte sich das Paar aus der Wohnung unter ihm an. Grund der Auseinandersetzung war wohl, dass er ihr den falschen Pizzabelag bestellt hatte. Fabian war gerade die Treppe hinaufgegangen und hatte so den Beginn des Streits im Treppenhaus mit angehört.

Er fragte sich, ob er und Josi in naher Zukunft auch über solche Dinge zanken würden. Nicht in dieser Lautstärke, das konnte er sich nicht vorstellen. Doch würden sie jemals so genervt voneinander sein, dass sie eine solche Kleinigkeit dermaßen aufblasen und sich zu einem handfesten Streit entwickeln lassen würden?

Bisher gab es nicht wirklich etwas, das er an Josi auszusetzen hatte. Das war seit Langem bei keiner Frau mehr der Fall gewesen. Bisher hatte er immer nach wenigen Wochen eine Eigenschaft gefunden, die ihm kolossal auf die Nerven ging.

»Ja, verpiss dich halt. So wie immer. Kannst ja nie eine Diskussion zu Ende führen.«

Kurz darauf knallte eine Tür.

Fabian seufzte erleichtert und drehte sich auf den Rücken. Zumindest für ein paar Stunden würde jetzt Ruhe sein. Das sollte ausreichen, um fest genug zu schlafen, bevor er wieder zurückkam. Doch weit gefehlt. Nur knapp zwei Minuten später keifte die Frau aufs Neue los. Dieses Mal anscheinend am Telefon, durch das sie einer Freundin die gesamten Leiden ihrer Beziehung ausbreitete.

Fabian setzte sich auf. Er hatte genug davon, hier zu liegen und sich das weiter anzuhören. Morgen musste er nicht vor zehn im Büro sein, und wenn er hier sowieso nicht schlafen konnte, konnte er die Zeit genauso gut im Studio verbringen. Dort war er in den letzten Wochen ohnehin viel zu selten gewesen. Seit er als extrem übergewichtiger Jugendlicher entschieden hatte, zur Polizei zu gehen und dafür von der versammelten Verwandtschaft ausgelacht worden war, verbrachte er möglichst viel seiner freien Zeit mit Sport. So hatte er es allen Zweiflern gezeigt, als er den Sporttest schließlich mit einer hervorragenden Leistung bestanden hatte.

Manchmal jedoch kehrte sein alter Schweinehund zurück, dann ernährte er sich von Döner und Pizza oder besuchte wie so oft in den letzten Wochen einen der vielen Burger-Läden, die in Frankfurt wie Pilze aus dem Boden schossen. Früher hatte er sich dazu noch durch das Nachtleben von Frankfurt gesoffen, was aber vorbei war, seit er sich regelmäßig mit Josi traf. Es machte ihn unsagbar glücklich, dass er sie getroffen hatte, wenn auch unter schrecklichen Umständen. Sie hatte sein Leben komplett umgekrempelt und das tat ihm gut, auch wenn sie gemeinsam ein bisschen zu häufig die Abende auf der Couch statt mit Sport verbrachten. Ausgenommen eine ganz bestimmte Form der körperlichen Betätigung.

Fabian grinste und stand von der Matratze auf. Er ging ins Bad, wo er sich etwas Deo unter die Achseln sprühte und dann in seine Trainingsklamotten stieg. In der Küche holte er noch seine Trinkflasche aus dem Schrank, füllte etwas Magnesium-Proteinpulver hinein und vermischte es mit Wasser. Die Flasche packte er in seine Tasche und machte sich auf den Weg.

Das Studio lag nur zwei Straßen von seiner Wohnung entfernt und war fast leer, als Fabian dort ankam. Es hatte die ganze Nacht geöffnet, und Fabian nutzte gern die späteren Stunden, in denen die Geräte nicht von den Prolls belegt wurden. Bei manchen Leuten fragte er sich, ob sie das Studio besuchten, um fit zu werden oder um endlich einmal ungestört Textnachrichten schreiben zu können. Er jedenfalls hatte sein Handy nur in der Tasche, weil er diese Woche Rufbereitschaft hatte und die Nacht über erreichbar sein musste.

Natürlich klingelte es ausgerechnet in dem Moment, als er gerade aufs Laufband gestiegen war.

»Na, wo treibst du dich denn rum?«, fragte Thomas, der wahrscheinlich die wummernden Technobeats im Hintergrund hörte. Manchmal hatte Fabian das Gefühl, dass im Studio ein und dasselbe Lied in Dauerschleife lief.

»Beim Sport. Wo soll man auch sonst sein, wenn die Nachbarn unter einem ihr Beziehungsende für das ganze Haus hörbar durchdiskutieren«, antwortete Fabian. Er stellte die Geschwindigkeit des Laufbandes runter, damit er sich unterhalten konnte, ohne aus der Puste zu geraten.

»Trennen die sich etwa schon wieder? Die Sporteinheit ist jetzt allerdings beendet. Sprinte mal in die Dusche und komm zum Grüneburgpark. Hier wartet Arbeit auf dich.«

»Ob ich noch erleben werde, dass du dich mal mit guten Nachrichten bei mir meldest?«, fragte Fabian mit einem ironischen Unterton und stieg vom Laufband. Die Dusche konnte er sich sparen. Er hatte gerade erst angefangen und von Schweiß konnte noch nicht die Rede sein.

»Hey, beschwer dich gefälligst nicht, du entfliehst so immerhin ein bisschen länger deinen streitsüchtigen Nachbarn. Aber im Ernst, wir haben hier eine Leiche, um die wir uns kümmern müssen. Mach dich auf den Weg.«

»Ich ziehe mich schnell um und bin dann gleich da.« In der Kabine holte Fabian seine Tasche aus dem Schrank, zog seine Straßenschuhe an und ging zum Tresen im Eingangsbereich des Studios. Dort legte er den Schlüssel hin und erntete einen verwunderten Blick des Angestellten.

»Das war heute aber eine kurze Session«, sagte der, als er Fabian seine Karte zurückgab.

Fabian zuckte die Achseln. »So ist das, wenn die Arbeit ruft.« Er verließ das Studio und joggte nach Hause, wo er sich schnell umzog. Dann setzte er sich in seinen Wagen und fuhr los. Auf dem Weg ins Frankfurter Westend rief er Thomas an, um sich den genauen Standort durchgeben zu lassen. Keine halbe Stunde, nachdem er aufs Laufband gestiegen war, kam er bei dem Park an.

Er stellte sein Auto hinter einem Krankenwagen ab und stieg aus. Die genaue Wegbeschreibung hätte er nicht gebraucht, schon von Weitem sah er, wo der Fundort sein musste. Grelle Leuchtstoffstrahler erhellten den Kiesweg, der durch den Park führte, sowie die nähere Umgebung im vorderen Drittel der Grünanlage. Das Gebiet war großräumig abgesperrt. Am Rand des Parks hielt sich eine überschaubare Menge von Neugierigen auf. Einige von ihnen hatten ihre Handys gezückt und schienen die Szenerie zu fotografieren und zu filmen. Morgen würden die Ergebnisse des nächtlichen Katastrophentourismus vermutlich in den zahlreichen sozialen Medien zu finden sein. Bei dem Gedanken kam Fabian buchstäblich die Galle hoch. Er verstand nicht, warum sich einige Menschen so gerne am Leid der anderen ergötzten.

Zumindest sah es hier danach aus, als respektierten die Anwesenden die Absperrung. Da hatte er schon ganz anderes erlebt. In den letzten Jahren häuften sich die Gaffer bei Unglücksfällen oder Gewalttaten. Manche gingen sogar so weit, dass sie für ein »gutes« Foto die Rettungskräfte blockierten oder körperlich angingen, wenn diese die Gaffer aufforderten, den Weg freizumachen.

Fabian zückte seinen Ausweis, zeigte ihn den Beamten, die das Gebiet bewachten, und ging an den

Neugierigen vorbei. Die Wiese war nass, und er musste mehreren Pfützen ausweichen, bis er schließlich doch in eine trat. Regenwasser drang sofort durch seine Schuhe und durchnässte seine Socken.

Er schaute sich um und suchte nach seinem Kollegen. Thomas stand mit dem Gerichtsmediziner Gering am Flatterband, mit dem das Gebiet um die Leiche markiert war, und beobachtete die Mitarbeiter der Spurensicherung. Einige uniformierte Beamte standen in der Nähe und befragten die zu dem Krankenwagen gehörenden Sanitäter.

»Nur etwas über zwanzig Minuten. Rekord für dich«, sagte Thomas, nachdem Fabian ihn begrüßt hatte.

Fabian überging die Bemerkung, auch wenn sie wohl ein Kompliment sein sollte. »Was haben wir hier?«, fragte er. Aus der Entfernung erkannte er eine Person, die auf dem Rücken auf dem Kiesweg lag. Ihr Kopf und das weiße Hemd waren blutüberströmt.

»Männliches Opfer, aufgefunden von einer Anwohnerin, die mit ihrem Hund im Park unterwegs war. Massive Traumata im Gesicht. Ich habe ihn mir nur kurz angeschaut, aber eins kann ich schon sagen: Da hat jemand mit ordentlicher Wut auf ihn eingedroschen. Der Notarzt konnte nur noch den Tod feststellen, als er eingetroffen ist. Keine Chance auf Reanimation.«

»Hat die Zeugin den Täter gesehen?«

Thomas schüttelte den Kopf. »Muss wohl gerade verschwunden sein, als sie hier ankam. Vermutlich hat das Bellen ihres Hundes ihn verscheucht. Der hat wohl da hinten ein paar Enten aufgeschreckt. Das muss der

Täter mitbekommen haben, und daraufhin ist er geflüchtet. So stellt es sich zumindest aktuell dar.«

Fabian schaute sich nach der Frau um, konnte aber niemanden mit Hund entdecken.

»Sie wartet bei den Sanis. Den Hund hat der Freund gerade abgeholt«, erklärte Thomas, der anscheinend Fabians Blick bemerkt hatte.

»Wissen wir schon etwas über das Opfer?«

»Bis auf seinen potenziellen Namen und seinen Beruf nicht viel.« Thomas hielt Fabian das Handy entgegen, auf dem das Bild einer Zugangskarte mit Foto zu sehen war. Der abgebildete Mann war schätzungsweise vierzig Jahre alt. *Erik Marquardt, Marquardt Real Estate* stand daneben. Ein Immobilienmakler, wenn die Karte wirklich zu dem Toten gehörte.

»Die hat die Spurensicherung neben ihm auf dem Boden gefunden. Muss ihm wohl aus der Tasche gefallen sein. Ansonsten haben wir bisher weder Geldbeutel noch Handy in der näheren Umgebung sicherstellen können. Vielleicht findet die Spurensicherung noch was, die durchkämmen gerade den Rest des Parks.«

Wie auf Kommando flackerte in diesem Moment das entfernte Blitzlicht einer Kamera auf der anderen Seite des Weges auf. Von einem Streifenwagen kam einer der uniformierten Beamten auf sie zu.

»Es gibt einen Eintrag in der Datenbank zu Erik Marquardt«, sagte er und hielt Fabian einen Zettel hin. »Er ist neunundfünfzig Jahre alt und war vor einigen Jahren Zeuge in einem Prozess um Kindeswohlgefährdung.«

»Zeig mir noch mal den Ausweis«, sagte Fabian zu Thomas gewandt. Er holte sein Handy raus und hielt es so, dass Fabian das Display erkennen konnte.

»Auf den ersten Blick sieht der hier jünger aus. Oder was meinst du?«

Thomas zuckte mit den Schultern. »Davon können wir uns gleich selbst ein Bild machen. Jetzt sollten wir erst mal mit der Zeugin sprechen.«

Gemeinsam gingen sie zu dem Krankenwagen, wo die junge Frau saß. Sie hatte eine Rettungsdecke um die Schultern gelegt. Ihr Eyeliner war verlaufen und ihre Augen gerötet. In der Hand hielt sie ein Taschentuch, an dem sie herumdrückte.

»Frau Schäfer?«, sagte Thomas, als sie sich ihr näherten. »Mein Name ist Wendtner und das hier ist Herr Prior. Wir sind von der Kripo und würden Ihnen gerne ein paar Fragen stellen.«

Ohne aufzuschauen nickte sie matt.

»Können Sie uns bitte kurz erzählen, was passiert ist?«

Ein erneutes Nicken. »Normalerweise gehe ich so spät nicht mehr alleine nach draußen, aber manchmal verträgt Barney sein Futter nicht so gut und bekommt Durchfall. Mein Freund war nicht zu Hause, und bevor der Hund auf den Teppich macht, bin ich eben doch mit ihm in den Park gegangen.« Ihre Stimme war überraschend rau für ihr Alter und Fabian fragte sich, ob es Veranlagung war oder sie Kette rauchte. »Mir ist eh nie so wirklich wohl dabei, im Dunkeln und so, aber was hätte ich machen sollen? Barney hat dann die ganze Zeit so an der Leine gezogen und plötzlich lag da jemand auf dem Weg ...« Ihre Stimme brach. Sie zerknüllte das

Taschentuch und tupfte sich damit über die Augen. »Wenn mich der Mörder gesehen hat ... Glauben Sie, er wird mich verfolgen?«

»Für diese Befürchtung gibt es keine Veranlassung, Frau Schäfer«, versuchte Fabian, die Frau zu beruhigen. »Haben Sie denn eine Person in der Umgebung des Fundortes gesehen?«

Die junge Frau schüttelte energisch den Kopf. »Mir ist niemand aufgefallen. Ich hatte solche Angst, als ich merkte, dass da ein Mensch auf dem Boden liegt. Irgendwie war mir gleich klar, dass etwas Schlimmes passiert sein muss.«

»Aus welcher Richtung kamen Sie? Und ist Ihnen jemand auf dem Weg entgegengekommen?«, fragte Thomas.

»Nein, wie ich schon sagte.« Sie legte den Kopf in die Hände und massierte mit den Fingerspitzen ihre Augenbrauen. »Ich war alleine, und vielleicht war dieser Mörder ganz in meiner Nähe.«

»Das wissen wir noch gar nicht mit Sicherheit. Möglicherweise war er schon lange verschwunden, bevor Sie aufgetaucht sind. Versuchen Sie am besten, sich nicht mit solchen Gedanken zu belasten.«

Sie nickte, und Thomas zog Fabian ein Stück zur Seite. Er deutete in die Richtung der Leiche, von wo aus gerade ein Mitarbeiter der Spurensicherung auf sie zu kam. »Kümmern wir uns erst mal um den Tatort. Aus ihr ist eh nicht viel rauszubekommen. Ihre Kontaktdaten haben wir, also können wir sie eigentlich auch nach Hause schicken.«

Durch den Mundschutz war die Stimme des Kriminaltechnikers, der mittlerweile bei ihnen angekommen war, gedämpft und nur schwer zu verstehen. »Sie können jetzt zum Leichnam.«

Die beiden entließen Frau Schäfer, die sich dankbar auf den Weg nach Hause machte. Nach dem heutigen Abend würde sie bei Dunkelheit nie wieder alleine mit ihrem Hund den Park betreten.

Fabians Rücken schmerzte, als er unter dem Flatterband durchtauchte. Er musste dringend wieder regelmäßiger dem Sportstudio Besuche abstatten.

Gering folgte ihnen und gemeinsam gingen sie über die Wiese zum Kiesweg. Im grellen Licht der Scheinwerfer waren die Fußabdrücke der Sanitäter zu sehen, die durch den Tatort getrampelt waren.

Die Leiche des Mannes lag rücklings auf dem feuchten Boden. Der eine Arm ruhte auf der Brust, den anderen hatte er zur Seite ausgestreckt, als habe er versucht, einen Gegenstand außerhalb seiner Reichweite zu greifen. Um seinen Kopf herum, der zahlreiche Kratzer und Platzwunden aufwies, unter denen das Fleisch zum Vorschein kam, erleuchtete das grelle Licht der Scheinwerfer dunkelrote Blutflecken auf dem Kiesboden. Die Hände des Opfers waren ebenfalls mit Wunden übersät. Anscheinend hatte er sich vor seinem Tod verzweifelt gegen die Attacken seines Angreifers gewehrt.

»Mann, der sieht ja beinahe aus als hätte ihm jemand von Weitem mit einer Schrotflinte ins Gesicht geschossen«, murmelte Fabian, als er sich zu ihm runterbeugte.

»Hm, könnte man auf den ersten Blick tatsächlich meinen«, brummte Gering und schüttelte dann aber den Kopf. »Wenn man genauer hinschaut, erkennt man allerdings, dass jemand sein Gesicht mit etwas Spitzem attackiert hat. Sehen Sie die kleinen Kratzer und die Schnitte hier? Da muss der Täter oder die Täterin abgerutscht sein. Und oh, hier haben wir einen Zahn.«

Automatisch suchte Fabians Blick das Gesicht des Toten ab und fand das Bruchstück eines Scheidezahns, das auf dem Kinn lag. Er schluckte und wandte sich von dem Leichnam ab. Bei allem, was mit ausgeschlagenen Zähnen oder anderen Verletzungen im Mundbereich zu tun hatte, packte ihn jedes Mal ein unerklärlicher Ekel, und er musste sich zusammenreißen, sich nicht sofort auf den Rasen neben dem Kiesweg zu übergeben. Nachdem er einen Moment durchgeatmet und sich sein Magen beruhigt hatte, wandte er sich wieder seinen Kollegen zu.

»Da war wohl jemand verdammt wütend auf das Opfer«, stellte Thomas fest.

»Sieht so aus, als wäre das Opfer von dort hinten gekommen und hätte dann hier plötzlich umgedreht«, sagte Fabian und deutete auf die Spur kleiner gelber Aufsteller, die mit Nummern versehen waren und Abdrücke auf dem Kiesweg markierten. »Nach ein paar Schritten wurde er dann offensichtlich eingeholt, und hier kam es zum Kampf.«

»Da vorne, wo er vermutlich umgekehrt ist, haben wir an einer weicheren Stelle eine Vertiefung im Boden gefunden«, erläuterte Berger von der Spurensicherung, der in der Nähe stand. »Sieht so aus, als habe da etwas im Boden gesteckt.«

»Vielleicht ein Messer, das der Täter dort ...« Thomas formte mit seinen Zeigefingern Anführungszeichen, »... gelagert hat. Als das Opfer nah genug an ihm dran war, hat er es gezogen und ...«

»Und warum sollte man es sich so schwer machen?«, unterbrach Fabian die Ausführungen seines Kollegen. Für ihn klangen die nämlich alles andere als plausibel. »Er kann es doch auch einfach in der Hosen- oder Jackentasche mit sich führen, bis es so weit ist.«

Thomas zuckte die Achseln. »War ja nur mal ein Schuss ins Blaue. Die Leute kommen auf die verrücktesten Ideen, das weißt du selbst wohl am besten.«

Fabian verstand Thomas' Anspielung darauf, dass er sich nun schon eine Weile mit der Geschädigten eines abgeschlossenen Falls traf, doch er überging die Spitze einfach. Ihm war von Anfang an klar gewesen, dass ihn einige Kollegen deshalb schief anschauen würden, aber das nahm er gerne in Kauf. Josi war es allemal wert.

»Ich glaube nicht, dass es ein Messer war«, sagte Berger und ging in Richtung eines gelben Aufstelllers. »Wenn Sie sich das mal ansehen wollen. Die Vertiefung ist eher kegelförmig. Da müsste das Messer schon mit dem Griff im Boden gesteckt haben.«

Fabian ging Thomas hinterher und betrachtete die Stelle, von der Berger gesprochen hatte. »Könnte ein Schuh gewesen sein, oder was meint ihr?«, sagte er.

Thomas ging in die Knie und nickte dann. »Vielleicht war er in weiblicher Begleitung.«

»Könnte sein«, sagte Berger. »Neben seinen Fußspuren sind weitere Vertiefungen im Kies. Haben wir auch markiert und fotografiert.«

»Und wo ist die Frau jetzt?«, fragte Fabian und schaute sich unwillkürlich um.

»Vielleicht geflohen, als sie angegriffen wurden. Wäre sie auch hier im Park, hätten wir sie schon gefunden oder werden es bald. Zumindest mit der ersten Sichtung des Geländes sind meine Männer fast durch.«

»Es kam bisher nur die eine Meldung der Zeugin rein, die das Opfer gefunden hat. Warum hat seine Begleitung keine Hilfe geholt?« Fabian konnte sich nur schwer vorstellen, dass jemand in so einer Situation nicht die Polizei verständigte.

»Vermutlich stand sie unter Schock oder so. Vielleicht wurde sie verletzt, ist geflüchtet und wurde dann in ein Krankenhaus eingeliefert.«

»Dann sollten wir schleunigst abgleichen, ob in irgendeiner Klinik ein passender Notruf eingegangen ist.«

»Oh, was haben wir denn hier?«, rief Gering von hinten. Fabian drehte sich um in der Befürchtung, der Gerichtsmediziner hätte einen weiteren Zahn entdeckt. »Das sollten Sie sich anschauen, meine Herren.«

3. Kapitel

Das eiskalte Wasser fühlte sich auf ihrer Haut wie winzige Schnitte an. Sie biss die Zähne zusammen und schrubbte weiter an ihren Händen herum. Blut ging nur mit kaltem Wasser wirklich gut ab, das wusste jedes Kind. Mit den Ellenbogen stützte sie sich auf dem Rand des Waschtisches ab, den Kopf nach unten ins Becken gebeugt. Ihr war schwindelig und schlecht. Sie glaubte, noch immer den metallischen Geruch von Blut in der Nase zu haben, der sich auch in ihrem Rachenraum auszubreiten und dort festzusetzen schien. In der Vertiefung für die Seife hatte sich eine rosafarbene Pfütze von dem Wasser gebildet, das ihr den Arm entlang geflossen war.

Sie dachte an den Makler, und Tränen schwammen in ihren Augen, die die angeklebten Wimpern ablösten. Wie hatte die Situation nur so eine Wende nehmen können? Dabei hatte es doch nur ein Test sein sollen. Wie konnte durch einen kurzen unbedachten Moment alles so eskalieren?

Sie schloss die Augen und atmete tief durch. Es war seine eigene Schuld gewesen. Er hätte sie nicht gleich so angehen müssen. Schließlich hatte sie ihm überhaupt nichts getan. Anstatt sich aufzuführen wie ihr Vater, hätte er einfach behaupten können, dass er es sich anders überlegt hatte. Dann wäre jeder seiner Wege gegangen und er würde jetzt noch leben. Doch er hatte sich anders entschieden, sie stattdessen aufs

Übelste beleidigt. Er hatte nicht das Recht, sie so zu behandeln. Sie verrückt zu nennen. Sie war nicht verrückt.

Eine Strafe Gottes, so hatte ihr Vater sie immer genannt. Ein seltsamer Gott, der seine Frau an Krebs erkranken lassen und ihm ein angeblich abnormales, missratenes Kind geschenkt hat. So jedenfalls seine Formulierung. Noch heute hörte sie seine Stimme in ihrem Kopf.

»Hätte deine Mutter doch den Kleiderbügel benutzt, so wie es abgemacht war. Dann hätten wir keinen Bastard bekommen und hätten nach der Hochzeit einfach noch mal neu beginnen können. Aber sie konnte das ja nicht. Musste dich unbedingt auf die Welt bringen, weil Gott angeblich jedes Leben schätzt. Und das war der Dank dafür.« Nach Ausbrüchen wie diesem war er in seinem Schlafzimmer verschwunden und hatte lautstark seine Psalmen heruntergebetet, als könne er dadurch ändern, wer sie war und wie sie fühlte.

Dabei war er es doch, der die Sünde beging, indem er sein einziges Kind verfluchte und ihm den Tod wünschte. Was für ein Gott sollte das sein, der so etwas verlangte?

Es hatte sie etliche schmerzhafte Therapiesitzungen bei verschiedenen Psychologen gekostet, bis sie eingesehen hatte, dass sie nicht unter einer Krankheit litt. Im Gegenteil. Sie war völlig normal, ihr Vater hatte nur jahrelang versucht, ihr etwas Gegenteiliges einzureden. Hatte sie sogar ins Kloster geschickt, in der Hoffnung, sie käme als anderer Mensch zurück. Dabei war er es, der die Schuld an ihrer Misere trug. Nach vielen Jahren hatte sie gelernt, sich selbst zu akzeptieren und zu lieben, wie sie war. Und dann kam plötzlich so ein dahergelaufener, eingebildeter Typ an und wagte es, sie zu beschimpfen und zu behaupten, sie wäre verrückt? Er kannte sie ja überhaupt nicht. Sollte er doch im Park verrotten.

Zum Glück hatte sie ihre Perücke und Tonnen von Make-up getragen. Niemand würde die blonde Eva mit ihr in Verbindung bringen, zumindest nicht vom Aussehen her. Zitternd rieb sie sich das Gesicht. Hoffentlich hatte sie nichts am Tatort verloren. Ihren Geldbeutel hatte sie hier zu Hause gelassen und nur Bargeld mitgenommen. Aber was, wenn sie etwas anderes zurückgelassen hatte?

Als sie ihre Finger kaum noch spürte, drehte sie das Wasser ab. Unter ihren Fingernägeln war noch immer ein dunkler Rand zu sehen, der einfach nicht abgehen wollte. Sie würde ihn mit einer Nagelfeile herauskratzen müssen.

Mit einem Blick auf die Uhr öffnete sie eine der Schubladen. Halb drei. Es war an der Zeit, dass sie sich schlafen legte. Morgen musste sie früh raus, um mit dem Zug nach Dresden zu fahren. Und das möglichst mit sauberen Fingernägeln.

Um kurz nach drei lag sie endlich im Bett. Der Geldbeutel von Erik Marquardt lag auf ihrem Nachttisch. Sie hatte ihn durchsucht und zu ihrer Erleichterung keine Bilder von einer Frau oder Kindern gefunden. Zumindest hatte sie keine Familie zerstört, sondern nur einen alleinstehenden Mann umgebracht. Das erleichterte ihr Gewissen ein wenig. Das Portemonnaie würde sie morgen auf der Zugfahrt in Einzelteilen entsorgen.

Mit etwas Glück konnte sie die Polizei so sogar auf eine falsche Fährte locken.

4. Kapitel

Das Büro von Erik Marquardt lag in einem Hinterhaus im Süden von Frankfurt. Als Fabian und Thomas um kurz nach neun das Treppenhaus betraten, klebten ihre Schuhe bei jedem Schritt leicht am Boden fest, und es roch unangenehm nach Rauch.

»Ein tolles Ambiente, um Kunden zu begrüßen«, murmelte Thomas und zog angewidert die Lippe kraus. »Ich frage mich, warum die hier so ein modernes Schließsystem haben, aber sich keine Putzfrau fürs Treppenhaus leisten.«

Fabian stieg hinter seinem Kollegen die Treppe in den vierten Stock hinauf und bemühte sich dabei, nicht das Geländer zu berühren. Oben führte eine mit Milchglasfolie beklebte Glastür ins Innere des Büros. Sie war offen, also betraten sie den Vorraum, in dem ein Schreibtisch stand. Eine Frau um die vierzig saß dahinter und blickte auf, als die beiden reinkamen.

»Wie kann ich Ihnen helfen?«, fragte sie. Ihre Stimme klang verwundert. Anscheinend hatte sie nicht mit Besuch gerechnet.

»Mein Name ist Prior, und das hier ist mein Kollege Wendtner. Wir sind Beamte der Kriminalpolizei und würden gerne mit Herrn Marquardt sprechen.«

»Das tut mir leid, der verspätet sich heute Morgen anscheinend. Hatten Sie denn einen Termin mit ihm?«

»Dürften wir Ihren Namen erfahren?«, fragte Thomas. Er fasste mit der Hand in die Hosentasche und holte sein Handy hervor.

»Eberlein. Karina Eberlein. Worum geht es denn?«

Thomas hatte das Foto der Zugangskarte aufgerufen und legte das Handy vor Frau Eberlein.

»Ist das die Zugangskarte von Herrn Marquardt?«

Karina Eberlein warf nur einen kurzen Blick darauf und schaute dann verwirrt zwischen Fabian und Thomas hin und her. »Aber sicher, steht ja sein Name drauf. Woher haben Sie die?« Dann schien sie plötzlich die Verbindung zu ziehen. Sie sprang von ihrem Stuhl auf. »Du liebe Güte. Ihm ist doch nichts passiert? Geht er deswegen nicht ans Telefon? Normalerweise ist er spätestens um acht im Büro ...«

»Beruhigen Sie sich, Frau Eberlein. Noch wissen wir nicht sicher, ob Herr Marquardt wirklich betroffen ist«, sagte Fabian. »Seine Karte wurde letzte Nacht bei einer Leiche gefunden, die wir noch nicht sicher identifizieren konnten. Deshalb sind wir hier. Wir müssen herausfinden, ob die Person, bei der die Karte aufgefunden wurde, auch wirklich Herr Marquardt war. Sie sagen, es sei ungewöhnlich, dass er unpünktlich ist?«

»Aber ja. Ich arbeite jetzt seit zehn Jahren für ihn, und in der Zeit ist es vielleicht zweimal vorgekommen. Eine Leiche sagen Sie? Um Himmels willen!« Sie schlug die Hand vor den Mund und setzte sich wieder.

»Wissen Sie zufällig, wo er sich gestern Abend aufgehalten hat?«

Karina Eberlein schüttelte den Kopf. Dann rief sie: »Augenblick mal!«, und runzelte die Stirn. »Gestern war Mittwoch. Da bleibt er immer etwas länger, weil er nach der Arbeit in irgendeine Bar geht. Sich mit Geschäftspartnern treffen.«

»Wissen Sie zufällig, wie die Bar heißt oder können Sie das für uns in Erfahrung bringen?«, fragte Fabian und zog sich einen Stuhl vom Schreibtisch heran. »Ich darf doch?«

Thomas tat es ihm gleich und setzte sich ebenfalls.

»Ja, ich denke doch. Ein Blick in die Kreditkartenabrechnung sollte reichen. Ich nehme zumindest an, dass diese Treffen über das Geschäftskonto bezahlt werden.« Sie rückte ihren Bürostuhl an den Schreibtisch heran und tippte etwas auf der Tastatur. »Da haben wir es«, sagte sie kurze Zeit später. »Hier, letzten Mittwoch wurden von *Flamingos* vierundachtzig Euro abgebucht.«

Fabian nahm sein Handy heraus und gab den Namen der Bar bei Google ein. Sie lag im Westend nur wenige Straßen vom Grüneburgpark entfernt. Thomas beugte sich zu ihm rüber, schaute auf das Display und zog die Augenbrauen nach oben. »Und Sie glauben, dort war Herr Marquardt auch gestern Abend?«, fragte Fabian.

»Jeden Mittwoch, sag ich doch.«

»Kennen Sie den Namen des Partners, mit dem er sich dort trifft?«

Karina Eberlein schüttelte den Kopf. »Leider nicht. Ich würde vermuten, dass es jemand aus der Führungsebene bei Aninga Holding ist. Herr Marquardt vermittelt ausschließlich Wohnungen dieser Gesellschaft. Ich suche Ihnen gerne die Kontaktdaten seines Ansprechpartners heraus.«

»Das wäre sehr hilfreich für uns, danke«, sagte Thomas und lehnte sich in seinem Stuhl zurück.

Fabian holte sein Notizbuch aus der Jackentasche und schlug es auf. »Erinnern Sie sich noch, was für Kleidung er gestern getragen hat?«

Karina Eberlein überlegte und sagte: »Wie meistens mittwochs einen Anzug.«

»Versuchen Sie bitte, ihn uns so detailliert wie möglich zu beschreiben.«

»Oh, in Ordnung. Also der Anzug war blau, dunkelblau. Man könnte auch meinen, es sei schwarz, wenn das Licht nicht günstig steht. Hellblaues Hemd, wenn ich mich nicht täusche. Keine Krawatte. Die mag Herr Marquardt nicht, auch wenn es die Aninga gerne sehen würde. Er sagt, er wolle sich nicht so einengen lassen. Verständlich, wenn Sie mich fragen. Diese Dinger sind ja immer so entsetzlich eng am Hals. An die Schuhe kann ich mich ehrlich gesagt nicht genau erinnern.«

Fabian blickte von seinem Notizbuch auf. »Das war es? Keinen Schal oder Hut oder irgendwas, das er immer trägt?«

»Himmel, Sie haben ja recht. Seine teure Uhr.« Sie senkte ihre Stimme als würde sie ein Geheimnis ausplaudern. »Die hat er sich zum zehnjährigen Bestehen seiner eigenen Firma gekauft und musste richtig lange darauf sparen. Über fünftausend Euro hat die gekostet.«

»Kennen Sie die Marke?« Fabian notierte *Luxusuhr* und unterstrich das Wort zweimal. Er konnte sich nicht erinnern, letzte Nacht eine Uhr am Handgelenk des Toten gesehen zu haben.

»Oh ja. Ich habe mich damals noch über den Preis gewundert, weil ich den Namen der Firma noch nie gehört hatte. Ich meine, Rolex oder Omega, das kennt man ja, aber Glashütte? Ich wusste nicht, dass die auch so teure Uhren machen. Eine Glashütte Senator war es. Das hat er damals sehr stolz betont. Ist anscheinend unter Kennern etwas ganz Besonderes.«

»Das ist ein sehr guter Hinweis, Frau Eberlein. Vielen Dank. Ist Herr Marquardt verheiratet oder in einer festen Beziehung?«

»Nein. Auch nicht geschieden, bevor Sie fragen. Seit ich ihn kenne, war er immer alleinstehend. Ich glaube, eine feste Beziehung ist nichts für seine Lebensweise.«

»Wissen Sie etwas über Verwandte von ihm? Wir bräuchten möglicherweise jemanden, der ihn identifizieren kann.«

Das Gesicht von Karina Eberlein verlor jegliche Farbe. »Ihn identi... also glauben Sie, er ist es?«

»Das können wir noch nicht mit Bestimmtheit sagen. Bei einer Identifizierung geht es ja auch darum, bestimmte Personen auszuschließen.«

»Puh, das ist ein ganz schöner Schock am Morgen. Ich weiß wirklich nichts von Verwandten. Was diesen Bereich seines Lebens betrifft, ist Herr Marquardt außerordentlich schweigsam.«

Thomas seufzte. »Gut, wenn Sie uns noch seine Privatadresse geben könnten, dann schicken wir einen Streifenwagen vorbei. Die Kollegen überprüfen, ob Ihr Chef nicht einfach nur mit einer Magenverstimmung im Bett liegt und deshalb nicht im Büro auftaucht.

Und rufen Sie uns bitte sofort an, falls sich Herr Marquardt doch noch bei Ihnen melden sollte.«

Fabian notierte die Adresse, und kurze Zeit später saßen die beiden in ihrem Dienstwagen.

»Was meinst du?«, fragte Fabian, als er den Motor startete. »Wir fahren in die Bar und schicken eine Streife bei der Adresse von dem Makler vorbei?«

»Ich befürchte, dass uns bei Marquardt zu Hause ohnehin niemand die Tür aufmachen wird.«

Fabian nickte. »Sehe ich ähnlich. Sag mal, ist dir gestern eigentlich eine Uhr bei dem Leichnam aufgefallen?«

»Hm«, brummte Thomas.

Fabian bemerkte den abwesenden Blick seines Kollegen und schaute, was so interessant war. Gerade fuhren sie an einer Frau vorbei, die einen zotteligen Wolfshund an der Leine führte.

»Wer legt sich denn mitten in der Stadt so ein Riesenvieh zu? Der bekommt doch hier gar nicht den Auslauf, den er braucht«, beschwerte sich Thomas.

»Vielleicht lebt sie gar nicht in der Stadt oder der Hund gehört ihr nicht.«

»Dann soll sie doch das arme Tier nicht hierherschleifen. So ein Wolfshund gehört in den Wald und nicht auf die Hundewiese.«

»Ich wusste gar nicht, dass du jetzt bei PETA bist«, stichelte Fabian. »Mutierst du jetzt bald zum Veganer?«

»Leck mich doch, Blödmann. Was hat der Auslauf des Hundes mit meinem Steakkonsum zu tun?«

»Komm, das war ein Witz. Sei nicht gleich beleidigt.«

»Um auf deine Frage zurückzukommen: Mir ist nichts aufgefallen. Allerdings achte ich auch nicht auf so einen Schnickschnack. Uhren, Krawatten, Schuhe, alles sinnlose Statussymbole.«

Fabian grinste. Offensichtlich war Thomas heute Morgen mit dem falschen Fuß aufgestanden, so muffelig, wie er sich gerade gab. »Sagt ausgerechnet derjenige, der sich schon beim kleinsten Fleck auf den Schuhen beschwert.«

»Ich passe eben gern auf meine Sachen auf. Das heißt aber nicht, dass ich mir irgendwelchen Markenkram zulege, um damit anzugeben.«

»Hast ja recht. Ich bin gespannt, was Gering nachher für uns hat. Vielleicht ist die Uhr ja bei den persönlichen Gegenständen.«

»Ich bin eher gespannt, ob er uns schon was zur Tatwaffe sagen kann«, fügte Thomas hinzu.

Auf dem Weg legten die beiden noch einen Zwischenstopp bei einer Bäckerei ein, um sich belegte Brötchen und einen Becher Kaffee zu holen. Während Fabian bezahlte, rief Thomas vom Wagen aus den Besitzer der Bar an und bestellte ihn in seinen Laden, der um diese Uhrzeit noch geschlossen hatte.

Als sie gegen elf Uhr den Wagen vor dem *Flamingos* parkten, wartete Roman Beuchert bereits auf sie. Seine Augen waren verquollen, und er sah müde aus. Dementsprechend kühl fiel seine Begrüßung aus.

»Ich hoffe, es ist etwas Wichtiges, weswegen Sie mich um meinen Schlaf bringen«, sagte er, als er die Stufen hinaufging und aufschloss.

In der Bar fühlte sich Fabian als hätte man ihn ins Florida der achtziger Jahre versetzt. Die Wände waren mit Fototapeten beklebt, die vor einem türkisfarbenen Hintergrund Palmen und die Vögel zeigten, denen der Laden ihren Namen zu verdanken hatte. Weitere Flamingos waren in Form von neonpinken Leuchtreklamen an den Wänden angebracht. Die Einrichtung war in der Farbe Weiß gehalten, und ein riesiger Spiegel hinter dem Tresen ließ die Ausstattung an Spirituosen enorm erscheinen.

»Wir wissen sehr zu schätzen, dass Sie es so kurzfristig einrichten konnten«, sagte Fabian und bemühte sich um ein Lächeln. Der Mann war ihm von Anfang an unsympathisch, und zwar nicht nur, weil sein Auftreten mit der altmodischen Brille, seiner Skinny-Jeans und seinem Pollunder durch und durch Hipster schrie. Das hier war Frankfurt und nicht Berlin. »Es geht um jemanden, der vermutlich eine Art Stammgast in Ihrem Laden ist.«

Thomas öffnete das Foto der Zugangskarte auf seinem Handy und zoomte so in das Bild, dass nur das Gesicht von Erik Marquardt zu sehen war. »Seine Sekretärin hat uns gesagt, dass er jeden Mittwoch hier ist, um sich mit Geschäftspartnern zu treffen. Kennen Sie ihn?«

Beuchert lehnte sich leicht nach vorne und starrte mit zusammengekniffenen Augen auf das Telefon in Thomas' Hand. Die Brille half ihm offensichtlich nicht dabei, besser zu sehen. Vermutlich waren die Gläser ohne Stärke und dienten nur dem Style. Schließlich nickte der Barbesitzer. »Klar kenn ich den. War gestern Abend auch hier. Allerdings kommt er meistens allein, nicht mit irgendwelchen Kollegen. Hat es auf die Mädels abgesehen und nimmt hin und wieder auch eine mit.«

»Die Mädels?«, fragte Fabian.

»Ja, vom Puff um die Ecke. Nicht dass Sie jetzt denken, ich hätte ein Bordell oder so. Die Damen von drüben treffen sich hier nur manchmal mit ihren Kunden, lassen sich einen ausgeben und so, bevor es rundgeht. Damit es sich für die Freier mehr nach einem Erfolg anfühlt, wenn sie eine Frau aufreißen, sagte mir mal eine. Wollen sich wohl nicht eingestehen, dass sie im echten Leben keine abbekommen.« Beuchert lachte und fasste sich in den Schritt.

»Und dieser Herr war einer von den Männern, die sich hier ...?«

»Das weiß ich doch nicht. Hab ihn sicher nicht darauf angesprochen. Ob er nun auf traditionelle Weise irgendwelche Frauen abschleppt oder sie bezahlt, keine Ahnung. Auf jeden Fall hat er öfters eine – und es ist niemals dieselbe. Hab auch nie mitbekommen, dass es mal 'ne Eifersuchtstirade oder so gab. Gut möglich, dass er für die Ladys bezahlt.«

»Und wie sah das gestern Abend aus?«

»Wenn Sie mich ausreden lassen würden, wüssten Sie es längst. Gestern Abend lief es bei ihm, wie es sonst auch läuft. Beschwören kann ich es nicht, aber ich weiß noch, dass ich mir dachte, als er bezahlt hat, dass seine Ische da aber ziemlich dick geschminkt ist. Meistens schon mal ein guter Hinweis, wobei die normalen Frauen auch immer mehr auftragen. Man will ja gut aussehen auf den Instagramshots. Ihr Rock war auch ziemlich kurz, und dann hat sie ihm ganz schön über die Schulter geschaut, als er mit Karte bezahlt hat.«

Fabian seufzte und Thomas schaute ihn achselzuckend an. Nichts davon bedeutete automatisch, dass die Frau, mit der Marquardt den gestrigen Abend verbracht hatte, auch wirklich eine Prostituierte war.

»Sie haben sie demnach nicht eindeutig zu dem Etablissement zugehörig erkannt?«, hakte Thomas noch einmal nach.

Beuchert schüttelte den Kopf und winkte ab. »Ach iwo. Die haben einen ständigen Personalwechsel, die kann man ja gar nicht alle kennen. Außerdem ist es ja nicht so, als kämen die rein und würden sich ausweisen. Ich mach mir nur immer einen Spaß draus, rumzurätseln, welcher der Kerle gerade für eine bezahlt und welcher nicht.«

»Und wie sehen das die anderen Gäste? Stört das nicht? Ich meine, dass Ihre Bar quasi als Treffpunkt für das Rotlichtmilieu genutzt wird.«

»Ich weiß zwar nicht, was das mit Ihrem Verschwundenen zu tun hat …«

»Niemand hat gesagt, dass wir wegen eines Vermisstenfalls hier sind«, unterbrach Fabian den Barbesitzer. »Wie kommen Sie darauf, dass Herr Marquardt vermisst wird?«

Beuchert legte sich eine Hand über den Mund und riss die Augen in gespieltem Entsetzen auf. »Oh, habe ich jetzt was Falsches gesagt? Der typische Versprecher der verdächtigen Witwe? Warum sonst sollten Sie mich über ihn ausfragen, wenn nicht irgendwas mit ihm ist? Dass er vermisst wird, war einfach ein Schuss ins Blaue. Stimmt es denn?«

»Herr Marquardt wurde in der letzten Nacht ermordet«, antwortete Fabian.

Beuchert verzog keine Miene. Der Tod seines ehemaligen Kunden schien ihn nicht sonderlich zu berühren.

»Die Dame, die gestern mit Herrn Marquardt zusammen war, hat sie auch elektronisch bezahlt?«

»Sie hat gar nicht gezahlt. Das hat er für sie erledigt.«

»Haben Sie eine Überwachungskamera?«, fragte Fabian und schaute sich in dem Raum um. Über der Theke entdeckte er ein älteres Modell. »Würden Sie uns die Aufnahmen zur Verfügung stellen?«

Beuchert folgte seinem Blick und lachte dann kurz auf. »Die da oben meinen Sie? Das ist nur eine Attrappe. Zur Abschreckung. Wir zeichnen hier nichts auf, tut mir leid.«

»Haben Sie die Frau, die ihn nach draußen begleitet hat, vorher schon einmal hier gesehen? Könnten Sie möglicherweise genug Angaben über sie machen, um mit einem unserer Zeichner ein Phantombild zu erstellen?«, wollte Thomas wissen.

»Nicht, dass sie mir aufgefallen wäre. Aber ich speichere auch nicht jeden Gast ab. Womit auch schon Ihre nächste Frage beantwortet ist. Blonde Haare, knappe Klamotten, viel Make-up, hohe Schuhe. So hoch, dass sie wie ein Storch im hohen Gras darauf herumgestöckelt ist. Viel mehr Details hab ich mir nicht gemerkt.«

»Nun gut. Ich glaube, dann wären wir so weit durch.« Fabian warf Thomas einen Blick zu, der mit dem Kopf in Richtung Tür deutete. Fabian nickte. »Gut, das war es dann fürs Erste. Wir kommen gegebenenfalls noch mal mit weiteren Fragen auf Sie zu.«

»Ernsthaft jetzt?«, fragte Beuchert und schnaufte. »Für die drei Fragen scheuchen Sie mich aus dem Bett und jagen mich hierher? Das hätte ich Ihnen auch am Telefon sagen können.«

»Die Entscheidung darüber, wann und wo wir Sie befragen, überlassen Sie bitte uns«, sagte Fabian noch im Gehen.

»Puh, so ein aufgeblasener Affe«, sagte Thomas, als sie vor der Tür des *Flamingos* standen. »Mitgefühl ist für den wohl ein Fremdwort.«

»Solche Zeugen sind mir immer die liebsten. Meinen, sie hätten die Weisheit mit Löffeln gefressen, lassen sich aber jedes Wort aus der Nase ziehen, nur um irgendwelchen Schwachsinn von sich zu geben.«

»Kann ich gerne drauf verzichten«, murmelte Thomas und warf einen Blick über die Schulter, bevor er die Straße überquerte. »Lass uns zur Kennedyallee fahren und hören, was Gering für uns hat.«

»Und dann müssen wir dringend zusehen, dass wir mehr Informationen über die blonde Frau bekommen.«

5. Kapitel

25 Jahre zuvor

Beim Geräusch der zuschlagenden Haustür stockte ihr der Atem. War er bereits zurück? Schritte hallten durch den Flur, stoppten kurz, als er sich wie immer vor dem riesigen Jesus an der Wand bekreuzigte, und bewegten sich dann in Richtung Treppe.

Ihr Blick wanderte automatisch zum Spiegel. Schreckgeweitete Augen starrten ihr daraus entgegen. Vorhin hatte sie sich noch ein wenig wie ihre Mutter gefühlt, nachdem sie deren Make-up benutzt und deren Kleider angezogen hatte. Jetzt kam sie sich plötzlich lächerlich vor, mit ihren pink geschminkten Lippen, dem ängstlichen Ausdruck im Gesicht und dem Lieblingssommerkleid ihrer Mutter am Körper, das ihr um die Brust herum noch viel zu weit war. Sie wusste außerdem ganz genau, dass sie im Schlafzimmer nichts verloren hatte. Ihr Vater hasste es, wenn sie in den Sachen ihrer verstorbenen Mutter herumwühlte. Er verstand einfach nicht, dass es das Gefühl der Leere und des Verlustes zumindest ein wenig linderte.

Eilig zerrte sie sich den Stoff über den Kopf und schlug dabei mit ihrem Ellenbogen an die geöffnete Schranktür.

Die Stimme ihres Vaters hallte durch das Haus, als er nach ihr rief. »Wo bist du?«

»Hier. Ich komme gleich«, formte sich die Antwort automatisch in ihrem Mund. Die unterste Stufe knarrte. Er war auf dem Weg zu ihr. Sie knüllte das Kleid zusammen, warf es in den Schrank und schlug die Tür zu. Dann griff sie ihr Shirt, das sie aufs Bett geworfen hatte, und zog es über den Kopf, als auch schon die Tür zum Schlafzimmer ihrer Eltern aufgestoßen wurde.

»Was hast du hier drin zu suchen?« Der Blick ihres Vaters wanderte durch den Raum, fixierte erst den Schrank und dann sie.

»Entschuldige«, sagte sie und senkte den Kopf. »Ich wusste nicht, dass du schon so früh zurück sein wirst.« Ja, das war eine hervorragende Ausrede. Sie hatte etwas Verbotenes gemacht, weil sie davon ausgegangen war, dass ihr Vater es nicht merken würde. *Das* gefiel ihm sicher.

Mit wenigen Schritten war er bei ihr. Er packte ihre Wangen und zwang sie, den Kopf zu heben und ihn anzusehen. Sie spürte seinen Atem auf ihrem Gesicht, konnte den schwarzen Talg in seinen geweiteten Poren sehen. Auf seinem Kinn war ein Barthaar eingewachsen. Ihre Lippe zitterte, als sein Griff sich verstärkte. Tränen wollten sich den Weg in ihre Augen bahnen.

»Was in Gottes Namen soll das?«, fragte ihr Vater streng.

»Ich sagte doch, es tut mir leid.« Plötzlich fühlte sie sich als würde ihr Herz stehen bleiben. Sie hatte den Lippenstift völlig vergessen.

»Wie siehst du denn aus?«, brüllte ihr Vater da auch schon. »Wie ein billiges Flittchen. Hast du mal überlegt, wie über uns geredet wird, wenn dich die Nachbarn so sehen? Himmel steh mir bei!«

Sie sagte nicht, dass die Nachbarn sich vermutlich kein bisschen dafür interessierten, wie sie herumlief.

Im Gegenteil. Letzte Woche hatte sie sich mit Michaela von nebenan die Fingernägel lackiert. Natürlich hatte sie die rote Farbe sofort danach wieder entfernt. Ihr Vater hätte sie andernfalls windelweich geprügelt. So wie jetzt. Er gab ihre Wangen frei, allerdings nur, um sie kurz darauf am Genick zu packen und in Richtung Bad zu schleifen.

Beim Waschbecken angekommen drehte er den Hahn auf und drückte ihren Oberkörper nach unten. »Dir werd ich zeigen, wie man sich in meinem Haus zu verhalten hat.«

Als er ihren Kopf unter das Wasser zwang, war es so heiß, dass sie glaubte, es würde ihre Gesichtshaut herunterwaschen. Ihr Vater drückte sie unerbittlich in den Strahl. Mit der freien Hand nahm er die Seife und rieb ihr damit über die Lippen. »Erbarme dich meiner, Gott«, murmelte er, während sich die scharfe Lauge in ihrem Mund verteilte und sie zum Würgen brachte. »Nach deiner Gnade, nach deiner großen Milde lösch' aus meine Sünden.«

»Hör auf«, versuchte sie, ihm zuzurufen, doch aus ihrem Mund drang nur ein ersticktes Gurgeln. Sie atmete etwas von dem Schaum ein und musste husten.

»Entsündige mich mit Ysop, dass ich rein werde; wasche mich, dass ich weißer werde als der Schnee«, sagte er nun dicht an ihrem Ohr. Dann endlich gab er sie frei. »Geh in den Keller«, befahl er, während er sich die Hände abtrocknete.

»Nicht in den Keller«, bat sie mit schwacher Stimme. Ihr war übel, weil sie zu viel von dem Seifenwasser geschluckt hatte. In ihrem Kopf drehte sich alles. »Bitte nicht.«

»Tu sofort, was ich dir sage! Das wird dir eine Lehre sein, dich noch einmal wie eine Hure zu verkleiden!«

6. Kapitel

Beim Institut für Rechtsmedizin angekommen, mussten Fabian und Thomas auf Gering warten, der noch in einer Leichenschau steckte. Als sie den Aufenthaltsraum betraten, saß dort bereits eine junge Frau, die sich an eine Tasse klammerte. Sie war blass um die Nase und wirkte abwesend.

»Alles in Ordnung?«, fragte Fabian, der die Frau hier noch nie gesehen hatte. Er schätzte ihr Alter auf höchstens Anfang zwanzig, vielleicht sogar etwas jünger.

Sie riss den Kopf nach oben als habe sie gar nicht mitbekommen, dass die beiden Polizisten den Raum betreten hatten. »Oh«, sagte sie und hob die Tasse an den Mund. Dabei zitterte ihre Hand leicht. »Alles gut.« Sie nickte, wie um sich selbst davon zu überzeugen. »Mir ist nur ein bisschen schlecht geworden. Ich mache hier gerade ein Praktikum.«

»So geht das jedem am Anfang. Oder zumindest fast jedem«, sagte Fabian und nahm sich einen Stuhl. »Studieren Sie Medizin?«

Die junge Frau schüttelte den Kopf. »Noch nicht, aber ich habe überlegt, ein Studium anzufangen. Ich bin gelernte Bestatterin. Deswegen dachte ich eigentlich auch, dass ich im Umgang mit dem Tod abgehärtet bin. Aber wenn man dann live dabei ist, wenn einem Toten der Bauch aufgeschnitten wird ...« Sie brach ab und atmete tief ein und aus. »Dieses gelbe Fettgewebe hat mich fertiggemacht. Vielleicht ist Rechtsmedizin doch nicht das Richtige für mich.«

Fabian lächelte. Nicht anders war es ihm gegangen, als er an den ersten Obduktionen teilgenommen hatte. Er war längst nicht so abgehärtet wie Thomas – der konnte sogar direkt nach einem Besuch in der Rechtsmedizin ein Wurstbrot essen –, aber er hatte sich einigermaßen an den Anblick gewöhnt.

Eine Tür wurde aufgerissen, und Gering betrat den Aufenthaltsraum. »Tut mir leid meine Herren, dass ich Sie habe warten lassen. Wir hatten da einen kleinen Zwischenfall«, sagte er mit einem Seitenblick auf die junge Frau. »Sind Sie bereit für einen zweiten Versuch, Frau Wolf?«

Die Frau schaute ihn unsicher an, nickte dann aber tapfer.

»Das schaffen Sie schon, keine Angst. Alles eine Frage der Gewöhnung.« Gering wandte sich an Fabian und Thomas. »Wenn Sie nichts dagegen haben, würde ich unsere Praktikantin Nadine Wolf mit in unsere Besprechung nehmen. Dann kann sie sich gleich das Prozedere bei einem nicht natürlichen Todesfall ansehen.«

Fabian zuckte mit den Schultern und schaute in Thomas' Richtung.

»Was sollten wir gegen die Anwesenheit einer so netten jungen Dame haben?«, fragte der und warf der Praktikantin ein strahlendes Lächeln zu.

Wenige Minuten später standen alle mit Kitteln, Mundschutz und Handschuhen ausgestattet vor dem Edelstahltisch, auf dem die Leiche des Mannes lag, dessen Name höchstwahrscheinlich Erik Marquardt war. Sein Körper war bis zum Hals mit einem Tuch abgedeckt. Auf einer Tafel an der gekachelten Wand standen die Daten zu dem Toten, die von den Sektionsassistenten notiert worden waren.

Er war einen Meter neunzig groß, hatte etwas über achtzig Kilo gewogen und vor seinem Tod einen Blutalkoholwert von 1,2 Promille gehabt. Seine letzte Mahlzeit hatte aus Sushi und eben dem Alkohol bestanden.

»Fangen wir am besten oben an, das ist eh der für Sie interessante Bereich«, sagte Gering, winkte Nadine Wolf heran und stellte sich an den Kopf des Sektionstisches. »Alle anhaftenden Spuren wurden vorab gesichert. Die Fingernägel waren bis auf getrocknetes Blut weitestgehend sauber. Wir haben zumindest keine Hautpartikel gefunden. Dafür aber ein paar blonde Haare in unterschiedlicher Länge am Sakko. Die wurden ins Labor geschickt. Ich würde darauf tippen, dass sie von einer Frau stammen. Proben für die Toxikologie wurden ebenfalls genommen, ein Drogenschnelltest war jedoch negativ. CT zeigt keine Verletzungen des Schädelknochens. Der Kehlkopf ist allerdings gebrochen, was letztlich auch zu seinem Tod geführt hat. Er ist erstickt.«

Fabian schaute in das Gesicht des Toten. Beim Anblick der zahlreichen Verletzungen, die sich über das Gesicht und den Schädel zogen, konnte er das kaum glauben.

»Wie Sie hier sehen, befindet sich auf der linken Schädelseite ein Cluster von Malen stumpfer Gewalteinwirkung, das sich bis runter zur Stirn zieht«, referierte Gering. »Wir haben hier unterschiedliche

Ausprägungen. Prellungen, Abschürfungen und dort, wo mit besonders viel Kraft zugeschlagen wurde, auch Risswunden. Außerdem die typischen Einblutungen in den Augen aufgrund des Erstickungstodes.«

»Der oder die Täter waren vermutlich Rechtshänder«, schlussfolgerte Fabian aus der Lage der Wunden.

»Da stimme ich Ihnen zu. Allerdings finden sich die Verletzungen auch mittig. Aber dazu kommen wir später. Sehen Sie hier die L-förmigen Prellmarken auf der Stirn und auch hier unter dem Auge?« Er deutete auf den Tränensack des Toten, auf dem sich eine kantige Verfärbung abzeichnete. Fabian und Thomas beugten sich ein wenig nach unten, um besser sehen zu können. Nadine Wolf, die mittlerweile wieder etwas mehr Farbe im Gesicht hatte, tat es ihnen gleich.

»Sie erinnern sich noch an das kleine Stück Plastik, das ich am Tatort neben der Leiche gefunden habe?« Gering ging zu einem Schreibtisch an der Stirnseite des Raumes und nahm eine kleine Plastiktüte, die er Thomas und Fabian hinhielt. »Es passt exakt zu der Form der Wunden.« Erlegte die Tüte zurück.

»Anscheinend lagen Sie mit der Vermutung richtig, dass Sie ein Stück der Tatwaffe entdeckt haben«, sagte Thomas.

»Sieht wohl so aus. Nun, wir haben weitere, wenn auch weniger gebündelte Wunden an der Frontseite des Kopfes. Eine Abschürfung sowie eine Risswunde auf dem Nasenbein, das übrigens auf der linken Seite frakturiert ist. Ein weiterer Hinweis darauf, dass die Schläge von rechts kamen. Ein Schneidezahn ist zur Hälfte abgebrochen, ein weiterer komplett ausgeschlagen – er lag auf der Brust des Toten. Beide sind selbstverständlich eingetütet.«

Fabian kniff die Augen zusammen, als sich das Bild des Zahnes in seine Erinnerung drängte. Er atmete tief durch, um seinen Magen zu beruhigen. Automatisch fuhr er mit der Zunge die Innenseite seiner Zähne entlang, wie um zu überprüfen, ob sie noch vollständig und unversehrt an Ort und Stelle waren.

Als er die Augen wieder öffnete, hatte Gering den Kopf des Toten angehoben und begutachtete dessen Hinterkopf. »An der Rückseite des Schädels befinden sich eine Platzwunde und Male von den Steinen, auf denen er gelegen hat, sowie einige Abschürfungen. Die Platzwunde kommt vermutlich daher, dass er im Laufe des Angriffs zu Boden gegangen ist und sich nicht abgefangen hat. Bei den Abschürfungen tippe ich mal darauf, dass auch noch auf ihn eingeschlagen wurde, als er längst am Boden lag. Dafür spricht auch die Verlagerung der Wunden in die Mitte des Gesichtes sowie auf den Hals und den Torso.«

»Sieht nicht so aus, als hätte da jemand in Notwehr gehandelt«, warf Fabian ein.

»Richtig. Sieht eher nach einer Menge Wut aus, die dahintersteckte.« Er legte den Kopf wieder ab und ging an die Seite des Tisches. Dort hob er das Tuch ein wenig an, mit dem der Körper des Toten abgedeckt war. »Am rechten Arm haben wir zahlreiche Abwehrverletzungen mit demselben Muster, genauso wie an den Händen.«

»Das Opfer hat also verzweifelt versucht, sich vor den Schlägen zu schützen?«, fragte Nadine Wolf, die mittlerweile wieder etwas Abstand zum Sektionstisch eingenommen hatte.

»Sieht ganz danach aus. Gut beobachtet«, antwortete Thomas und lächelte die Praktikantin an. Wenn Fabian es nicht besser wüsste, könnte man den Eindruck gewinnen, sein Kollege würde mit der jungen Frau flirten.

»Sehr richtig«, sagte Gering. Erneut hob er den Arm des Toten an und drehte ihn so, dass Fabian und Thomas die Innenseite sehen konnten. »Wir haben sowohl passive Abwehrverletzungen an den Unterarmen als auch aktive an den Handinnenflächen. Vermutlich hat er versucht, nach der Waffe zu greifen, um sie dem Täter zu entwenden. Wie eingangs erwähnt, ist das Opfer nicht an den Schlägen auf den Kopf gestorben, sondern Ursache war die Gewalt gegen den Hals. Sie hatte einen Kehlkopfbruch zur Folge. Durch die Einblutungen wurden die Atemwege verengt, woraufhin der Geschädigte erstickt ist.« Gering zog nun das Tuch vom Oberkörper der Leiche herunter, sodass der mittlerweile vernähte Y-Schnitt, mit dem die Leichen bei Obduktionen geöffnet wurden, beinahe vollständig zu sehen war.

Nadine Wolf zog scharf die Luft ein, verneinte aber, als Gering sie fragte, ob sie lieber wieder nach draußen gehen wolle.

Die Brust des Mannes wies ähnliche Wunden auf wie der Kopf, mit dem Unterschied, dass sie sich nicht an einer Stelle häuften, sondern scheinbar wahllos über den gesamten Oberkörper verteilten. Auch auf dem Hals waren einige Spuren zu sehen.

»Im Gegensatz zu den Spuren am Schädel und im Gesicht zeigt sich hier, dass die Schläge von schräg oben kamen«, fuhr Gering mit seinen Ausführungen fort. »Am Kopf kamen sie den Malen nach ausschließlich von der rechten Seite und eher von unten.«

»Der Täter stand über ihm und hat weiter auf ihn eingeschlagen, nachdem das Opfer längst am Boden war«, sagte Fabian und Gering bestätigte ihn mit einem Nicken.

»Ziemlich heftig sogar, denn das linke Schlüsselbein ist zertrümmert.«

»Können Sie uns schon etwas über die Waffe erzählen?«, fragte Thomas.

»Leider nein, das wäre reine Spekulation. Da müssen Sie das Ergebnis der Materialanalyse abwarten.«

»Sie sind sicher, dass das Stück Plastik von der Tatwaffe stammt?« Seit Gering ihnen letzte Nacht das kleine schwarze Quadrat gezeigt hatte, überlegte Fabian, zu was für einem Gegenstand es gehören konnte. Ihm wollte einfach nichts Passendes einfallen.

»Einhundertprozentig. Wie bereits erläutert, stimmen die Kantenlängen exakt mit den Prellmarken überein. Warten Sie, ich zeige es Ihnen. Dafür brauchen Sie nicht mal die Messergebnisse heranziehen.« Gering drehte sich um und nahm erneut die durchsichtige Plastiktüte zur Hand. Zurück am Sektionstisch hielt er hielt er die Tüte an eine besonders gut sichtbare Prellmarke. »Hier, sehen Sie?«

Fabian, Thomas und auch die Praktikantin beugten sich nach unten. Die Kanten des schwarzen Vierecks passten wie angegossen auf die Einblutungen.

»Das sieht aus wie ein Stück Absatz von einem Stöckelschuh. Darf ich mal?« Die Praktikantin streckte die Hand aus und Gering reichte ihr die Tüte. »Ja, genau. Ein Pfennigabsatz. Da sind unten immer so kleine Schoner aufgenagelt oder geklebt. Oder wie auch immer man diese Plastikdinger nennt. Das hier sieht jedenfalls genau danach aus.«

»Sie kennen sich offensichtlich gut mit dieser Art von Schuhen aus«, sagte Thomas mit einem Blick auf ihre Turnschuhe.

»Ob Sie es glauben oder nicht, ich trage sie durchaus in meiner Freizeit«, sagte sie und klang etwas eingeschnappt.

»Stiftflecken«, sagte Fabian laut, der in der Zwischenzeit nach dem Begriff gegoogelt hatte. Er hielt der Praktikantin das Handy hin. »Das hier meinen Sie, oder?«

»Ganz genau.«

Fabian zeigte auch Thomas das Display. »Darauf muss man erst mal kommen. Ich glaube, Sie könnten recht haben, Frau Wolf«, sagte er, auch wenn er es noch nicht so recht glauben konnte. Ein Damenschuh als Tatwaffe, dazu noch die Blondine, die laut dem Barkeeper vermutlich eine Prostituierte war. Das alles klang eher nach einem Thriller als nach der Realität. Da fiel ihm plötzlich etwas ein. »Hatte der Tote eine Uhr am Handgelenk?«, fragte er.

Gering runzelte die Stirn, während er kurz nachdachte. Dann schüttelte er den Kopf. »Keine Uhr und übrigens auch kein Geldbeutel oder Handy. Die Schlüsselkarte, die ihm aus der Hosentasche gefallen ist, ein paar

Atemfrei-Kaugummis und ein Feuerzeug sowie eine halb volle Packung Zigarillos waren die einzigen Gegenstände, die er bei sich hatte.«

»Wenn die Person auf dem Tisch hier wirklich Erik Marquardt ist, hatte es wohl jemand auf sein Geld abgesehen«, sagte Thomas. »Teure Uhr, schicker Anzug, teure Drinks, ein Immobilienmakler. Das kann schon Begehrlichkeiten wecken. Sagte der Barkeeper nicht, sein Date hätte ihm genau über die Schulter gesehen, als er den PIN-Code für die Karte eingegeben hat?«

»Ja, das war sein Eindruck. Allerdings sieht das Verletzungsmuster für mich so gar nicht nach einem Raubmord aus. Eher nach starken Emotionen.«

»Gier ist auch eine starke Emotion.« Thomas lachte kurz auf, wurde dann aber wieder ernst. »So oder so, wir müssen diese Frau finden, egal, was sie angetrieben hat. Sie dürfte uns ein ganzes Stück weiterbringen.«

7. Kapitel

Es war weit nach zwölf in der Nacht, als sie mit dem Mietwagen den Ort nahe der polnischen Grenze erreichte. Die Tagung hatte länger gedauert als geplant, da gefühlt jeder Teilnehmer seine Redezeit überzogen hatte, und es offensichtlich niemanden gab, der für die Einhaltung der Vorgaben zuständig war.

Das Dorf hatte sie wegen des ansprechenden Namens gewählt. *Schleife*. Der war ihr auf Google Maps direkt ins Auge gesprungen und sie hatte das Gefühl, dass sie hier richtig war.

Mittlerweile war sie sich da nicht mehr so sicher. Das Dorf war so klein und verlassen, dass sie befürchtete, hier keinen Bankautomaten zu finden. Erst als sie von Weitem schon das Ortsausgangsschild erkennen konnte, sah sie eine Postfiliale auf der linken Straßenseite. Sie trat auf die Bremse und hielt den Wagen an. Mit etwas Glück gab es dort einen Geldautomaten. Im Rückspiegel überprüfte sie noch einmal den Sitz ihrer Perücke, zog sich die dünnen Lederhandschuhe über und stieg aus.

In einiger Entfernung hörte sie die dumpfen Klänge von Musik und Stimmengewirr. Anscheinend feierte dort jemand. Vielleicht war das aber auch die Dorfkneipe. Schnell stöckelte sie zum Eingang der Post und war erleichtert, als sich die Schiebetüren zum Vorraum automatisch öffneten. Vor ihr stand ein in die Jahre gekommener Geldautomat. Unauffällig schaute sie sich nach Kameras um. An der Decke konnte sie keine ausmachen. Den Aufwand mit dem Schminken und der Perücke hätte sie sich getrost sparen können.

Sie nahm die Karte von Erik Marquardt aus ihrer Tasche – den Rest des Geldbeutels hatte sie wie geplant auf der Fahrt entsorgt – und steckte sie in den Automaten.

»Drei sieben fünf acht«, murmelte sie. Wenn sie sich in der Bar nicht getäuscht hatte, war das die PIN. Sie tippte die Zahlen über das Tastenfeld ein, nachdem sie einen Betrag gewählt hatte, drückte auf Bestätigung und nach einem kurzen Moment ratterte der Automat, während er die Scheine abzählte.

Innerlich jubelte sie. Sie warf sich zur Sicherheit noch einmal die blonden Haare über die Schulter. Nur für den Fall, dass doch eine Kamera in dem Automaten verbaut war. Zwar wusste sie, dass diese oft nicht aufzeichneten oder die Qualität der Bilder zum Davonlaufen war, aber sicher konnte sie sich da nicht sein. Schließlich nahm sie das Geld aus dem Schlitz, holte ihren Geldbeutel aus der Handtasche und stopfte die tausend Euro hinein. Natürlich hatte der Automat ihr bei dieser Summe nur Hunderter ausgespuckt, die zu groß für ihr schmales Geldfach waren.

Als sie sich zur Tür drehte, fuhr sie zusammen. Direkt vor der Glasscheibe stand ein Mann und schaute sie an. Nach dem ersten Schreckmoment straffte sie die Schultern und trat nach draußen. Der Mann ging einen Schritt zur Seite, um ihr Platz zu machen und sie besser mustern zu können. Sein Gang war unsicher, und er schwankte leicht. Vermutlich war er betrunken.

»Hey«, sagte er in tiefstem Sächsisch und grinste. »Wen haben wir denn da?«

Zunächst ignorierte sie ihn und ging weiter, doch dann zögerte sie. Niemand kannte sie hier. Der dumme Makler hatte ihr den Testlauf versaut, warum sollte sie nicht hier und jetzt einen neuen Versuch wagen? Sie drehte sich um. Der Mann stand noch immer breitbeinig auf dem Gehweg, scheinbar bemüht, nicht das Gleichgewicht zu verlieren, und stierte in ihre Richtung.

»Machst du das öfter?«, fragte sie und schaute ihn dabei angriffslustig an.

Vermutlich überforderte ihn ihre Frage in diesem Zustand. Seine Mundwinkel sanken nach unten, und er kniff die Augen zusammen. Dann grinste er wieder. »Hü- hübsche Ladys wie dich anzusprechen, wenn sie mir über den Weg laufen? Die Gelegenheit kann ich mir kaum entgehen lassen.«

Sie versuchte, sich auf das Wesentliche zu konzentrieren und dabei auszublenden, wie unerträglich widerlich dieser Typ war. Mit einem gequälten Lächeln sagte sie: »Da hast du dir den besten Spruch ausgesucht, den du so zu bieten hast. Ich wette, damit bekommst du jede rum.«

Der Mann machte einen schwankenden Schritt auf sie zu. »Ich geb ja zu, einfallsreich war's nicht. Aber hey, im Ernst, ich hab dich hier wirklich noch nie geseh'n. So eine wie du wär mir bestimmt aufgefallen.«

Sie wich nicht vor ihm zurück und spielte stattdessen mit ihren Fingern an einer Strähne der Perücke, wobei sie sich wie die Darstellerin eines billigen Pornofilms vorkam. »Ich bin auch nicht von hier. Aber du anscheinend schon.«

»Bl-«, er stieß geräuschvoll auf, drückte sich den Daumen an die Stirn und rief: »Schulz! Und du bist eine Blitzmerkerin.«

Der Kerl war anscheinend nicht nur ein wenig angetrunken, sondern sturzbesoffen. Plötzlich wurde sie unsicher, ob das alles eine so gute Idee gewesen war. Woher sollte sie wissen, dass er nicht plötzlich aggressiv wurde und die ganze Sache so endete wie mit dem Makler? Noch so einen Eklat durfte sie nicht riskieren. Mit Sicherheit würde sie nicht noch einmal so viel Glück haben wie beim letzten Mal. Sie seufzte. Sie entschied, die Sache abzublasen. »Nun, dann wünsche ich dir noch einen guten Heimweg«, sagte sie schnell und ging über die verlassene Straße zu ihrem Wagen.

»Aber ... hey, was soll das?«, lallte der Besoffene hinter ihr, doch sie ignorierte ihn. Wenn er versuchte, sie anzugreifen, würde er dafür bezahlen.

Glücklicherweise machte er keine Anstalten, sie zu verfolgen. Sie stieg in das Auto, verriegelte die Türen von innen, startete den Motor und ließ das Fenster auf der Fahrerseite einen Finger breit nach unten. Dann wendete sie.

Als sie auf die Landstraße fuhr, pfriemelte sie das iPhone des Maklers aus ihrer Handtasche und warf es aus dem Fenster. Die tausend Euro würde sie in Dresden in einem Müllcontainer entsorgen, ebenso die teure Uhr. Sie hatte das Modell gegoogelt und war beinahe an ihrem Morgenkaffee erstickt, als sie gesehen hatte, was das gute Stück wert war. Er hatte anscheinend nicht übertrieben, was seinen Erfolg als Makler anging. Es tat ihr fast ein bisschen leid. Um die Uhr, nicht um den Makler. Der war ihr vollkommen egal.

Ohne Zweifel war es gut, dass sie das teure Schmuckstück im Eifer des Gefechts von seinem Handgelenk gezogen und mitgenommen hatte. Das würde die Polizei auf eine falsche Fährte führen. Ein wenig wehmütig schaute sie auf ihr Handgelenk, als sie das Fernlicht einschaltete. Vielleicht würde sie das gute Stück einfach behalten. Sie musste sie ja nicht in der Öffentlichkeit tragen

8. Kapitel

Aus dem Erdgeschoss drang geschäftiges Klappern zu Aaron nach oben. Er warf einen Blick auf die Uhr. Viertel nach Acht. Normalerweise war er um diese Zeit längst im Büro, doch heute hatte er sich freigenommen. Den Monat hatte er bereits genug Überstunden angehäuft. Er streckte sich ein letztes Mal genüsslich und stand schließlich auf. Einen Moment blieb er vor dem bodentiefen Fenster stehen und ließ den Ausblick auf sich wirken. Vom Schlafzimmer aus sah man direkt auf den Günthersburgpark, und Aaron erfreute sich jedes Mal daran und hatte sich fest vorgenommen, dieses kleine Glück niemals zur Normalität werden zu lassen. Schließlich warf er sich seinen Morgenmantel über und ging nach unten.

Er fand Rebecca in der Küche, wo sie gerade mit einem Holzlöffel das Rührei in der Pfanne umherschob, obwohl ihr in letzter Zeit schlecht von dem Geruch wurde. Ihrem Gesicht war anzusehen, dass das auch am heutigen Morgen der Fall war. Und trotzdem machte sie sich für ihn die Mühe. Ein echter Liebesbeweis. Es zeigte ihm außerdem, dass sie ihm seinen Fehltritt – während der letzten Geschäftsreise – endgültig verziehen hatte, und die Krise ihrer Ehe überstanden war. Er durfte sich nie wieder so gehen lassen, erst recht nicht jetzt, wo er Vater wurde. Egal, wie verführerisch die Situation erscheinen mochte. Vor allem aber musste er das mit den Drogen sein lassen.

Aaron stellte sich hinter sie und küsste sie auf den Nacken, was sie kichernd zusammenzucken ließ.

»Guten Morgen, Prinzessin«, sagte er, stellte eine Tasse unter die Siebträgermaschine und füllte eine Ladung frisch gemahlenen Kaffee in das Sieb.

»Ach, ich fühle mich momentan eher wie ein Walfisch auf dem Trockenen«, sagte Rebecca und winkte ab. Dabei hatte er nicht mal übertrieben. Seine Frau hatte sich trotz der frühen Uhrzeit herausgeputzt und sah fantastisch aus.

»Was hast du heute vor?«, fragte er sie neugierig und strich mit seiner Hand über ihre Hüfte, während die Maschine gurgelnd heißen Kaffee in seine Tasse spuckte.

Rebecca schaltete den Herd aus. Die Eier hatte sie auf einen Teller verfrachtet, den sie ihm zusammen mit einer Gabel hinstellte.

»Zu meinen Eltern fahren«, antwortete sie knapp. Sie nahm die Pfanne vom Herd und ließ Wasser hineinlaufen, das zischend verdampfte.

Aaron zog die Mundwinkel nach unten. »Wie bitte? Warum hast du mir nichts davon erzählt? Ich dachte, wir machen uns ein gemütliches Wochenende. Die neue Staffel *Stranger Things* wartet auf uns.«

»Natürlich hab ich das gesagt. Der Termin steht schon seit zwei Wochen fest. Morgen ist der erste Todestag meiner Tante und außerdem ...« Sie strich sich zärtlich über ihren Bauch, »muss ich ihnen noch mitteilen, dass wir einen kleinen Stammhalter bekommen. Bestimmt wird mein Vater außer sich vor Freude sein. Das erste Enkelchen, und gleich ein Junge.«

Aaron nickte, konnte seine Enttäuschung aber nicht wirklich verbergen. Seit Wochen war es das erste Wochenende, an dem sie ein wenig Zeit für sich gehabt hätten, und ausgerechnet jetzt musste sie zu ihren Eltern fahren. Er setzte sich an den Tisch und stocherte ohne großen Appetit in dem Ei herum.

»Jetzt sei nicht so«, sagte Rebecca. Sie hatte sich mittlerweile neben ihn gesetzt und tätschelte seinen Oberschenkel. »Es ist ja nicht gerade so, als würdest du sonst nicht die Wochenenden im Büro verbringen.«

»Das ist es ja«, entgegnete er. »Da schaffe ich es endlich mal, mich etwas freizuschaufeln, Überstunden abzufeiern – und du bist nicht da. Eigentlich hatte ich gehofft, dass wir mal wieder etwas Zeit zu zweit verbringen können.«

Rebecca warf ihm ein umwerfendes Lächeln zu. »Das ist ohnehin bald vorbei. Und außerdem hast du mir versprochen, dass du spätestens in ein paar Wochen etwas kürzer trittst. Ich will schließlich keine alleinerziehende Mutter sein.«

Aaron nickte. *Und ich muss zusehen, wie ich all das hier bezahlt bekomme,* dachte er bei sich, sagte aber nichts. Er wollte jetzt keinen Streit anfangen, was bei dem Hormoncocktail, der zurzeit in Rebeccas Körper wütete, gar nicht so einfach war. Das Vermeiden von kritischen Themen kam einem Segeltörn auf unruhiger See, vorbei an zahllosen Sandbänken, gleich. Man drohte jeden Moment zu kentern oder auf Grund zu laufen.

»Du lieber Himmel«, rief sie plötzlich und sprang auf. »So spät schon? Ich verpasse noch meinen Zug.« Damit stürmte sie aus der Küche, und kurz darauf hörte er ihre

Schritte über seinem Kopf. Nur wenige Minuten später kam sie mit einer Tasche in der Hand wieder die Treppe herunter.

Als sie ihm einen Kuss auf die Wange drückte, umarmte er sie. »Pass auf euch zwei auf«, sagte er und schaute sie besorgt an. Er konnte nicht verstehen, wie sie mit diesem Bauch so sorglos ihre Reisetasche durch die Gegend schleppte. Wäre er schwanger, würde er sich vermutlich die neun Monate über ins Bett legen und schonen.

»Ich bin nicht krank, wie oft soll ich dir das denn noch sagen?« Sie löste sich von ihm. »Wir sehen uns am Sonntag. In alter Frische, versprochen.«

Aaron schaute ihr hinterher. Als sie außer Sichtweite war, stand er auf und leerte seinen Teller in den Mülleimer. Irgendwie hatte er heute keinen Appetit. Was sollte er jetzt mit seinem freien Wochenende anfangen? Er war es nicht mehr gewohnt, nichts zu tun und erst recht nicht, dabei allein zu sein.

Er warf einen Seitenblick auf sein Handy, das auf der Anrichte lag. Nein, das konnte er nicht machen. Oder doch? Nur noch einmal, zum Abschied quasi. Wenn er erst Vater war, konnte er sich solche Ausflüge nicht mehr erlauben. Und es musste ja nicht so ausarten wie beim letzten Mal.

Aber es wäre Rebecca gegenüber einfach nicht fair. Er hatte ihr versprochen, dass solche Dinge nie wieder vorkommen würden und sie vertraute ihm.

Genau eine Stunde schaffte er es, den Gedanken daran zu verdrängen. Dann nahm er das Handy und entsperrte es. Wie sagte man so schön? Einmal ist keinmal.

9. Kapitel

Der Novemberregen prasselte gegen die Fensterscheiben, während Fabian und Thomas in ihrem Büro auf das Eintreffen von Frau Eberlein warteten. Sie hatte am Vortag versprochen, ihnen auf dem Weg ins Büro den Kalender sowie die Mappe mit den Visitenkarten der Geschäftskontakte von Erik Marquardt vorbeizubringen. Außerdem hatte sie ihnen die Adresse des Zahnarztes von ihrem Chef gegeben, und so war seit etwa einer halben Stunde klar, dass Frau Eberlein vermutlich nicht mehr sonderlich oft in das Büro fahren würde. Der Zahnstatus der Leiche aus dem Grünewaldpark stimmte mit den zahnärztlichen Unterlagen von Erik Marquardt überein. Sie hatten den Toten identifiziert, also ging es jetzt darum, seine Kontakte zu durchforsten und mehr über ihn herauszufinden.

Pünktlich um halb neun klopfte es zaghaft an der Tür, und Frau Eberlein kam ins Zimmer. In der Hand hielt sie ein in schwarzes Leder gebundenes Büchlein und eine Mappe. Beides legte sie auf dem Tisch ab. Ihre Augen waren gerötet, anscheinend hatte sie geweint.

»Darf ich Ihnen einen Kaffee anbieten?«, fragte Fabian, dem die Frau leidtat.

»Nein, danke«, sagte sie und fuhr sich durch die Haare. »Es wartet noch so viel Arbeit auf mich. Ich weiß gar nicht, wie es jetzt überhaupt weitergehen soll, und wo man am besten anfängt. Was ist mit dem Büro, mit meinem Job?« Sie schaute verzweifelt zwischen Fabian und Thomas hin und her, als erwartete sie, dass die beiden ihr eine Antwort darauf gaben. Einen Moment herrschte betretenes Schweigen. Schließlich schüttelte sie den Kopf und ging zur Tür. »Entschuldigen Sie, ich wollte Sie jetzt nicht volljammern. Das ist nicht meine Art. Wiedersehen.«

Noch bevor einer von ihnen antworten konnte, war sie im Flur verschwunden. Thomas schaute zu Fabian rüber, zog die Mundwinkel nach unten und zuckte mit den Schultern. »Klarer Fall von Überforderung«, sagte er.

»Ach komm«, entgegnete Fabian und nahm sich das schwarze Büchlein. »Tu nicht so herzlos. Versetz dich doch mal in ihre Lage. Du wüsstest vermutlich auch nicht, was man in so einem Fall macht.«

»Du meinst, wenn der Chef stirbt und es weder einen Stellvertreter noch Erben gibt? Da hast du wohl recht. Deswegen bin ich Beamter. Mein Chef stirbt nie.«

Fabian sparte sich eine Antwort darauf und blätterte stattdessen durch die Seiten des Kalenders. Jeweils an den Mittwochen der vergangenen zwei Monate war in den Abendstunden ein Termin eingetragen. Die Zeit variierte zwischen neunzehn und einundzwanzig Uhr, und es standen unterschiedliche Initialen dazu geschrieben. Der vergangene Mittwoch war ohne Eintrag. Entweder hatte sich der Barkeeper getäuscht, und Marquardt war doch ab und zu mit einem Geschäftspartner im *Flamingos* gewesen, oder er hatte sich nachträglich die Initialen der Damen vermerkt, mit denen er die Nächte des Mittwochs der vergangenen Wochen verbracht hatte.

»Wenn sich keine passenden Personen zu den Abkürzungen im Kalender finden, sollten wir die Nachbarn im Haus befragen. Vielleicht ist ihnen ja etwas aufgefallen«, schlug Fabian vor, nachdem er Thomas die Einträge gezeigt hatte.

»Du meinst, dass er jeden Mittwoch eine andere Frau mit nach Hause geschleppt hat?«

»Kann doch sein«, sagte Fabian, der Thomas' skeptischen Blick bemerkte.

»Also mal ehrlich, würdest du denn eine Prostituierte mit in deine Wohnung nehmen? Und dann auch noch so, dass das gesamte Haus etwas davon mitbekommt? Sowas handhabt man doch eher diskret.«

Fabian zog die Augenbrauen nach oben. »Darüber habe ich mir noch nie Gedanken gemacht. So was käme für mich überhaupt nicht in Frage.«

Thomas grinste. »Stimmt, du schleppst lieber irgendwelche wildfremden Frauen aus Diskotheken ab, die du vorher mit überzuckerten Cocktails aus Billigfusel abfüllst. Aber es gibt Männer, die sind eben nicht mit so einem blendenden Aussehen wie du gesegnet. Die müssen sich auch mal anders Abhilfe verschaffen, bevor ihnen die Hose platzt.«

»Reite doch nicht ständig darauf herum. Die Zeiten gehören längst der Vergangenheit an.«

Thomas lachte. »Weil du jetzt seit einem halben Jahr mal eine Beziehung hast. Die Vergangenheit kann einen auch schnell wieder einholen.«

Da Fabian das Thema nicht weiter vertiefen wollte, nahm er sich den Ordner mit den Visitenkarten und suchte nach einem Kontakt, auf den die Initialen passen könnten. Er fand insgesamt drei, von denen allerdings nur zwei in der näheren Umgebung wohnten. Die verbliebenen fünf Tage blieben offen.

Während Fabian die Visitenkarten nach passenden Namen durchging, telefonierte Thomas mit der Wohnungsbaugesellschaft, für die Marquardt die Wohnungen vermittelte.

»Bei der Aninga Holding weiß niemand etwas von Geschäftstreffen in einer Bar. Der Marquardt hatte, wenn überhaupt, nachmittags mal einen Termin mit einem Bezirksleiter. Mit der Geschäftsleitung keinesfalls, so sagte man mir. Die sitzt nämlich in Nürnberg. Hat anscheinend Häuser in ganz Deutschland und engagiert in den jeweiligen Städten Makler wie Marquardt, die sich um die Vermietung kümmern. Dank der modernen Technik wird sowieso das Allermeiste elektronisch geregelt, sogar die Unterzeichnung der Mietverträge.«

»Da hat er seine Sekretärin wohl angelogen«, sagte Fabian.

»Seien wir mal ehrlich, es liegt doch eigentlich auf der Hand. Es hatte wohl eindeutig jemand auf ...«, setzte Thomas an, als Fabians Telefon klingelte.

Am anderen Ende der Leitung war Karina Eberlein. Ihre Stimme klang aufgelöst. »Herr Prior, Sie werden nicht glauben, was ich gerade entdeckt habe!«

»Erzählen Sie es mir«, sagte Fabian und stellte sie auf Lautsprecher. »Sie haben doch nichts dagegen, wenn mein Kollege das Gespräch mithört, oder? So muss ich es ihm nachher nicht zusammenfassen.«

»Nein, selbstverständlich nicht.« Sie machte eine Pause, in der sie anscheinend darauf wartete, dass Fabian sie laut stellte.

»Legen Sie los, Frau Eberlein.«

»Also, ich weiß nicht genau, ob ich es vorhin erwähnt habe. Herr Marquardt hat ja aktuell ein Mahnverfahren laufen wegen einer säumigen Provision. Ich schaue also jeden Tag, ob das Geld nun endlich auf seinem Geschäftskonto eingegangen ist, und was sehe ich da? Gestern gab es eine Abbuchung von dem Konto. Tausend Euro wurden abgehoben.« Sie zog die Luft scharf ein. Dann rief sie: »Gestern! Nach seiner Ermordung!«

Thomas hielt beide Daumen nach oben und deutete damit auf sich. »Hab ich's nicht gerade gesagt?«, flüsterte er.

Fabian schüttelte den Kopf. »Hervorragend, Frau Eberlein. Es ist sehr gut, dass Ihnen das so schnell aufgefallen ist.« *Nein, hast du noch nicht,* schrieb er auf einen Zettel und schob ihm seinem Kollegen hin.

»Sie können mir glauben, ich war völlig geschockt. Zuerst wollte ich bei der Bank anrufen, um die Karte sperren und die Buchung rückgängig machen zu lassen, aber dann dachte ich, dass es wichtiger ist, mich bei Ihnen zu melden. Das muss doch der Täter gewesen sein, oder meinen Sie nicht?«

Thomas nickte, doch Fabian sagte: »Das können wir selbstverständlich noch nicht mit Sicherheit sagen, aber es ist eine sehr wichtige Spur.« Er drehte den Zettel mit der Nachricht an Thomas um und nahm den Kuli zur Hand. »Verraten Sie mir doch bitte, wo diese Abbuchung getätigt wurde.«

»Geben Sie mir eine Sekunde, ich schaue das mal eben nach«, sagte Karina Eberlein und dann hörten die beiden, wie sie auf ihrer Tastatur herumtippte. »Hm. *Postbank Schleife* steht hier. Das müsste der Ort sein. Seltsamer Name.«

Thomas rollte mit dem Stuhl an seinen Schreibtisch und tippte den Ort bei Google ein, während Fabian die Sekretärin noch anwies, ihnen einen Scan der Auszüge zu schicken, und sich verabschiedete.

»Bingo«, sagte er, als Fabian ihm über die Schulter schaute. »Wenn mir hier keine Ergebnisse unterschlagen werden, dann ist Schleife eine Gemeinde in Sachsen. Quasi einen Steinwurf von der polnischen Grenze entfernt.«

»Der Beuchert hat eine verdammt gute Auffassungsgabe. Sieht so aus, als hätte Marquardts Begleitung wirklich seine Geheimnummer ausspioniert.«

Thomas stand auf und ging zur Pinnwand, wo die bisher noch mageren Ergebnisse angeheftet waren.

»Eine schweineteure Uhr, ein nagelneues iPhone, und jetzt wird auch noch das Konto geplündert«, sagte Fabian.

»Darf ich jetzt vielleicht endlich mal meine Theorie vorstellen, oder willst du weiter einfach die Dinge aufzählen, die wir bisher wissen?«, fragte Thomas und verschränkte die Arme in gespielter Beleidigung vor seiner Brust.

»Ich bitte darum.« Fabian machte eine auffordernde Handbewegung und lehnte sich dann in seinem Stuhl zurück.

»Es läuft doch alles auf eine Sache hinaus. Marquardt, der glückliche Junggeselle, hat sich in den letzten Wochen anscheinend mit Frauen – ob nun Prostituierte oder nicht sei mal dahingestellt – zu angeblichen Geschäftsessen getroffen, die er auch fleißig von seinem Firmenkonto bezahlt hat. Entweder hat er dabei rumgeprotzt, wie viel er doch verdient oder irgendjemandem ist seine Uhr aufgefallen, die nun eindeutig für ein dickes Bankkonto spricht.«

»Da werden Begehrlichkeiten geweckt«, stellte Fabian fest.

»Ganz genau. Vergangenen Mittwoch überlegt sich unsere Blondine, dass nun ihre Zeit gekommen ist, und schmeißt sich an den Marquardt ran. Sie lässt sich von ihm einladen, sorgt dafür, dass er ordentlich angeschickert ist. Das lässt er sich in der Aussicht auf eine heiße Nacht natürlich gerne gefallen und verlässt schließlich mit ihr die Bar. Sie schleust ihn durch den Park, will ihm seinen Kram entwenden, doch er wehrt sich. Vielleicht versucht er, die Polizei zu rufen, hält sie fest, da schlägt sie auf ihn ein. Das war vielleicht so nicht geplant, weshalb sie sich mit ihrer Beute offensichtlich direkt am nächsten Tag nach Polen absetzt.«

Fabian nickte. Auf den ersten Blick klang die Theorie von seinem Kollegen logisch. Doch es gab einige Dinge, die nicht ins Bild passten. Er stand auf und betrachtete die Totalaufnahme des Tatorts. »Die Spuren auf dem Weg sprechen aber eher dafür, dass er in die Richtung zurückgelaufen ist, aus der sie gekommen sind.«

»Klar hat er irgendwann den Rückzug angetreten. Immerhin wurde er angegriffen.«

»Da könntest du richtigliegen. Obwohl es für mich eher so aussieht, als wäre sie vor dem Kampf erst mal hinter ihm hergegangen. Das spräche dagegen, dass er sie festgehalten hat. Außerdem frage ich mich, warum es zu diesem Gewaltexzess kam. Man schlägt doch nicht über fünfzig Mal zu, weil jemand seinen Geldbeutel nicht rausrücken will. Ich bleibe dabei: Für mich steckt da noch was anderes dahinter.«

»Als wäre das der erste Mord, der aus Habgier passiert ist«, sagte Thomas. »Sei doch nicht so naiv. Die Welt ist nicht so romantisch, wie die rosafarbene Brille dir dank deiner Beziehung vorgaukelt.«

Fabian zerknüllte einen Zettel und bewarf Thomas damit. »Unterstell mir nicht so einen Mist, und leg du lieber mal die Scheuklappen ab. Es geht nicht immer nur ums Geld.«

»Verrat mir mal, worum es hier sonst geht? Bisher weist alles in eine Richtung.«

»Wir werden sehen. Zunächst sollten wir uns aber um die Postbank in Schleife kümmern. Mit etwas Glück können wir uns bald ein genaueres Bild von unserer Blondine machen.«

10. Kapitel

Der Bahnsteig für den ICE nach Frankfurt war bereits voller Menschen, als sie am Bahnhof ankam. Ein früherer Zug war wohl ausgefallen, und so mussten alle Passagiere ausgerechnet in ihren ICE umsteigen. Als hätte es an diesem grauen Novembertag jemand auf sie abgesehen, war der Wagen, in dem sie einen Sitzplatz reserviert hatte, nicht angehängt. Statt also in einem Abteil in der ersten Klasse zu sitzen, teilte sie sich einen Zweierplatz in der zweiten Klasse mit einem übergewichtigen Mann. Der Typ saß am Gang, hatte seine Zeitung aufgeschlagen als wäre er alleine, und roch so sehr nach Schweiß, dass sie die gesamte Fahrt wohl besser nur durch den Mund atmete.

Missmutig steckte sie sich die Kopfhörer in die Ohren, damit sie in den nächsten viereinhalb Stunden wenigstens sein Schnaufen nicht ertragen musste, und verband das Kabel mit ihrem Handy. Gerade als sie eine Playlist aus der Musikbibliothek auswählen wollte, erschein ein Anruf auf dem Display. Für einen winzigen Augenblick glaubte sie, ihr Herz würde aussetzen. Sie hielt die Luft an und ihr Mund wurde trocken. Schließlich räusperte sie sich und nahm den Anruf entgegen.

»Aaron, hey«, sagte sie und hoffte, nicht zu überschwänglich zu klingen. Der fette Typ neben ihr blätterte die Zeitung lautstark um und ignorierte geflissentlich, dass er sie dabei mit dem Ellenbogen in die Seite stieß. Vermutlich machte er es sogar mit Absicht, in der Hoffnung, dass sie sich einen anderen Platz suchte und er so mehr Raum für sich und seine Speckrollen bekam. Da hatte er sich aber verkalkuliert. So einfach ließ sie sich sicherlich nicht vertreiben. Genervt atmete sie durch die Nase aus.

»Störe ich dich gerade?«, fragte Aaron.

»Nein, nein! Alles gut. Ich sitze noch die nächsten Stunden im Zug Richtung Frankfurt.«

»Wie war es in Dresden? Hast du dich gut amüsiert?«

Der Fette schielte zu ihr rüber, woraufhin sie den Ton leiser stellte, damit er zumindest einen Teil des Gesprächs nicht mithören konnte. »Puh«, sagte sie ins Telefon. »Du weißt doch, wie es immer ist. Ermüdendes Gerede von reichen Typen, die sich für den Nabel der Welt halten. Zurzeit erzählt dir jeder, wie gefährlich Bitcoins und die anderen Krypto-Währungen für den Markt sind, und dass die Blase jeden Moment zu platzen droht. Abends im Hotelzimmer loggen sie sich aber dann in ihr Wallet ein, um doch schnell selbst welche zu ergattern, weil der Kurs gerade gut ist.«

Nun schien der Dicke genauer hinzuhören. Vermutlich stand in seiner Zeitung irgendwas über einen anstehenden Crash, den der Wirtschaftsexperte Warren Buffet schon seit Wochen heraufbeschwor. Seit der Bitcoin vor Kurzem einen riesigen Sprung gemacht hatte, wollte jeder einen Teil vom Kuchen abhaben.

»Du kennst ja meine Meinung dazu«, sagte Aaron.

Sie lachte leise auf. »Bloß, weil du früh genug investiert und dein Geld rechtzeitig wieder rausgezogen hast.«

»Neidisch?«

»Ein bisschen«, gab sie unumwunden zu. »Bestimmt hast du aber nicht angerufen, um mit mir darüber zu streiten.«

»Du weißt doch, dass ich mich liebend gerne mit dir streite.«

Das klang wie Musik in ihren Ohren. »Dafür hast du doch eigentlich deine Frau«, stichelte sie. Immerhin hatte Aaron sich oft genug über diese Zicke beklagt.

»Dir werd ich mich noch mal anvertrauen«, sagte Aaron und klang dabei so beleidigt, dass sie befürchtete, er würde das Gespräch gleich wieder beenden.

»Jetzt sei nicht so empfindlich«, lenkte sie schnell ein.

»Ich hab nur Spaß gemacht. Sag mal, was hast du denn für das Wochenende geplant?«

Ihr Herzschlag beschleunigte sich. »Wolltest du nicht mehr mit deiner Frau unternehmen?«

»Die ist heute Morgen übers Wochenende zu ihren Eltern gefahren, und weil ich letztens so ungerecht zu dir war ...«

»Gibst du etwa gerade einen Fehler zu?« Der Dicke neben ihr schnaufte, klappte seine Zeitung zu und deutete auf das Symbol an der Wand. Das durchgestrichene Handy sollte darauf hinweisen, dass dies ein Waggon im Ruhebereich war. Sie ignorierte seine Beschwerde, schließlich war für ihren Sitznachbarn Rücksicht bis gerade eben ein Fremdwort gewesen. Mit einem genervten Schnaufen stand er auf und stapfte davon. Erleichtert ob der unverhofften Bewegungsfreiheit stützte sie ihren Ellenbogen auf der Armlehne ab.

»Also, was ist?«, fragte Aaron.

»Entschuldige, ich hab dir gerade nicht zugehört. Wiederholst du das bitte noch mal?«

»Gut, dann hast du zum Glück nicht mitbekommen, dass ich mir einen Fehler eingestanden habe. Kurzum, ich dachte mir, wir gehen morgen mal wieder zusammen was trinken.«

»Und deine Frau beschwert sich nicht, wenn du den Samstag mit mir verbringst?«

»Die wird in Gelsenkirchen sicher nichts davon mitbekommen. Was sagst du?«

Sie ließ sich Zeit mit ihrer Antwort. Auf keinen Fall durfte er merken, wie sehr sie sich darüber freute. »Mal sehen, ob ich es einrichten kann. Vielleicht spät am Abend? So gegen halb elf? Ich muss aber erst noch mal meine Termine abchecken.«

»Das klingt super. Ich muss dringend mal wieder den Kopf freikriegen.«

»Ich freue mich«, sagte sie.

»Aber, hey ...«

Ihr Magen verkrampfte sich. Ein *Aber* bedeutete nie etwas Gutes.

»Nur in Erinnerung an die alten Zeiten. Freundschaftlich. Nicht mehr, in Ordnung?«

Sie war froh, dass sie ihm gerade nicht gegenüberstand, denn die Enttäuschung stand ihr mit Sicherheit ins Gesicht geschrieben. »Ich dachte, wir machen mal wieder so richtig einen drauf«, versuchte sie es vorsichtig.

»Ja, das werden wir auch. Aber nicht mehr. Nur, damit keine Missverständnisse entstehen.«

»Okay. Kein Problem«, sagte sie und hoffte, dass es ehrlich klang.

Aaron verabschiedete sich und sie legten auf. Ein leichtes Zittern breitete sich in ihr aus. Sie musste sich zusammenreißen, um nicht hier in aller Öffentlichkeit loszuheulen.

Dann schüttelte sie energisch den Kopf. Nein! Auf keinen Fall würde sie seine Entscheidung akzeptieren.

11. Kapitel

Der Ladebalken des Downloadfensters wuchs unendlich langsam und stellte Fabians Geduld auf die Probe. »Was ist denn schon wieder mit dieser dreckigen Internetverbindung los?«, fragte er genervt und klopfte mit der Hand seitlich an den Bildschirm, als würde es dadurch schneller gehen.

Als die Übertragung endlich vollständig war, folgte schnell die Ernüchterung. Wie der Mitarbeiter der Postfiliale in Schleife ihnen bereits mitgeteilt hatte, war die Qualität des Videos nicht überragend. Die Aufnahme war lediglich in schwarz-weiß und die Beleuchtung in der Ecke des Geldautomaten nicht gerade vorteilhaft für die offenbar fast schon antike Überwachungskamera. Leider war es auch die einzige Kamera in der Filiale, sodass sie sich mit dem zufriedengeben mussten, was sie hatten.

»Mist«, murmelte Thomas, während sie beobachteten, wie eine Blondine auf die Kamera zukam. Die in der unteren Ecke der Aufnahme sprang auf ein Uhr dreiundreißig. Die Augen und Lippen der Frau waren stark geschminkt, und sie trug an der rechten Hand einen dunklen Handschuh. Fingerabdrücke konnten sie also vergessen. Mit einer auf dem Band behäbig wirkenden Bewegung warf sie sich die Haare über die Schulter. Obwohl sie keine Brille aufhatte oder sich sonst irgendwie verhüllte, konnte man von ihrem Gesicht nicht wirklich viel erkennen. Der Pony, der ihr bis zu den

Augenbrauen herunterhing, warf einen dunklen Schatten und verschluckte die meisten Konturen.

Fabian spielte das Video erneut ab und drückte an einer für ihn passend erscheinenden Stelle auf Pause. Dann druckte er das Bild aus. Mehr als einen grau-schwarzen Pixelmatsch konnte man kaum erkennen. »Das reicht vermutlich nicht mal für eine Bestätigung von Beuchert, dass sie Marquardts Begleitung am Mittwoch war«, sagte er enttäuscht.

»Vielleicht bekommt die Technikabteilung noch etwas mehr raus, aber ich befürchte, das wird eine schwierige Nummer.«

Sie versuchten noch ein paar weitere Versionen, erzielten aber kein vorzeigbares Ergebnis, sodass sie die Bilder an die Kollegen weiterschickten. Keine Stunde später hatten sie als Antwort die bearbeiteten Dateien in ihrem E-Mail-Fach. Die Bilder waren weiterhin nicht mit normalen Fotografien zu vergleichen, doch es hatte sich dank einer Aufhellung und geschärfter Konturen einiges getan.

»Dann wollen wir uns mal von Beuchert die Bestätigung holen, dass das hier die Frau ist, die Marquardt am Mittwoch mit nach Hause nehmen wollte«, sagte Thomas, während sie darauf warteten, dass der Drucker aus dem Energiesparmodus hochfuhr. »Und danach statten wir dem Bordell um die Ecke noch einen Besuch ab.«

»Vielleicht frischt das Bild seine Erinnerung ein wenig auf, und wir bekommen doch noch ein Phantombild zustande«, entgegnete Fabian und nahm den letzten Schluck Kaffee aus seiner Tasse. Er betrachtete noch einmal das Bild auf dem Monitor. Irgendetwas war seltsam daran, er konnte sich nur nicht erklären, was es war.

»Was hat Beuchert gesagt, wann er den Laden aufschließt? Nicht vor zwei?«

»Drei«, korrigierte Fabian mit einem Blick auf die Uhr. Es war kurz nach zwölf.

»Bleibt uns ja noch genug Zeit für ein Mittagessen und einen Versuch, Naomi zu erwischen.«

Naomi hieß in Wirklichkeit Sybille Rohe und war eine alternde Prostituierte. Sie war schon viele Jahre im Geschäft und hatte an so ziemlich jedem Ort in Frankfurt ihre Dienste angeboten: vom eigenen Wohnwagen auf einem Rastplatz an der A3 bis zu einem Zimmer im so genannten Kontakthof Frankfurts – dem Eros-Center im Bahnhofsviertel. Mittlerweile arbeitete sie wieder auf dem Straßenstrich und versorgte die Frankfurter Kripo immer wieder mit Informationen. Man fand sie entweder an der Theodor-Heuss-Allee, wo sie in der Nähe einer Autobahnzufahrt auf Freier wartete, oder in ihrem Stammcafé. Das Röder machte zwar keinen guten Kaffee, dafür aber hervorragende Schnitzel, weshalb Thomas und Fabian gerne ihr Mittagessen dorthin verlegten, wenn sie ohnehin nach ihrer Informantin suchten.

Heute hatten sie Glück. Naomi war zwar nicht zu sehen, als die beiden dort ankamen, doch gerade, als sie ihr Wiener Schnitzel mit Kartoffelsalat verdrückt hatten, trat sie durch die Tür. Thomas winkte ihr lächelnd zu. Naomi schlenderte gemächlich zu ihrem Tisch.

»Na sieh mal einer an, wen haben wir denn da?«, sagte sie mit ihrer Reibeisenstimme und verzog die knallroten Lippen zu einem Grinsen. »Hab schon damit gerechnet, dass ihr früher oder später bei mir auftaucht.«

»Dann hast du wie immer richtiggelegen«, antwortete Thomas und schob mit dem Fuß einen Stuhl unter dem Tisch hervor. »Setz dich doch ein Weilchen zu uns.«

Naomi schaute abwartend zwischen den beiden hin und her und tippte dabei ungeduldig mit den Fingern auf ihrem in einer Netzstrumpfhose steckenden Oberschenkel herum.

Fabian wusste, worauf sie wartete und zog die Packung Zigaretten aus der Jackentasche, die er auf dem Hinweg an der Tankstelle geholt hatte. Er hoffte, es machte ihr nichts aus, dass er sie bereits geöffnet hatte. In letzter Zeit überfiel ihn wieder öfter das Verlangen, eine zu rauchen. Damit er dem nicht irgendwann nachgab, nuckelte er hin und wieder an einer nicht angesteckten Zigarette.

Gierig griff sie nach der Schachtel, öffnete sie und zündete sich eine an. Dann endlich setzte sie sich und inhalierte genüsslich den Rauch. Fabian atmete mit jedem Zug von ihr unwillkürlich ein, als würde er selbst rauchen.

»So, Jungs. Rückt mal mit der Sprache raus. Was wollt ihr heute von mir?«, fragte sie. »Meine Mittagspause ist kurz, legt besser los.«

»Da du die Hellseherin am Tisch bist, kannst du uns doch sicher verraten, weshalb wir hier sind.«

Ihre Lippen verzogen sich zu einem schmalen Strich und sie pustete den Rauch durch die Nase aus. Sie sah

Thomas mit zusammengekniffenen Augen an. Fabian befürchtete schon, sie würde gleich aufstehen und davonstürmen, doch dann lächelte sie wieder. »Guter Konter.« Sie drehte sich zu Fabian. »Aber ganz sicher werd ich hier nicht wilde Vermutungen anstellen. Ihr müsst schon mit der Sprache rausrücken, worum es geht.«

»Sagt dir der Name *Flamingos* etwas?«, lenkte Fabian ein, bevor Thomas Naomi noch mehr provozierte. Schon oft hatten sie erlebt, wie ihre Laune von einem Moment auf den nächsten umschlug. In diesen Situationen stieß sie laute Verwünschungen aus und schwor, dass sie nie wieder ein Wort mit den *Scheißbullen* wechseln würde.

»Klaro. Also geht es um den Kerl aus dem Grüneburgpark?«

Fabian bestätigte ihre Vermutung. »Offensichtlich hast du schon von ihm gehört.«

»Wer nicht?«, fragte sie und nippte an ihrem Kaffee, den die Bedienung ihr gerade unaufgefordert gebracht hatte. Thomas bestellte zwei Espresso für sich und Fabian. Sie warteten darauf, dass Naomi noch etwas sagte, doch sie schwieg.

»Was erzählt man sich in der Szene denn so darüber?«, hakte Fabian schließlich nach, als sie sich die zweite Zigarette ansteckte.

Naomi zuckte gelangweilt mit den Schultern. »Nicht besonders viel. Dass er eben vorher im *Flamingos* war, und dass er wohl ziemlich viel Geld hatte. Diesmal hat er sich wohl die Falsche mitgenommen.«

»Klingt so, als wäre er ein bekanntes Gesicht.«

»Klaro. Er geht im *Flamingos* ein und aus. Oder wohl eher *ging,* wenn man's korrekt ausdrücken will.«

»Was ja noch nichts bedeutet, schließlich ist es eine normale Bar.«

Naomi zog die Augenbrauen hoch und pustete den Rauch in Fabians Richtung. Der drehte schnell den Kopf weg. Sein Verlangen nach einer Zigarette wuchs ins Unermessliche. »Den Floh hat euch bestimmt der Roman ins Ohr gesetzt, oder?«

»Entspricht es denn nicht der Wahrheit?«, fragte Thomas.

Wieder zuckte Naomi mit den Schultern. »Wie man's nimmt.« Sie ließ den Satz ohne nähere Erläuterung stehen.

»Geh mal genauer darauf ein. Wie soll man es deiner Meinung nach nehmen?«

»Na ja, für die Allgemeinheit ist das *Flamingos* sicher eine normale Kneipe. Würde anders ja gar nicht funktionieren da draußen. Aber er hat eine Abmachung mit den Kosovo-Albanern, die in der Nähe von der Bockenheimer einen Puff haben.«

»Und die lautet?«

»Woher soll ich das wissen? Ich hab das nur am Rand mitbekommen, als ich mich mit einer Kollegin unterhalten hab. Die meinte, dass die Frauen wohl immer mal einen Zehner in die Hand gedrückt bekommen, wenn die Kunden ausbleiben, um sich im *Flamingos* hinzusetzen und was zu trinken. Die Gelegenheit nutzen sie dann, um einen abzuschleppen. Nicht zu viele auf einmal, immer nur zwei oder so, damit es den normalen Gästen nicht auffällt.« Sie seufzte und drückte die Zigarette aus. »Manchmal wünschte ich mir, dass ich auch wieder jemanden hätte, der mir solche Deals aushandelt. Solange es nicht die Albaner sind …«

Fabian machte sich eine Notiz. Er hatte sich schon gedacht, dass Beuchert ihnen nicht die ganze Wahrheit erzählt hatte. Nicht verwunderlich, wer wollte sich schon mit Zuhältern aus dem Ostblock anlegen. Solche Auseinandersetzungen endeten nicht selten tödlich.

Da sie nicht viel mehr dazu sagen konnte, holte Fabian den Ausdruck des Standbildes heraus und legte ihn auf den Tisch. »Kommt dir diese Frau irgendwie bekannt vor?«, fragte er.

Naomi stützte ihren Kopf auf die Hand. Mit zusammengekniffenen Augen starrte sie auf das Bild, das sie ganz dicht vor ihre Augen hielt. Anscheinend war sie kurzsichtig. Dann stieß sie ein raues Lachen aus. »Mehr als einen grauen Haufen erkennt da doch kein Mensch«, sagte sie, und Fabian musste ihr recht geben. Trotz der Bemühungen der Technikabteilung musste man extrem spekulieren, wenn man die Frau auf dem Foto jemandem zuordnen wollte. Enttäuscht packte er das Bild wieder weg.

»Das Bild wurde in der Nähe von Polen aufgenommen«, erklärte Thomas. »Wir vermuten, dass sich die Kollegin längst abgesetzt hat. Du hast nicht zufällig gehört, dass jemand ein Mädchen vermisst oder etwas in die Richtung?«

Wieder verneinte Naomi. »Auf der Straße bekommt man kaum mit, was in den Puffs so los ist. Bei einer großen Sache kocht zwar schnell die Gerüchteküche, aber dass plötzlich eine untergetaucht ist, davon weiß ich bisher nichts.«

»Es wäre großartig, wenn du für uns Augen und Ohren offen halten könntest.«

»Ihr kennt mich. Allerdings gehöre ich so langsam zum alten Eisen. Die jungen Mädels wollen mit mir Schabracke nicht mehr wirklich was zu tun haben. Aber das ist ja vielleicht bald vorbei«, sagte sie und ihre Miene hellte sich plötzlich auf.

»Du gehst in Frührente?« Thomas lachte schallend und schaute Fabian an, wohl in der Hoffnung, dass dieser einstimmte. Der allerdings fand den Witz weniger gelungen und schwieg.

»So ähnlich«, bestätigte Naomi zu seiner Überraschung. »Ich hab da was Neues am Laufen. Hab 'ne Friseuse kennengelernt, die macht Schlangentanz.«

Fabian verkniff es sich, sie zu korrigieren. Einer Prostituierten konnte man wohl kaum mit der negativen Nebenbedeutung kommen, die mit der falschen Berufsbezeichnung für eine Friseurin einherging. Stattdessen sagte er: »Schlangentanz? Das ist ja interessant.«

»Ja. Fand ich auch. Die geht am Wochenende in Strip-Bars und Clubs, danced da ein oder zwei Stunden mit ihren Viechern und das war's.«

»Und arbeitet nur aus Spaß noch in ihrem Beruf?«, legte Thomas den Finger auf die offensichtliche Wunde. Seine Feinfühligkeit hatte er heute wohl im Schrank hängen gelassen.

Das sah Naomi wohl ähnlich, denn sie schaute ihn abfällig an und stand auf. »So, wisst ihr, Jungs, es war mal wieder nett, mit euch zu plaudern. Danke auch für den Kaffee und die Kippen.« Damit drehte sie sich um, warf der Bedienung hinter der Theke eine Kusshand zu und verschwand nach draußen.

Fabian stöhnte und rieb sich über das Gesicht. »Großartig«, sagte er, nachdem die Tür hinter Naomi zugefallen war. »Ich hab das Gefühl, wir treten auf der Stelle. Wir haben rein gar nichts in der Hand.«

Thomas leerte seinen Espresso in einem Zug und winkte der Bedienung für die Rechnung. »Vermutlich ist unsere Blondine ohnehin längst über alle Berge«, sagte er und nahm seinen Geldbeutel aus der Hosentasche.

»Das heißt? Du willst dir gar nicht die Arbeit machen, nach ihr zu suchen?«

»Natürlich nicht. Aber ich bezweifle doch sehr, dass wir den Fall so bald zu den Akten legen können.«

12. Kapitel

Wie erwartet konnte ihnen Roman Beuchert anhand des Bildes lediglich sagen, dass es sich bei der Frau auf dem Foto *möglicherweise* um Erik Marquardts Begleitung vom vergangenen Mittwoch handelte. Es konnte aber genauso so gut jede andere Blondine mit viel Make-up und falschen Wimpern sein. Außerdem stritt er ab, dass es irgendeine Abmachung in der Art, von der ihnen Naomi berichtet hatte, zwischen ihm und den Kosovo-Albanern gab. Da sie bei ihm nicht viel erreichten, suchten Fabian und Thomas als Nächstes das Bordell auf, das sich nur zwei Straßen weiter befand.

Der Name lautete kreativerweise *Lovetemple,* und schon in der Einfahrt konnte man erkennen, welches Etablissement sich in dem Gebäude niedergelassen hatte. Auf den Parkplatzschildern rekelten sich die Silhouetten großbusiger Frauen, und auf der Reklametafel über dem Eingang, der sich auf der Hinterseite des Hauses befand, prangte eine stilisierte Vulva. Ein Edelbordell war dies zumindest nicht.

Der erste Eindruck setzte sich auch im Inneren fort. Der rote Hochflorteppich, der im Eingangsbereich ausgelegt war, wirkte stumpf vor Dreck und wies diverse Brandlöcher und Flecken auf. An der Wand hingen in goldenen Rokoko-Rahmen billig aussehende Plakate von leicht bekleideten Damen, bei denen Fabian eher jegliche Lust verging, statt dass sie angestachelt wurde. Durch eine schwere Eisentür gelangten sie in den eigentlichen

Club und wurden an einer Theke von einer älteren und leicht übergewichtigen Dame begrüßt.

»Guten Abend, die Herren, was kann ... Oh.« Sie schielte auf die Polizeimarken, die Thomas und Fabian ihr entgegenhielten. Dann schaute sie nervös über die Schulter.

»Wir hätten ein paar Fragen wegen eines Tötungsdeliktes, das sich kürzlich in der Gegend ereignet hat«, erklärte Fabian, was ihre Nervosität noch einmal sichtlich ansteigen ließ.

»Und was haben wir damit zu tun?« Ihr osteuropäischer Akzent kam nun deutlicher raus als noch gerade eben. Fabian vermutete, dass sie das mit Absicht machte, damit sie später behaupten konnte, sie habe nicht alles richtig verstanden. Er kannte dieses Spiel bereits und würde sich nicht darauf einlassen.

»Zunächst mal gar nichts. Wir suchen dringend eine Zeugin, die an diesem Abend mit dem Opfer zusammen war. Vermutlich war sie die letzte Person, die ihn lebend gesehen hat. Verraten Sie uns Ihren Namen?«

»Idrizaj, Alana. Wüsste aber nicht, was das hier zur Sache tut.«

»Nichts. Es ist doch aber angenehmer, wenn man sich mit Namen ansprechen kann, finden Sie nicht?«

Sie zuckte mit den Schultern. »Ihr habt mir euren auch nicht verraten. Aber macht euch keine Mühe, die würd ich eh sofort wieder vergessen. Mit Namen hab ich's nicht so.«

Der Vollständigkeit halber stellte Fabian sie beide trotzdem vor. Währenddessen legte Thomas das Bild der

Blondine vor Frau Idrizaj. »Kommt Ihnen die Dame bekannt vor? Arbeitet sie vielleicht bei Ihnen?«

Sie hob das Bild an und starrte eine Weile darauf, die Stirn in Falten gelegt. »Das ist ein Witz, oder?«, fragte sie schließlich. »Darauf würde ich nicht mal meine eigene Schwester erkennen.«

Fabian seufzte. Sie hatte ja recht.

Thomas steckte das Bild wieder weg und legte stattdessen die vergrößerte Ausweisfotografie von Erik Marquardt auf den Tresen. »Wie sieht es mit diesem Herrn aus? Schon mal gesehen?«, fragte er.

»Ist das eure Leiche?« Auch für diesen Ausdruck nahm sie sich ausreichend Zeit. »Nicht, dass ich wüsste. Aber ich kann mir auch nicht jeden Kerl merken, der hier reinschaut. Davon abgesehen gabeln die Mädels manchmal jemanden im *Flamingos* auf. Da bekomme ich ja gar nicht mit, wer das ist.«

»Dann müssen wir wohl mit jeder Ihrer Damen einzeln sprechen.«

Die Frau zuckte mit den Schultern. »Könnt ihr von mir aus machen. Solange ihr nicht versucht, irgendeiner was anzuhängen ...«

»Momentan suchen wir lediglich nach einer Zeugin«, sagte Fabian.

»Genau.« Sie schnaufte durch die Nase. »Ich kenn das schon. Aus der Zeugin wird schnell mal 'ne Verdächtige, weil ihr niemand anderen findet. Ist ja nur 'ne Nutte.«

»So arbeiten wir ganz sicher nicht, Frau Idrizaj.«

»Wer's glaubt. Mehr kann ich euch jedenfalls nicht sagen.« Sie verschränkte die Arme vor ihrer üppigen Oberweite, die unter einem für Fabians Geschmack zu durchsichtigen, negligéartigen Hemdchen in ihrer vollen Pracht für jedermann zu bewundern war. Ob man nun Freude dabei empfand oder nicht. Die Geste sollte wohl so viel wie ›*und jetzt verpisst euch*‹ bedeuten.

»Gut, dann bräuchten wir noch eine Liste der Damen, die am vergangenen Mittwoch Dienst hatten.«

Keine zwanzig Minuten nachdem sie den Laden betreten hatten, standen Fabian und Thomas wieder auf dem Hinterhof. Die Liste konnten sie am Abend abholen, hatte Frau Idrizaj gesagt. Sie müsse erst die Bücher überprüfen. Wahrscheinlich wollte sie erst selbst mit ihren Mädchen sprechen.

Als sie auf den Bürgersteig traten, registrierte Fabian aus dem Augenwinkel, wie hinter ihnen zwei finster aussehende Typen aus dem *Lovetemple* kamen. Beide an die zwei Meter groß und bepackt mit Muskeln zündeten sie sich jeweils eine Zigarette an und starrten mit finsterem Blick zu Fabian und Thomas herüber. Vermutlich ein Einschüchterungsversuch. Der Laden hier war noch nicht sonderlich lange geöffnet. Weder Fabian noch Thomas hatten bisher Probleme mit den Betreibern oder den *angestellten* Damen gehabt, doch im Endeffekt war es überall dasselbe. Bullen waren in einem solchen Etablissement nicht sonderlich gern gesehen. Von dem Auftritt der aufgepumpten Türsteher würden sie sich aber sicher nicht beeindrucken lassen.

Einige Stunden später, nachdem Thomas und er sich in den Feierabend verabschiedet hatten, und er auf dem Weg nach Hause war, änderte Fabian seine Einstellung, als er bemerkte, dass die beiden Gorillas in einem schwarzen BMW auf der gegenüberliegenden

Straßenseite des Kommissariats in der Adickesallee saßen und den Eingang beobachteten. Der Typ auf der Fahrerseite hatte ihn offensichtlich entdeckt. Zuvor tief in den Sitz gerutscht, sodass man ihn für einen zwergenhaften Bodybuilder hätte halten können, richtete er sich hinter dem Lenkrad nun zu voller Größe auf.

Wie beiläufig nahm Fabian sein Handy aus der Jackentasche, entsperrte den Bildschirm und rief die Webseite des Spiegel-Magazins auf. Nicht, weil er sich ausgerechnet jetzt unbedingt über das Tagesgeschehen informieren wollte. Er brauchte nur einen Moment, um nachzudenken. Es wäre dumm, jetzt mit dem Auto nach Hause zu fahren. Die Gorillas würden ihm folgen und im Feierabendverkehr möglicherweise noch einen Unfall provozieren, wenn er versuchte, sie abzuhängen. Am nächsten Morgen würde Fabian sich dann vermutlich mit ein paar zerstochenen Reifen herumschlagen dürfen. Er würde sein Auto wohl besser in der Tiefgarage stehenlassen und die Bahn nehmen.

Mit dem Handy in der Hand ging er auf den Zebrastreifen zu. Aus dem Augenwinkel beobachtete er den Wagen. Es dauerte nicht lange, bis sich beide Türen öffneten und die Gorillas ausstiegen. Nur mit wenig Abstand stiegen sie hinter ihm die Stufen zur U-Bahn-Haltestelle an der Eschersheimer Landstraße hinab. Wenn sie glaubten, dass er sie nicht bemerkte, und er sie einfach blauäugig zu seiner Wohnung führen würde, hatten sie sich geschnitten. Erst recht nicht, da er heute Abend mit Josi verabredet war.

Klar, das war mit Sicherheit nicht mehr als pures Machtgehabe von den Kosovo-Albanern, doch auf keinen

Fall durfte er riskieren, dass die Kerle ihn mit seiner Freundin sahen. Niemand konnte ihm garantieren, dass sie dann nicht auf dumme Gedanken kamen. Damit er Josi nicht unnötig in Gefahr brachte, musste er die beiden vorher unbedingt loswerden. An der Konstablerwache stieg er aus der U-Bahn und verließ die unterirdische Haltestelle. Obwohl die Gorillas Abstand hielten, und die Zeil noch gut besucht war, konnte man sie kaum übersehen.

Gemächlich schlenderte Fabian an den Geschäften vorbei und begutachtete in Ruhe die Schaufensterauslagen, während sich die Passanten an ihm vorbeidrängten. Irgendwann würden die Gorillas schon die Lust verlieren. Doch da täuschte er sich offenbar. Seine Verfolger blieben hartnäckig und kamen ihm sogar hinterher, als er an der Hauptwache die *Galeria Kaufhof* betrat und die Rolltreppe nach unten nahm, um in die Feinkostabteilung zu gelangen. Der Laden hatte bis zehn Uhr geöffnet, und Fabian befürchtete schon, dass er womöglich diese Zeit auch benötigen würde, die Kerle loszuwerden, als die beiden Gorillas von einem Ladendetektiv angesprochen wurden.

Eine Weile diskutierten die drei Männer miteinander, während Fabian zügig an den weihnachtlich dekorierten Auslagen mit den Süßigkeiten vorbeiging und auf die Glastür zur Hauptwache zuhielt. Einer der Gorillas wollte ihm folgen, wurde aber von dem Detektiv am Arm festgehalten. Fabian nutzte die Gelegenheit und stürmte im Laufschritt nach unten zu den Gleisen. Dort sprang er in die nächste Bahn, die einfuhr. Als sich die Türen mit einem lauten Piepsen schlossen, konnte er die Albaner nirgends mehr entdecken. Erleichtert atmete er auf.

Obwohl er wusste, dass die beiden Gorillas unmöglich noch in seiner Nähe sein konnten, stieg er in Niederrad dennoch eine Haltestelle zu früh aus und schaute sich auf dem Weg zu seiner Wohnung ständig um. Die Luft war rein, also schloss er die Haustür auf und verschwand im Treppenhaus. Vor seiner Wohnungstür angekommen, strömte ihm Essensduft entgegen. Im Wissen, dass es bei ihm keine fixen Zeiten für den Feierabend gab, hatte er Josi am Vorabend seinen Zweitschlüssel überlassen, damit sie nicht auf ihn warten musste. Dass sie alleine anfangen würde zu kochen, war so nicht abgesprochen gewesen und ein Anflug von einem schlechten Gewissen machte sich in ihm breit. Er hatte nicht mal Blumen oder eine Flasche Wein für sie dabei.

»Endlich bist du da«, begrüßte Josi ihn, als er die Diele betrat und die Schuhe von seinen Füßen streifte. »Ich dachte schon, ich kann den Auflauf wegschmeißen und wir müssen Pizza bestellen, weil mir alles verbrannt ist, bis du auftauchst.« Sie stand grinsend im Türrahmen zur Küche und sah umwerfend aus. Fabian liebte es, wenn sie ihre blonden Locken nicht in einem Zopf bändigte. Sie hingegen hasste ihre Haare und wurde nicht müde, sich über deren Widerspenstigkeit zu beschweren.

Nachdem er seine Jacke an der Garderobe aufgehängt hatte, ging er zu ihr, legte ihr den Arm um die Hüfte und drückte ihr zur Begrüßung einen Kuss auf die Stirn.

»Na, schweren Tag gehabt?«, fragte sie und bückte sich, um in den Ofen zu schauen.

»Kannst du laut sagen.« Fabian ließ sich seufzend auf einen der Stühle fallen. Mit Missfallen registrierte er, dass der Geschirrstapel aus dem Spülbecken verschwunden und das Obst, das er sonst immer einfach in der Verpackung ließ, ordentlich in einer Schüssel drapiert war. Das war nicht ihre Aufgabe, und er wollte keinesfalls, dass sie sich zu solchen Dingen verpflichtet fühlte, bloß weil er länger arbeiten musste. Er überlegte, es anzusprechen, wollte sie jedoch nicht vor den Kopf stoßen. Frauen waren kompliziert, erst recht, wenn es um beziehungstechnische Dinge ging. Also beließ er es vorerst dabei, sie in den Arm zu nehmen und sich bei ihr für die Mühe zu bedanken.

»Was gibt's denn Leckeres?«, fragte er und holte Teller aus dem Schrank, während Josi den Backofen öffnete und kurz wartete, bis der erste Schwall heißer Luft abgezogen war.

»Rosenkohl«, antwortete sie knapp und bückte sich, um die Form rauszunehmen.

Fabian zog die Augenbrauen hoch. Jetzt erkannte er den Geruch. Er hasste dieses grausame Gemüse. Eigentlich gab es fast nichts Schlimmeres außer vielleicht noch *Handkäs mit Musik*. Bis heute fragte er sich, was die Hessen an Käse mit Essig und Zwiebeln fanden. Das Zeug schmeckte wie Radiergummi und er bekam es nicht mal mit einem Schoppen Apfelwein runter.

Als Josi sich zu ihm umdrehte, setzte er ein Lächeln auf und rieb die Hände als könnte er es kaum erwarten, sich etwas von dem Auflauf auf den Teller zu schaufeln.

»Kartoffeln sind auch noch drin, und ich habe den Käse weggelassen. Stattdessen habe ich eine Kruste aus Haselnüssen und Semmelbröseln mit ganz wenig Butter und etwas Muskatnuss gemacht. Das Rezept habe ich letztens in einer Zeitung gesehen und musste es unbedingt probieren.«

Kein Käse? Schrecklicher Rosenkohl mit trockenen Kartoffeln und nicht mal Käse für ein bisschen Geschmack? Das Lächeln erstarb in Fabians Gesicht. Fieberhaft überlegte er, ob er noch eine Packung Reibekäse oder etwas Parmesan im Kühlschrank hatte, und wie er Josi beibringen konnte, dass er den unbedingt über seinem Essen verteilen musste. Letztlich entschied er jedoch, dass es hierfür keine elegante Lösung gab. »Was sprach denn gegen den Käse?«, fragte er vorsichtig.

»Das Rezept«, entgegnete Josi ungerührt. Offensichtlich wollte sie ihm nicht entgegenkommen.

»Okay. Bisher kannte ich Auflauf nur mit Mozzarella oder Emmentaler überbacken.« Logisch, sonst war es ja kein Auflauf. Fabian kannte zwar den Wortstamm nicht, doch er war sich sicher, dass es etwas mit zerlaufenem Käse zu tun haben musste.

»Wie gut, dass du offen für Neues bist«, sagte sie lächelnd. Damit hatte sie die Diskussion eindeutig beendet.

Vorsichtig spießte Fabian eine Kartoffel auf und steckte sie sich in den Mund. Sie schmeckte nach diesem verdammten Rosenkohl. »Lecker«, sagte er und versuchte, ehrlich zu klingen. Plötzlich fiel ihm die Flasche Ketchup ein, die er letztens gekauft hatte. Er stand auf.

»Mit ein bisschen Ketchup wird es perfekt.« Kaum hatte er das ausgesprochen, bereute er es sofort. Josis Gesichtsausdruck zeigte deutlich, was sie davon hielt. Doch jetzt war es zu spät, er musste es durchziehen. Unter Josis skeptischen Blicken verteilte er etwas von der roten Flüssigkeit über dem Auflauf und wagte sich dann an sein erstes Stück Rosenkohl seit Jahren. Mit dem Ketchup bekam er es gerade so runter, doch der Eigengeschmack des Gemüses wollte sich einfach nicht überdecken lassen. Trotzdem zwang er sich, seine Portion aufzuessen. Einen Nachschlag lehnte er ab.

Das war offenbar zu viel für Josi. Nachdem sie gemeinsam die Spülmaschine ausgeräumt hatten, ging sie in die Diele und zog sich ihre Jacke an.

»Wo willst du denn jetzt hin?«, fragte Fabian. Eigentlich hatten sie verabredet, dass sie bei ihm übernachtete.

»Nach Hause. Ich muss noch mit Lumpi raus.« Ihre Stimme war kühl, und sie schaute ihn nicht mal an beim Reden.

»Aber ... Ich dachte, das erledigt deine Nachbarin heute.«

»Das dachte ich auch.« Sie kam zu ihm, drückte ihm einen Kuss auf die Wange und verschwand in Richtung Hausflur. »Wir sehen uns«, sagte sie noch, bevor sie die Tür hinter sich zuzog.

Fassungslos starrte Fabian ihr hinterher. Hatte sie ihn gerade wegen ein bisschen Rosenkohl sitzengelassen? Dabei hatte er doch bloß Ketchup über sein Essen gegeben. Wie konnte sie das nur so persönlich nehmen?

Er ging ans Fenster und sah gerade noch, wie sie in die Bahn einstieg, ohne noch einen Blick nach oben zu werfen. Kurz musste er an seine Nachbarn und ihre nächtlichen Brüllorgien denken. Immerhin war es nicht so eskaliert. Aber dennoch hatte er den Abend wohl gründlich verbockt.

13. Kapitel

Am Samstagvormittag fanden sich Fabian und Thomas pünktlich um elf im Konferenzraum des Kommissariats ein. Nachdem Josi am Vorabend beleidigt abgezogen war, hatte Fabian den restlichen Abend im Fitnessstudio verbracht und sich danach mit Bier und einer Salamipizza, die seinen Trainingsfortschritt sofort wieder zunichtegemacht hatte, auf der Couch die Nacht um die Ohren geschlagen. Dabei hatte er vergebens gehofft, dass Josi sich beruhigte und bei ihm meldete. Erst gegen Morgen war er schließlich eingeschlafen. Dementsprechend ausgelaugt fühlte er sich nun, als er sich auf einen der Stühle fallen ließ. Außer ihnen war noch niemand anwesend, und so legte er den Kopf in den Nacken und schloss die Augen. In Augenblicken wie diesen verfluchte er seinen Beruf.

»Heiße Nacht gehabt?«, fragte Thomas, der mittlerweile neben ihm stand.

Fabian zuckte mit den Schultern. Mit den Fingerspitzen massierte er sich die Stirn. Unter seiner Schädeldecke schien ein Presslufthammer zu wüten, und er brauchte dringend eine Schmerztablette. »Eher eine einsame«, entgegnete er schließlich. Auch wenn Thomas sich über ihn lustig machen würde, hatte er sich für Ehrlichkeit entschieden.

»Oh«, machte Thomas und klang aufrichtig betroffen. Er schien Josi zu mögen. »War's doch nichts mit eurem Date?«

»Doch, schon. Aber die Launen der Frauen sind unergründlich ...«

Thomas lachte, was vermutlich ein Ausdruck seiner Zustimmung sein sollte. »Mein Mitgefühl. Was ist denn passiert?«

Fabian öffnete die Augen. »Wenn ich das nur so genau wüsste. Vielleicht bin ich doch nicht für eine richtige Beziehung gemacht. Ein wenig Ketchup reicht anscheinend schon, um einen kompletten Abend zu versauen.«

Mit einem gespielt entsetzten Gesichtsausdruck sog Thomas die Luft durch die Zähne ein. Dabei wedelte er mit der Hand als hätte er sich die Finger verbrannt. »Ah, die Essensfalle. Das ist gerade am Anfang ein großer Fettnapf, den es besonders weit zu umschiffen gilt. Die Kochkünste einer Frau darf man nur sehr vorsichtig kritisieren.«

»Deswegen muss man aber doch nicht seinen eigenen Geschmack völlig ausblenden. Und ich habe den beschissenen Rosenkohl ihr zuliebe sogar runtergewürgt. Die Quälerei hätte ich mir ruhig sparen können, wenn sie eh beleidigt abzieht. Egal, wer ihn zubereitet, das Zeug ist einfach ein Gemüse des Teufels.«

Nun brach Thomas in schallendes Gelächter aus.

»Ja, lach du nur. Du hast das ja schon längst hinter dir.«

»Ganz genau. Weil ich eben nicht nach solchen Anfangsschwierigkeiten gleich die Flinte ins Korn geworfen habe. Zu einer Beziehung gehört nun mal auch etwas Arbeit. Auch noch nach zehn Jahren – oder gerade dann.«

»Eigentlich dachte ich, dass wir die Anfangsschwierigkeiten mit dem Ärger um ihren Exmann schon hinter uns gebracht hätten.« Nur ungern erinnerte sich Fabian an die Eskapaden des vergangenen halben Jahres. Immer wieder hatte Elias Witterhold versucht, Josi zurückzugewinnen. Die Annäherungsversuche waren hin und wieder von wilden Drohgebärden gegenüber Fabian abgelöst worden, die sich erst vor wenigen Wochen gegeben hatten.

Die Tür zum Konferenzsaal wurde geöffnet und Marek Peitsch, der Kommissariatsleiter, trat ein. »Morgen die Herren«, grüßte er.

»Morgen«, grüßten die beiden zurück. Der Raum füllte sich langsam.

»Wie auch immer«, sagte Thomas zu Fabian und klopfte ihm aufmunternd auf die Schulter, bevor er sich auf den Stuhl neben ihm setzte. Dabei verpasste er ihm einen leichten elektrischen Schlag. Eigentlich war man hier ständig aufgeladen, sobald man ein paar Schritte auf dem ausgetretenen Teppichboden im Kommissariat gemacht hatte. »Meine Freundin nölt mich schon seit Tagen damit zu, also frag ich jetzt einfach. Sie hatte die grandiose Idee, euch und jetzt pass auf, zum Essen bei uns einzuladen. Und zwar morgen. Wie wär's?«

Fabian warf ihm einen strafenden Blick zu. »Veräppeln kann ich mich alleine.«

»Kannst du gern versuchen, aber die Einladung ist völlig ernst gemeint. Wäre doch eine gute Gelegenheit für eine Versöhnung, meinst du nicht? Gibt auch keinen Rosenkohl, dafür werd ich sorgen.«

»So sicher wäre ich mir da nicht«, sagte Fabian. Gerade war ihm eher danach, stur zu bleiben und nicht derjenige zu sein, der angekrochen kam. Seiner Meinung nach hatte er nichts falsch gemacht. Essen war nun mal, wie viele andere Dinge im Leben auch, eine Frage des Geschmacks, und Josi konnte wohl nicht allen Ernstes von ihm erwarten, dass er jahrelange Gewohnheiten einfach so ablegte. Wenn er schon bei einer solchen Nichtigkeit klein beigab, wie sollte es dann erst sein, wenn es mal um etwas wirklich Wichtiges ging? Zum Glück hatte er Josi noch nicht seinen Eltern vorgestellt. Im Geiste hörte er schon, wie seine Mutter zeterte, weil er die nächste Frau aus seinem Leben vergrault hatte.

Während der Kommissariatsleiter das Ermittlungsteam begrüßte, kippte Fabian schnell eine Tasse Kaffee runter und ging dann gemeinsam mit Thomas nach vorne, um den aktuellen Stand der Ermittlungen vorzustellen.

Nachdem Thomas die grundlegenden Erkenntnisse zur Identität des Opfers und dem Ablauf des Tatabends erläutert hatte, ging Fabian auf die Details ein.

»Eine erste Befragung des engeren Freundeskreises von Erik Marquardt durch Mario und Tillmann hat die Aussage seiner Sekretärin bestätigt. Er war ein Lebemann, für den eine feste Beziehung wohl nicht in Frage kam.« Fabian ignorierte das Grinsen der Kollegen, das sich eindeutig auf seine Vergangenheit bezog. »Wenn es darum ging, eine Frau von sich zu überzeugen, hat er seine finanzielle Situation gerne besser dargestellt als es den Tatsachen entsprach.«

»Herr Marquardt hat sich in der Öffentlichkeit gerne als Luxusmakler gegeben, dabei hat er eigentlich nur für eine Wohnungsbaugesellschaft gearbeitet, die eher Wohnungen für die unteren Schichten anbietet«, ergänzte Thomas. »Seine eigene Wohnung wurde zwischenzeitlich geöffnet. Er lebte bescheiden auf etwas über vierzig Quadratmetern in zwei Zimmern. Hinweise auf Feinde oder Ähnliches wurden keine gefunden.«

»Was die Geschäftstermine in der Bar *Flamingos* an den Mittwochabenden angeht, konnten wir bisher nicht herausfinden, wer der ominöse Geschäftspartner sein soll, mit dem er sich dort angeblich getroffen hat. Was wir aber wissen, ist, dass er regelmäßig vor diesen Abenden von seinem Privatkonto Bargeld in größeren Mengen abgehoben hat. Stets etwas zwischen dreihundert und fünfhundert Euro. Die Rechnungen im *Flamingos* wurden jedoch nie bar, sondern von dem Geschäftskonto bezahlt und auch bei der Steuer als Geschäftstermine eingereicht. Die Personen auf den Bewirtungsbelegen konnten wir bisher nicht ausfindig machen.«

»Weil es die nicht gibt«, meldete sich Mario zu Wort. Gemeinsam mit Tillmann war er sämtliche Kontakte durchgegangen, die sich anhand von Visitenkarten, E-Mails und Briefen ermitteln ließen. Die Namen von den Geschäftspartnern, die Marquardt auf den Bewirtungsbelegen für die Steuer angegeben hatte, waren anscheinend allesamt erfunden.

»Ja, die Vermutung liegt nahe«, bestätigte Thomas. »Wir gehen davon aus, dass er sich im *Flamingos* mit Damen des horizontalen Gewerbes getroffen hat, die mit dem Bargeld entlohnt wurden. Beweise dafür haben wir allerdings noch nicht.«

»Am Tatabend wurde er vom Barkeeper mit einer blonden Frau gesehen und hat auch mit ihr zusammen gegen dreiundzwanzig Uhr dreißig den Laden verlassen.« Fabian tippte auf den Ausdruck des Überwachungsvideos, der neben den Tatortfotos und den Bildern des Opfers an der Pinnwand hinter ihm hing. »Wie ihr sehen könnt, haben wir nicht viel in der Hand. Der Barkeeper konnte keine Beschreibung abgeben, die für ein Phantombild gereicht hätte, und anhand des Bildes kann er auch nur vermuten, dass es sich dabei um die Frau handelt, es aber nicht mit Sicherheit bestätigen.«

»Vermutlich benutzte dieselbe unbekannte Person die Karte von Erik Marquardt am folgenden Donnerstag in einem kleinen Ort Namens Schleife. Das Dorf liegt in Sachsen nahe der polnischen Grenze. Es wurden eintausend Euro abgehoben. Das Handy des Opfers wurde zuletzt ebenfalls in der Gegend geortet.«

»Also ein eskalierter Raub, und die Täterin hat sich längst ins osteuropäische Ausland abgesetzt?« Wieder war es Mario, der sich einbrachte.

»Nach unserem derzeitigen Erkenntnisstand ist das naheliegend«, stimmte Fabian zu. »Neben der Menge Bargeld, die er am Nachmittag abgehoben hat, und die sich vermutlich in dem entwendeten Geldbeutel befand, fehlen außerdem sein iPhone 7 sowie eine Uhr der Marke Glashütte. Eine Senator, die über siebentausend Euro kostet. Beides konnte bisher nicht gefunden werden.«

Einer der Anwesenden gab einen anerkennenden Pfiff von sich.

»Jemand, der nicht wusste, wie es wirklich um Erik Marquardts finanzielle Verhältnisse stand, könnte durch die Uhr auf die Idee gekommen sein, dass es sich um einen wohlhabenden Makler handelt.«

»Muss man das nicht sein, um sich so ein Teil zu leisten?«, fragte Tillmann.

»Nicht unbedingt«, antwortete Thomas. »Laut der Sekretärin hat das Opfer wohl einige Jahre darauf gespart und sie sich anlässlich des zehnjährigen Bestehens seiner Firma geleistet.«

»Vom Täter oder der Täterin gibt es weder am Tatort noch an der Leiche eindeutige Spuren. Es wurden lediglich DNA-Mischspuren gesichert, außerdem mehrere blonde Haare. Die Analyse hat allerdings ergeben, dass diese zu einer Perücke gehören.«

»Ist ja wie bei *Pretty Woman*«, witzelte Mario und erntete dafür einen strengen Blick von Marek Peitsch.

»So weit, so schlecht«, schloss Fabian den Vortrag. »Bisher stochern wir vollkommen im Dunkeln. Tillmann und Mario stecken auf jeden Fall den Freundes- und Bekanntenkreis des Opfers weiter ab und sehen zu, ob sie jemanden finden, der ein Motiv haben könnte. Gibt es vielleicht enttäuschte Frauen in Erik Marquardts Leben, die sich an ihm rächen wollten und es als Raubmord getarnt haben? Thomas und ich kümmern uns um die Befragungen im Milieu. Bisher sind die leider erfolglos verlaufen, ihr kennt das ja. Man hält zusammen.«

»Vielleicht war es ja gar keine Frau«, warf Tillmann ein.

Thomas nickte. »Daran haben wir auch schon gedacht. Denkbar ist auch eine Gemeinschaftstat, bei der unsere Blondine das Opfer lediglich in den Park gelockt hat, wo ein Komplize gewartet hat. Auch ein Überfall, bei dem die Frau nur Zeugin war und nun zu verängstigt ist, sich zu melden, ist denkbar, wenn auch wegen des Videos der Postbankfiliale eher unwahrscheinlich.«

»Nicht, wenn der Täter sie entführt und zur Abhebung des Betrags gezwungen hat«, gab Fabian zu bedenken, auch wenn er selbst nicht so recht an diese Möglichkeit glaubte.

»Tillmann, Mario, ihr wolltet euch doch um die Erkenntnisanfrage zum Modus Operandi kümmern«, sagte Thomas mit einem Blick auf die Kollegen. »Was kam dabei heraus?«

»Natürlich noch gar nichts«, gab Mario zurück. »Ist ja erst seit gestern raus. In Frankfurt gab es vor ein paar Jahren mal eine Prostituierte, die mit ihrem Zuhälter Kunden ausgenommen hat. Das war aber eine vom Straßenstrich und die Kerle waren allesamt arme Schweine, die um nicht mehr als fünfzig Euro erleichtert wurden. Insgesamt passt das nicht wirklich zu dem Fall, mit dem wir es hier zu tun haben.«

»Wie Sie sehen, es wartet viel Arbeit auf Sie«, fasste der Kommissariatsleiter zusammen. »Ich wäre dankbar, wenn Sie die ohne weitere Männer erledigen würden. Und weiterhin wäre es mir lieb, wenn Sie demnächst erste Erkenntnisse liefern könnten. Herr Marquardt mag vielleicht ein, sagen wir es mal, wie es ist, Blender gewesen sein, doch die Presse findet den Fall dennoch äußerst interessant. Sie wissen ja, wie das mit dem Rotlichtmilieu so ist. Da stürzen sie sich drauf wie die Geier.«

Fabian seufzte und schaute zu Thomas rüber. »Sieht wohl eher danach aus als würden wir morgen unser Überstundenkonto füllen, anstatt gemütlich bei euch zu Abend zu essen.«

Thomas zuckte mit den Schultern und grinste. »So einfach windest du dich nicht da raus.«

14. Kapitel

Die Vorbereitungen auf den Abend kosteten sie beinahe den gesamten Vormittag. Die Handgriffe für das Make-up hatte sie drauf, darin lag nicht das Problem. Doch würde das reichen, damit Aaron sie nicht direkt auf den ersten Blick erkannte? Sollte sie mehr Aufwand betreiben als mit ein wenig Contouring ihre Gesichtsform zu verändern und sich falsche Wimpern anzukleben? Wie viel Schminke wirkte abschreckend auf einen Mann? Wie viel Lippenstift war zu viel? Was sollte sie anziehen? Sie wollte ihn umhauen, aber er sollte sie auch nicht für eine Schlampe halten. Zwischen sexy und nuttig war nicht selten ein schmaler Grat.

Sie ließ das Make-up stehen und ging in die Küche, wo sie sich ein Glas Wodka einschenkte und etwas Cranberrysaft dazu goss. Gerade brauchte sie das warme Gefühl des Alkohols, das außerdem ihre Hemmungen etwas abmildern würde. Mit dem Glas in der Hand stellte sie sich vor den Ganzkörperspiegel, der im Flur hing. Im ersten Moment war sie erstaunt. Sie hatte das Make-up so gut hinbekommen, dass sie sich selbst auf einem Foto erst mal nicht wiedererkannt hätte. Und das Gute dabei war, dass man schon genau hinschauen musste, um zu entdecken, dass eine dicke Schicht Puder und Concealer ihr Gesicht zierten. Lediglich der dunkle Lidschatten und die einzeln angeklebten Wimpern fielen sofort ins Auge, doch das fand sie nicht schlimm.

Sie erinnerte sich noch an das erste Mal, als sie Lippenstift aufgetragen hatte. Ihr Vater war ins Zimmer gekommen und völlig ausgerastet. Noch immer spürte sie das Brennen seiner Hand auf ihrer Wange und den noch viel tieferen Schmerz in ihrer Seele. Die enttäuschende Gewissheit, dass ihr eigener Vater sie nicht akzeptierte. Der Schlag hatte sie völlig unvermittelt getroffen. Es war das erste, aber bei Weitem nicht das letzte Mal gewesen, dass er sie verprügelte, wenn sie sich schminkte oder am Kleiderschrank ihrer verstorbenen Mutter bediente. In den folgenden Jahren musste sie immer wieder auf die harte Tour erfahren, dass sie niemals so leben könnte, wie sie es brauchte.

Dabei wollte sie sich der Frau, die sie geboren hatte, doch nur nahe fühlen, deswegen hatte sie ihre Kleider angezogen. Vom Rest ihrer Familie hatte sie sich keinen Beistand erhoffen dürfen. Im Gegenteil. Ihr Vater hatte es geschafft, alle Verwandten davon zu überzeugen, dass er ein abnormales Kind gezeugt hatte. Ihre Hände verkrampften sich um das Glas.

Mittlerweile konnte sie sich fast nicht mehr daran erinnern, wie ihre Mutter ausgesehen hatte. Ein einziges, verblichenes Foto aus ihren Zwanzigern war das einzige, das sie noch hatte. Darauf war eine wunderschöne Frau zu sehen, stolz und fröhlich, bevor sie der Krebs innerhalb weniger Monate erst in einen Geist verwandelt und schließlich dahingerafft hatte. Sie wünschte sich, sie hätte zumindest irgendwas von dem Aussehen ihrer Mutter geerbt. Die großen blauen Augen oder die dichten Haare. Oder wenigstens die vollen Lippen. Aber nichts davon war ihr vergönnt. Wenn sie nicht ihrem Vater wie aus dem Gesicht geschnitten wäre, hätte sie darauf gewettet, im Krankenhaus vertauscht worden zu sein.

Mit dem Handrücken wischte sie eine Träne weg, die sich aus ihrem Augenwinkel gelöst hatte, und trank das Glas mit drei großen Schlucken aus. Sie stellte es auf der Kommode ab und ging zurück ins Bad. Jetzt war nicht die Zeit, um mit dem Kopf in der Vergangenheit zu hängen. Sie musste sich dringend noch rasieren und dann ein Outfit auswählen. Aaron würde Augen machen, wenn sie ihm später gegenübertrat. Und dann würde sich alles ändern. Das war der Start in ihr neues Leben.

15. Kapitel

24 Jahre zuvor

Ihr gesamter Körper wurde von einem Zittern erfasst. Hitze schoss ihr ins Gesicht, und sie wünschte sich, ein Loch würde sich unter ihren Füßen auftun und sie einfach verschlucken. Ihr Vater zitterte auch, allerdings vor Wut. Seine Faust zuckte, doch er schlug sie nicht. Stattdessen packte er sie am Arm und bohrte seine Finger in ihre Muskeln. Der Schmerz zwang sie in die Knie.

»Hast du geglaubt, ich würde das nicht merken? Hältst du mich für so blöd?«, brüllte er sie an. »Du hast hoch und heilig versprochen, vor Gott geschworen, dass du niemals so auf die Straße gehst. Niemals, das waren deine eigenen Worte. Und was muss ich nun erfahren? Du machst mich zu einer Witzfigur. Wie kannst du mich nur so demütigen?«

Beschämt senkte sie den Blick. Sämtliche Erklärungsversuche wären vergebens. Er würde es niemals verstehen. Sie wünschte sich, er wäre anstelle ihrer Mutter gestorben.

Wutentbrannt richtete ihr Vater seinen Blick auf die Zimmerdecke als würde dort neben der Lampe nicht eine Spinnenwebe, sondern sein Gott schweben und auf sie herabschauen. »Warum bestrafst du mich nur mit einem solchen Kind?«, fragte er die Lampe. »Wann habe ich die Sünden begangen, für die du mich nun so leiden lässt?«

»Es tut mir leid«, flüsterte sie. Er gab ihr eine schallende Ohrfeige.

»Du weißt, welche Konsequenzen dich erwarten«, sagte er und öffnete seinen Gürtel, während sie sich die schmerzende Wange hielt. »Zieh dein Unterhemd aus.«

»Bitte nicht!«, flehte sie und versuchte, aufzustehen. »Tu mir nicht weh!«

»Es führt kein Weg daran vorbei. Du musst Buße tun.« Ihr Vater drückte sie zurück auf den Boden. »Aus damit! Sofort!«

Sie gehorchte und befreite sich von dem weißen Hemd.

»Knie dich vor das Kreuz und fang an«, befahl er und deutete zum Bett, über dem ein Rosenkranz hing. Jesus blickte mit gesenktem Haupt auf sie herab, als verhöhnte er sie. »Du kannst froh sein, dass Jehova deine Mutter bereits zu sich genommen hat. Andernfalls würden die Sorgen, die du bereitest, sie zerfressen, wie es der Krebs getan hat.«

Als sie am Fuß des Bettes auf die Knie ging, landete der Gürtel zum ersten Mal auf ihrem Rücken. »Los, den Psalm!«

Sie kniff die Augen zusammen, faltete die Hände auf der Matratze und flüsterte: »Herr, höre auf meine Stimme, es seien deine Ohren aufmerksam auf mein Hilfeflehen.« Eine Träne löste sich aus ihrem Augenwinkel, als der zweite Schlag auf ihren Rücken traf. Dort rissen die Wunden auf, die er ihr erst vor wenigen Tagen zugefügt hatte. Flehend starrte sie Jesus an. Warum ließ Gott es zu, dass ihr eigener Vater ihr so wehtat? Ein gütiger Gott würde es verhindern. Ja, sie hatte gesündigt. Aber liebte Gott nicht alle seine Untertanen und nahm sie an, wie sie waren?

»Weiter«, befahl ihr Vater, während sich der Schmerz in ihr ausbreitete wie ein Feuer auf trockenem Stroh.

»Wenn du Verschuldungen bewahrst, Herr, wer wird bestehen …«, fuhr sie mit tränenerstickter Stimme fort. Es kostete sie enorme Anstrengung, überhaupt einen Ton herauszubekommen.

Das Leder klatschte auf ihren Rücken. Sie spürte, wie ihre Haut an einer neuen Stelle aufplatzte. Ein Tropfen Blut landete auf dem Teppich und versickerte dort. »Lauter. Glaubst du, Gott hört dich zwischen all den Sündern, wenn du wie ein Mäuschen flüsterst?«

Sie wurde lauter, sprach nun wirklich zu Gott. »Vielmehr ist bei dir Verzeihung, als dass du gefürchtet werdest …«

Ihr Vater stimmte murmelnd mit ein, während er im Rhythmus des Gebets unvermindert auf sie eindrosch. Immer mehr schwoll ihre Stimme an, um das Geräusch der Schläge zu übertönen. Den letzten Vers brüllte sie beinahe, in der Hoffnung, Gott würde sie endlich erhören: »Ich hoffe auf Jehova, es hofft meine Seele, und auf sein Wort harre ich. Er wird mich erlösen von all meinen Verschuldungen. Erlöse mich.«

Doch wie immer hörte Gott sie nicht. Er erlöste sie nicht. Stattdessen ließ er ihren Vater ungehindert weiter auf sie einschlagen, bis sie vor Schmerzen zusammenbrach.

16. Kapitel

Geduldig wartete Fabian, während Agatka Jakimow auf der Rückbank des Wagens mit in Falten gelegter Stirn auf das Foto starrte. Sie war erst die dritte Prostituierte aus dem *Lovetemple,* die sie vor der Tür abgefangen hatten, um mit ihr zu sprechen. Ihre beiden Vorgängerinnen hatten sofort abgeblockt und kein Wort gesagt. Agatka hingegen war noch sehr jung und vermutlich neu im Milieu, weswegen sie leicht eingeschüchtert wirkte. So bestand bei ihr durchaus die Hoffnung, dass sie ehrlicher mit ihnen war als ihre Kolleginnen.

Schließlich fiel ihre Reaktion doch aus wie die der anderen. Sie zuckte mit den Schultern und gab Fabian das Bild zurück. »Ist schwer«, sagte sie zumindest.

Fabian nickte. »Die Bedingungen sind nicht optimal. Sie müssen jedoch keine Angst haben, uns eine Kollegin zu nennen. Sollten Sie sich getäuscht haben, wird sich das aufklären. Es ist wirklich wichtig, dass wir die Frau auf dem Foto so schnell wie möglich finden.«

»Vielleicht ...« Sie hielt inne, als müsse sie erst den Mut fassen, weiterzusprechen. »Evelina hat manchmal solche Haare.«

Fabian wurde hellhörig. »Was meinen Sie mit manchmal?«

»Sie hat Perücken auf. Sagt, so kann sie größeren Kundenkreis bedienen. Ich glaube, in Wirklichkeit hat sie hässliche Haare. Oder keine …« Sie lachte lauthals über diesen flachen Witz.

Vor Anspannung konnte Fabian hingegen kaum lachen. Sie hatten mit keinem Wort erwähnt, dass die Frau auf dem Foto aller Wahrscheinlichkeit nach eine Perücke trug. Vielleicht hatten sie endlich eine Spur. »Und diese Evelina arbeitet auch im *Lovetemple?* Wie lautet ihr vollständiger Name?« Beim ersten Überfliegen der Liste, die ihnen die übergewichtige Besitzerin des Bordells ausgehändigt hatte, war ihm keine Evelina aufgefallen.

Agatka nickte zögerlich. Ihrem Gesichtsausdruck nach zu urteilen war ihr zu spät aufgefallen, dass sie anscheinend zu unbedacht geantwortet und etwas Dummes gesagt hatte.

»Wie lautet der vollständige Name?«, wiederholte Thomas die Frage von eben.

»Evelina Kedra.« Die junge Frau senkte den Blick. »Verraten Sie nicht, dass Sie von mir haben.«

»Ihnen passiert sicher nichts«, versuchte Fabian, ihre Bedenken zu zerstreuen. »Können Sie sich einen Grund dafür vorstellen, weshalb Frau Idrizaj ausgerechnet diesen Namen nicht auf die Liste geschrieben hat?«

Agatka zuckte mit den Schultern. Dann legte sie ihre Hand auf den Türgriff. »Keine Ahnung. Vielleicht der Mann von dem anderen Foto war einer von ihren Kunden? Kann ich jetzt gehen?«

Fabian traute seinen Ohren kaum. »Wissen Sie, dass er ein Freier von ihr war, oder vermuten Sie das? Waren Sie am Mittwochabend im *Lovetemple,* und können Sie sich erinnern, ob Evelina an diesem Abend auch zugegen war?«

»Nein, ich weiß nicht. Das war einfach nur so gesagt, weil Sie doch so was hören wollen. Wir sind viele Frauen und man guckt nach sich selbst und dass eigener Umsatz stimmt.«

»Wann haben Sie sie das letzte Mal gesehen?«, hakte er nach.

Erneutes Schulterzucken, dazu ein nervöser Blick aus dem Fenster. Agatka schien endgültig genug zu haben. Aus ihr war so sicherlich nichts mehr herauszubekommen.

»Vielen Dank für Ihre Mitarbeit. Wir gehen mit den Informationen vertraulich um«, sagte Fabian und beobachtete im Rückspiegel, wie sie erleichtert aufatmete, die Autotür aufstieß und über die Straße eilte.

»Seltsamer Zufall, findest du nicht?«, sagte Fabian schließlich, als sie außer Sichtweite war.

»Glaubst du, dass sie das einfach nur so dahergeredet hat? Klang für mich eher danach, als wäre ihr was rausgerutscht.«

»Sehe ich genauso«, sagte Fabian.

Thomas nahm sein Telefon aus der Jackentasche und tippte darauf herum. »Ja, Wendtner von der Kripo hier«, sagte er nach kurzem Warten. »Ich bräuchte da mal eine Personenüberprüfung.«

Nur etwa dreißig Minuten später standen die beiden vor einem Sozialbau in Offenbach Waldhof. Schon die vergilbte und im unteren Bereich mit Graffiti besprayte Fassade des Plattenbaus strömte eine Tristesse aus, die im Treppenhaus durch einen beißenden Geruch nach Urin und Knoblauch noch verstärkt wurde. Im ersten Stock erkannte man deutliche Spuren von gewaltsamem Eindringen an einer Wohnungstür, im zweiten hörte man zwei Männer, die sich lautstark in einer fremden Sprache anbrüllten.

Evelina Kedras Wohnung befand sich im dritten Stock, wo die beiden Streithähne noch immer überdeutlich zu vernehmen waren. In ihrer Wohnung blieb auch nach dem zweiten Klingeln alles still.

»Frau Kedra?«, rief Fabian. »Wir sind von der Polizei und wollen nur mit Ihnen reden. Sie haben nichts zu befürchten. Machen Sie bitte die Tür auf, wenn Sie zu Hause sind.«

»Kannst du vergessen«, murmelte Thomas und machte Anstalten, die Treppe runterzugehen, als unten die zwei Männer kurzzeitig verstummten, und sie aus dem Innern von Evelinas Wohnung Schritte hörten. Es brauchte jedoch weiteres gutes Zureden, bis sie endlich die Tür öffnete.

Vor ihnen stand eine hagere Frau mit raspelkurzen Haaren und für ihren Körperbau viel zu großen – operierten, so vermutete Fabian jedenfalls – Brüsten. Ihr Körper war ausgemergelt, ihre Haut schlecht und die Haare wirkten fettig. Ein ums andere Mal wunderte Fabian sich, warum Männer bereit waren, solchen Frauen Geld für Sex zu geben. Er hatte noch nie eine getroffen, die ihn körperlich angezogen hätte. Hinzu kam die Vorstellung, dass am selben Tag bereits andere Männer mit ihr geschlafen hatten ... Nein, das war nichts für Fabian. Von seinem persönlichen Geschmack abgesehen gab es auf den ersten Blick äußerlich nichts, was sie mit dem Foto in Verbindung brachte. Fabian fragte sich, ob Agatka ihnen den Namen nur genannt hatte, damit sie nicht weiter von der Polizei belästigt wurde. Die Perücke war ihr da anscheinend gerade recht gekommen.

Trotz der Zweifel zückte Fabian das Foto und hielt es ihr entgegen. »Wir sind auf der Suche nach dieser Frau. Können Sie erkennen, um wen es sich dabei handelt?«

»Na, ich bin es bestimmt nicht«, sagte sie mit fester Stimme, dabei hatte sie nicht einmal den Blick gesenkt.

»Dürfen wir kurz reinkommen?«, fragte Thomas und machte einen Schritt nach vorne, um deutlich zu machen, dass er nicht bereit war, ein Nein zu akzeptieren.

Ihren Unmut über diese Aufdringlichkeit konnte man Evelina deutlich ansehen, und doch machte sie einen Schritt zur Seite. »Keine Ahnung, was Sie zu finden hoffen, aber bitte. Ich hab nichts zu verbergen.«

Thomas und Fabian betraten den düsteren Flur, in dem ein klappriger Kleiderschrank die eine Hälfte der Wand einnahm. Ansonsten befanden sich lediglich zwei Türen in dem winzigen Vorraum. Eine führte in ein verdrecktes Bad, die andere in ein zugestelltes Zimmer mit einem Fernseher, einem Bett und einer Küchenzeile. Der Tisch vor dem Bett war vollgemüllt mit Zigarettenhülsen, Tabakpackungen, Taschentüchern, undefinierbaren Essensresten in Aluschalen und leeren Flaschen.

Evelina ließ sich auf die Matratze fallen, der Lattenrost ächzte verdächtig. Thomas und Fabian blieben vor dem kleinen Tisch stehen. Erst hier im Licht, das durch die schmierige Glasscheibe fiel, erkannte Fabian ein schlecht überschminktes Veilchen. Im Hausflur war es düster gewesen, und Evelina hatte im Schatten der Tür gestanden, sodass es ihm vorher nicht aufgefallen war.

»Was ist passiert?«, fragte er und deutete darauf.

Evelina griff sich unwillkürlich ins Gesicht und zuckte leicht zurück, als sie die Verletzung berührte. »Nichts, was Sie etwas angehen würde«, antwortete sie schroff.

»Möglicherweise schon«, widersprach Thomas. Er legte das Foto von Erik Marquardt vor ihr auf den Tisch. »Immerhin suchen wir eine Zeugin, die am Mittwochabend im Grüneburgpark ein Tötungsdelikt beobachtet hat. Kennen Sie diesen Mann?«

Evelina stierte auf das Bild und zog die Augenbrauen nach oben. »Ich habe nichts getan«, sagte sie mit Bestimmtheit.

»Wollen Sie uns nicht vielleicht doch erst mal verraten, was mit Ihrem Auge passiert ist?«

»Ein Unfall. War etwas heftig mit einem Kunden.« Sie zog die Mundwinkel nach unten, wohl in dem Wissen, wie ihre Worte bei Fabian und Thomas angekommen sein mussten. »Nicht so, wie sie mir das gleich in den Mund legen werden«, fügte sie schnell hinzu. »Der Typ da war es jedenfalls nicht, und ich hab ihm bestimmt nichts getan.«

»Wir legen Ihnen ganz bestimmt nichts in den Mund«, sagte Fabian. »Sie kennen ihn also?«

»Vielleicht. Wenn Sie mich jetzt gleich nach Namen fragen, muss ich Sie aber enttäuschen. An den erinnere ich mich nicht. Und am Mittwoch habe ich nicht gearbeitet.« Sie deutete auf ihr blaues Auge. »War noch zu frisch. Niemand will eine bumsen, die aussieht als wäre sie gerade vor ein Auto gelaufen.«

»Sie waren also den ganzen Abend hier und nicht zufällig irgendwann draußen im Grüneburgpark unterwegs?«

»War ich nicht. Beschuldigen Sie mich?«, fragte sie. Nervös kaute sie auf ihrer Lippe herum. »Ich habe damit nichts zu tun.«

»Wie bereits gesagt, beschuldigen wir Sie nicht. Sie sind eine Zeugin, und wir wollen versuchen, Sie als mögliche Täterin auszuschließen. Gelingt uns dies nicht, werden Sie zu einer Verdächtigen.«

»Wer's glaubt. Das auf dem Foto bin ich nicht. Kann ich auch beweisen. Ich trage nicht so hässliche Perücken.« Mit dem Finger fuchtelte Evelina auf der Höhe vor ihrem Gesicht herum, wo in etwa der gerade geschnittene Pony bei der Frau auf dem Foto endete.

»Was für welche tragen Sie denn, wenn nicht solche?«, fragte Fabian.

Evelina stand auf und ging in den Flur, wo sie ein leises Quietschen hörten. Thomas folgte ihr und stellte sich zwischen sie und die Haustür, für den Fall, dass sie türmen wollte.

»Hier«, sagte sie, als sie zurück ins Zimmer kam. In den Händen, die sie Fabian entgegenstreckte, hielt sie zwei Perücken. Eine davon eher kurz, vielleicht schulterlang, in weißblond. Die andere war goldblond, lang und leicht gewellt, so wie Pamela Anderson ihre Haare in den Neunzigern bei *Baywatch* getragen hatte. Keine davon sah aus wie die Frisur auf dem Foto.

Thomas griff in die Jackentasche und zog eine Tüte mit Beweismittelbeuteln heraus. »Sie haben doch bestimmt nichts dagegen, wenn wir je eine Probe mitnehmen, oder?«

Evelina zog die Augenbrauen hoch und ließ die Arme sinken. »Ich weiß nicht …«

»Laut Ihrer Aussage haben Sie nichts mit dem Verbrechen zu tun. Demnach dürfte es Ihnen ja nur recht sein, wenn wir Sie möglichst schnell als Beteiligte ausschließen. Immerhin wollten Sie es uns doch beweisen«, sagte Thomas.

Das schien sie zu überzeugen. Sie seufzte und hielt Thomas die beiden Perücken bereitwillig entgegen. »Na gut. Ich hoffe, ich mache keinen Fehler«, sagte sie leise.

»Wenn Sie mit der Sache nichts zu tun haben, müssen Sie nichts befürchten. Das Letzte, was wir zu tun haben, ist Beweise zu fälschen, um jemand Unschuldigen ins Gefängnis zu stecken.« Fabian ging Thomas zur Hand. Er stülpte sich Latexhandschuhe über, zupfte vorsichtig je drei Haare aus den Perücken und ließ sie in die Beweismittelbeutel fallen.

Evelina beobachtete die beiden dabei skeptisch. »Da hab ich schon anderes gehört. Sind wir dann fertig?«

»Wo Sie am Mittwochabend waren, ist immer noch offen. Bloß weil diese Perücken vielleicht keinen Treffer ergeben, sind Sie noch nicht vollständig entlastet. Vielleicht haben Sie das richtige Modell längst entsorgt und uns deshalb diese hier so bereitwillig vorgeführt.«

Evelinas Augen verengten sich zu Schlitzen, aus denen heraus sie abwechselnd Fabian und dann Thomas anfunkelte. »War ja klar, dass Sie mir was anhängen wollen. Ohne meinen Anwalt sag ich gar nichts mehr.«

»Sie haben einen Anwalt?« Thomas klang überrascht, und auch Fabian hatte nicht mit einer solchen Aussage gerechnet.

»Werd' mir wohl besser einen besorgen, so hinterfotzig, wie Sie sind.« Sie deutete in Richtung Tür. »Verschwinden Sie. Raus jetzt.«

Fabian zuckte mit den Schultern und setzte sich in Bewegung. Thomas kam ihm hinterher. »Wir werden Sie offiziell vorladen. Fahren Sie also auf keinen Fall weg und halten Sie sich zur Verfügung«, sagte er noch, bevor Evelina hinter ihnen die Tür ins Schloss warf.

Als sie unten wieder ins Freie traten, atmete Fabian unwillkürlich auf. Wenn er in solchen Häusern war, hatte er immer das Gefühl, dass die Sorgen und Probleme der Menschen ihn erdrückten. Wenn sie in Gegenden wie dieser unterwegs waren, verspürte er immer eine unglaubliche Dankbarkeit für das Leben, das er führen durfte. Auch wenn er nicht immer zufrieden war und vieles besser laufen könnte, konnte er doch froh sein, wie es für ihn lief.

Thomas schienen die Eindrücke dieser Umgebung weniger zuzusetzen. Das lag vielleicht daran, dass er weniger behütet aufgewachsen war. Fabian hatte sich oft über die Spießbürgerlichkeit seiner Eltern beschwert. Sein Vater besaß eine eigene Metzgerei, in der seine Mutter auch hin und wieder mitarbeitete. Dementsprechend groß war die Enttäuschung gewesen, als Fabian ihnen eröffnet hatte, dass er lieber zur Polizei gehen wollte, anstatt den elterlichen Laden zu übernehmen. So mancher aus diesem Viertel würde für eine solche Chance sicher einiges geben.

»Glaubst du, dass sie nichts damit zu tun hat?«, fragte Fabian, nachdem sie ins Auto gestiegen waren und Thomas den Motor gestartet hatte.

»Schwer zu sagen«, antwortete der nach kurzem Nachdenken. »Man kann jetzt nicht gerade behaupten, dass so viele Zufälle auf einem Haufen nicht auffällig wären. Aber auf der anderen Seite wirkte sie auf mich irgendwie ehrlich.«

»Den Eindruck hatte ich auch.«

Das Klingeln von Fabians Handy unterbrach das Gespräch. Auf dem Display war Josis Nummer zu sehen. Ohne den Anruf anzunehmen, starrte er auf das Gerät. Seine Lust darauf, hier im Auto und in Anwesenheit von Thomas mit ihr durchzudiskutieren, weshalb er ihr mit viel Liebe zubereitetes Essen verschmäht hatte – was ja so nicht mal stimmte – hielt sich eindeutig in Grenzen. Eigentlich wollte er dieses Thema gar nicht bereden, wobei er da wohl nicht drum herumkommen würde.

»Was ist los, willst du nicht rangehen?«, fragte Thomas und schielte aus dem Augenwinkel rüber zu Fabian. »Spiel jetzt bloß nicht den Beleidigten, wenn sie sich im Recht fühlt. Das geht schneller ins Auge als du gucken kannst.«

»Haha. Lass das einfach meine Sorge sein.«

»Jetzt geh ran, sonst erledige ich das für dich.« Zur Demonstration, wie ernst er es meinte, griff Thomas nach dem Handy. Fabian hielt es außerhalb seiner

Reichweite und zog das Hörersymbol in Richtung des grünen Pfeils, um den Anruf entgegenzunehmen. Noch bevor er etwas sagen konnte, hörte er Josis Schluchzen am anderen Ende der Leitung.

»Was ist passiert?«

»Weiß nicht ... machen soll ... bitte ... musst ... kommen ... brauche«, stammelte sie. Fabian verstand kein Wort. Schweiß trat ihm auf die Stirn und ihm wurde heiß. Etwas Schlimmes musste geschehen sein.

»Beruhige dich erst mal und atme«, sagte er. Seine Stimme klang vor Sorge ganz belegt. »Und jetzt noch mal ganz langsam und von vorne. Was ist los?«

»Lumpi«, rief sie und holte tief Luft. »Er ist verschwunden!«

17. Kapitel

Fabians Gedanken überschlugen sich, als er durch die Innenstadt raste. Vor ihm scherte eine A-Klasse aus, und er schaffte es gerade so, auf die Bremse zu treten, um einen Zusammenstoß zu vermeiden. Mit der Faust schlug er auf die Hupe ein, woraufhin er das Gefühl hatte, dass der Vordermann noch langsamer fuhr. Was hätte er jetzt nicht für ein Blaulicht auf seinem Dach gegeben. Es aus privaten Gründen zu nutzen war allerdings streng verboten und wurde mit einem Disziplinarverfahren geahndet. An einer roten Ampel schloss er kurz die Augen und nutzte den Moment, um tief durchzuatmen.

Am Telefon hatte Josi ihm die Situation kurz zusammengefasst, was aufgrund ihrer Aufregung gar nicht so einfach gewesen war. Vor etwa zwei Stunden war sie mit Lumpi eine Runde durch den Park gegangen. Wie immer hatte sie ihn von der Leine gelassen, als sie weit genug von der Straße entfernt waren. Leinenzwang hin oder her, Fabian hatte selbst erlebt, wie viel Energie in dem kleinen Fellbündel steckte und wie unausgeglichen er war, wenn er sich nicht richtig austoben konnte. Normalerweise kam er auch sofort zurück, wenn Josi nach einer gewissen Zeit nach ihm rief. Heute nicht. Und Fabian hatte einen schrecklichen Verdacht, woran das liegen könnte.

Oder besser gesagt, wer dafür verantwortlich sein könnte. Vor Wut kam ihm beinahe die Galle hoch.

Fieberhaft überlegte er, ob er gestern etwas übersehen hatte. Waren ihm die beiden Gorillas vom *Lovetemple* doch in die Bahn gefolgt? Er schüttelte den Kopf. Auf keinen Fall, es war unmöglich, die beiden waren einfach zu auffällig gewesen. Aber vielleicht lag genau darin der Trick. Sie hatten die Ablenkung dargestellt, sich so verhalten, dass Fabian sie bemerken musste und seine volle Konzentration auf sie richtete, während ihm ein dritter Mann heimlich gefolgt war. So musste es gewesen sein.

Diesen unbekannten Dritten hatte er dann unwissentlich bis vor sein eigenes Haus geführt, von wo aus er ihn beobachtet hatte. Dummerweise hatten er und Josi ihm den Gefallen getan, sich zu streiten, sodass Josi, anstatt bei ihm zu übernachten, ziemlich früh wieder nach Hause gegangen war. Diese Gelegenheit hatte er offenbar genutzt und nun versuchten die Zuhälter, die Ermittlungen zu torpedieren, indem sie dort ansetzten, was ihm am liebsten war. Ja, so musste es gewesen sein!

Eigentlich hatte Fabian nicht allzu viel für den kleinen Hund übrig. Es war nicht so, dass er sich von ihm gestört fühlte oder ihn nicht leiden konnte. Schließlich gehörte er zu Josi, die er sehr mochte. Doch er hätte auch nichts vermisst, wenn er den Platz auf Josis Sofa nicht ständig mit einem Haustier teilen müsste. Der Gedanke allerdings, dass sich die Kosovo-Albaner an dem unschuldigen Tier vergriffen, machte ihn nahezu wahnsinnig.

Endlich kam Fabian am Garten des Himmlischen Friedens an, der Park, neben dem sich Josis Wohnung befand. Die Grünanlage war nicht groß, und es war beinahe unmöglich, hier einen Hund zu verlieren. Diese Tatsache bestätigte noch einmal seine Vermutung, dass jemand Lumpi entführt haben musste. Nicht irgendjemand, sondern die Zuhälter, die ihn gestern verfolgt hatten. Da war er sich mittlerweile sicher. Doch das durfte er Josi auf keinen Fall so unter die Nase reiben. Nach dem Streit von gestern würde es ihrer Beziehung vermutlich den Todesstoß versetzen, wenn die Verantwortung für das Verschwinden ihres Hundes bei ihm lag.

Nach dem Klingeln dauerte es nicht lange, bis ihm eine völlig aufgelöste Josi die Tür öffnete. Ihre Augen waren rot vom Weinen. Ihr gesamtes Gesicht wirkte beinahe angeschwollen. Ohne zu zögern, fiel sie Fabian in die Arme.

»Danke, dass du gekommen bist«, nuschelte sie in den Stoff seiner Jacke.

So lange, wie sie es brauchte, hielt er sie einfach fest. Als sie sich von ihm löste, folgte er ihr in die Wohnung und schloss die Tür.

»Ich verstehe nicht, wie das passieren konnte«, sagte sie, nachdem sie ins Wohnzimmer gegangen waren und sie sich dank Fabians Anwesenheit ein wenig beruhigt hatte.

»Erzähl mir bitte ganz genau, was passiert ist. Langsam und der Reihe nach«, forderte Fabian, dessen Nervosität sich kaum zügeln ließ.

»Ach, es ist alles meine Schuld.« Josis Mundwinkel zuckten und erneut liefen ihre Augen über. »Ich bin die schlechteste Hundemama ever. So eine Scheiße.«

Fabian griff nach ihrer Hand und drückte sie tröstend. »Ich bin mir sicher, dass du nichts dafür kannst. Solche Dinge passieren auch den sorgfältigsten Hundehaltern.« Obwohl er mit der Aussage auch versuchte, sich selbst ein wenig zu beruhigen, kochte die Wut auf die Albaner in ihm unvermindert weiter. Am liebsten hätte er zum Telefon gegriffen, um die verdammte Puffmutter anzurufen und sie ordentlich niederzumachen.

»Nein, so dämlich kann echt nur ich sein. Dabei wollte ich ihn doch einfach nur beschützen.« Josi nahm sich ein Taschentuch aus der Packung vom Tisch und schnäuzte sich ausgiebig die Nase. »Wir waren an der Ostparkstraße, dort gibt es eine große Hundeauslauffläche. Lumpi schnüffelte an einem Gebüsch herum. Es sah so aus, als wolle er was fressen und da hab ich ihn angebrüllt. Vor Schreck hat er die Beine in die Hand genommen und ... Es war doch gar nicht böse von mir gemeint. Ich wollte ihn doch nur ... beschützen. Du weißt doch, überall liest man von diesen verdammten Giftködern und ich wollte ... Ich hatte kurz Panik ... Oh Gott!« Ihre Stimme brach.

»Du hast alles richtig gemacht.«

»Einfach über die Böschung! Ich bin ihm hinterhergerannt, aber da war er schon weg.«

»Hast du irgendjemanden gesehen, der ihn vielleicht mitgenommen haben könnte?« Am liebsten hätte Fabian noch *zwei Männer* hinzugefügt, konnte es sich aber gerade noch verkneifen. Josi durfte auf keinen Fall wissen, dass er möglicherweise Schuld am Verschwinden ihres Hundes hatte.

Josi schüttelte den Kopf. »Mir ist nichts aufgefallen. Warum auch? Es kommt doch niemand auf die Idee, einfach so einen Hund einzupacken, wenn der Halter noch in der Nähe sein könnte. Das glaube ich irgendwie nicht.«

»Wenn du wüsstest, auf was für schräge Ideen die Menschen so kommen«, sagte Fabian und bereute seinen Ausspruch sofort, als er Josis Gesichtsausdruck sah. »Tut mir leid. Ich will dir keine Angst machen. Aber es ist keine Seltenheit, dass Hunde aus eingezäunten Gärten geklaut oder vor Supermärkten mitgenommen werden, weil es sich die Menschen nicht leisten können, auf ehrliche Art und Weise ein Tier zu erwerben.«

»Und das soll mir jetzt keine Angst machen? Lumpi ist ein Terriermischling, nicht gerade weit oben auf der Beliebtheitsskala.«

»Du hast recht«, entgegnete Fabian geistesabwesend. Im Kopf ging er durch, was er früher bei der Schutzpolizei besorgten Bürgern geraten hatte, die hin und wieder sogar den Notruf gewählt hatten, um entlaufene Tiere zu melden. All diese Ratschläge würden selbstverständlich rein gar nichts nutzen, wenn die Zuhälter den Hund tatsächlich entführt hatten. »Hat Lumpi einen dieser Chips, die auf den Halter registriert werden? Wir sollten unbedingt bei den Tierkliniken in der Gegend anrufen, ob dort ein unbekannter Hund vorbeigebracht wurde.«

Josi zuckte erschrocken zusammen. Sie schluchzte auf. »Glaubst du etwa, ihm ist etwas passiert?«

Fabian hätte sich am liebsten auf die Zunge gebissen. Offensichtlich machten seine Vorschläge die Situation für Josi nicht leichter. Also wog er seine nächsten Worte sorgfältig ab. Obwohl er sich da nicht so sicher war, da er den kleinen Hund als einen Wirbelwind kennengelernt hatte, sagte er: »Lumpi ist ein kluges Tier. Er würde sich bestimmt nicht in Gefahr bringen und einfach so auf die Straße laufen. Doch bei allem angebrachten Optimismus dürfen wir keine Möglichkeit außer Acht lassen.«

»Du hast ja recht.« Josi nickte heftig, als wollte sie sich damit selbst überzeugen. »Ich habe ihn bei Tasso registriert. Das ist dieser Chip, den du meinst.«

»Sehr gut!« Fabian sprang vom Sofa auf, weil er es einfach nicht mehr aushielt, still zu sitzen. »Hast du schon dort angerufen, oder wie läuft das?«

»Nein. Bis du mich eben darauf gebracht hast, hab ich das vollkommen vergessen. Dabei sollte man als Erstes bei Tasso eine Meldung machen.« Sie war ebenfalls aufgestanden und ging an eines der Regale, wo sie einen schwarzen Ringhefter hervorzog. »Würdest du in der Zeit nach Tierkliniken in Frankfurt suchen?«

Fabian holte sich einen Zettel und einen Stift von der Kommode im Flur und zückte dann sein Handy. Es dauerte nicht lange, da hatte er verschiedene Nummern herausgesucht. Das Abtelefonieren der Kliniken wollte er Josi überlassen, sie konnte ihren Hund am besten beschreiben. Als er fertig war, überflog er eine Nachricht von Thomas, der am Abend gemeinsam mit Mario beim *Flamingos* vorbeischauen und ein paar Gäste zu der gesuchten Blondine befragen wollte.

»Und?«, fragte er, als Josi ihr Telefonat beendet hatte.

Die zuckte resigniert mit den Schultern. »Bei Tasso ging bisher keine Meldung ein. Wäre er in einer Klinik, müssten die es eigentlich wissen. Sie haben jetzt die Suchmeldung aufgenommen. Mir wurde geraten, dass ich mit seiner Futterschüssel und Spielzeug zurück an die Stelle fahren und versuchen sollte, ihn anzulocken. Außerdem soll ich die Gebüsche und andere Rückzugsorte in der Gegend abfahren, um zu sehen, ob er sich verletzt irgendwo verkrochen hat.«

»Ich helfe dir dabei«, sagte Fabian. Er ging zu ihr und legte ihr den Arm um die Schulter.

»Musst du nicht arbeiten? Ihr habt doch da diesen Fall ...«

»Mach dir darüber keine Gedanken. Thomas hat mir einen freien Abend verschafft und ist mit Mario unterwegs.« Er lächelte Josi aufmunternd an. Obwohl seine Hoffnung immer mehr schwand, sagte er: »Wir finden Lumpi schon, und er wird kerngesund sein. Du wirst sehen.«

18. Kapitel

Bevor sie ihre Wohnung verließ, betrachtete sie sich noch einmal im Spiegel. Die Perücke saß perfekt, und die dunklen Haare rahmten ihr Gesicht und die Augen mit den hellblauen Kontaktlinsen wunderbar ein. Niemand würde ahnen, dass die Haare dieser rassigen Schönheit nicht ihre eigenen waren. Der hohe Preis für das Echthaar hatte sich definitiv gelohnt. Als wäre sie ein knurrender Hund, zog sie ihre Lippen nach oben und überprüfte ihre Zähne auf Lippenstiftreste. Nichts zu sehen.

Sieh mich an, sagte sie im Geist zu ihrem Vater. *Sogar du gottesfürchtiger Wichser würdest mich jetzt ficken wollen.*

Bei diesem Gedanken stieg bittere Galle ihre Speiseröhre hinauf. Vielleicht hatte er recht gehabt, und sie war doch nicht normal. Vehement schüttelte sie den Kopf. Heute Abend würde sie sich nicht von den Ansichten ihres Vaters vergiften lassen. Nein! Sie war fantastisch und das würde sie jetzt sich selbst und allen anderen beweisen.

Noch ein letztes Mal zog sie kräftig an der E-Zigarette und atmete den Rauch tief ein. Auch wenn das Zeug natürlich nicht die beruhigende Wirkung eines Zuges aus dem mit Gras gefüllten Vaporizer hatte, konnte man einen gewissen Placeboeffekt nicht von der Hand weisen. Leider hatte ihr Dealer sie versetzt, und so musste sie selbst mit ihrer Nervosität klarkommen. Zu viel Mut antrinken wollte sie sich nicht, denn sie musste nachher einen relativ klaren Kopf bewahren. Heute durfte sie keinen Fehler begehen, denn aller Wahrscheinlichkeit nach war dies die einzige – wenn nicht gar letzte – Chance, die sie bei Aaron bekommen würde.

Sie legte die E-Zigarette auf die Kommode neben ihrer Tür, zupfte ihren Ausschnitt zurecht und trat hinaus in den Hausflur. Von unten hörte sie Schritte, die die Treppe heraufkamen. In einem ersten Impuls war sie geneigt, wieder zurück in die Wohnung zu gehen und sich zu verstecken. Doch dann fand sie, dass es eigentlich ein ganz guter Testlauf sein könnte. Wenn ihre eigenen Nachbarn sie in dieser Aufmachung nicht erkannten, dann würde Aaron bestimmt nicht darauf kommen, wer sie in Wirklichkeit war.

Langsam ging sie auf die oberste Stufe zu. Auf dem nächsten Absatz entdeckte sie ihren Nachbarn von gegenüber. Da er schon über siebzig war und seine Sehkraft vermutlich bereits nachgelassen hatte, war er nicht gerade das ideale Testobjekt, aber es würde ausreichen, um ihr ein wenig mehr Sicherheit zu geben.

»Guten Tag, die Dame«, sagte er, als sie an ihm vorbeiging.

»Tag«, antwortete sie knapp, denn er sollte sie nicht an ihrer Stimme identifizieren.

Er sagte nichts weiter, was sie als gutes Zeichen wertete. Dafür spürte sie aber, wie seine Blicke ihr folgten, bis sie im nächsten Stockwerk aus seinem Blickfeld verschwand. Das hatte ja schon mal gut funktioniert.

Auch auf der Straße drehten sich einige Männer nach ihr um. Kein Wunder, bei dem kurzen Rock, den schwarzen Netzstrümpfen und vor allem diesen Schuhen. Ein wenig unsicher war ihr Gang darin, obwohl sie nicht ganz so hoch wie das Paar vom Mittwochabend waren. Dafür war aber der Absatz wesentlich dünner, was dazu führte, dass sie beinahe in jeder Ritze zwischen den einzelnen Platten hängen blieb, wenn sie darauftrat und sie aufpassen musste, dass sie nicht umknickte. Sie hoffte, die Plackerei würde sich wenigstens lohnen.

Das müsste eigentlich der Fall sein, denn Aaron stand auf diese Art von Schuhen. Damals war er beinahe verrückt geworden, als die Nutte damit seine Eier bearbeitet hatte. Als sie daran zurückdachte, machte sich ein leichter Anflug von Wut in ihrer Magengegend breit. Von der Schlampe hatte er sich die ganze Nacht das Hirn rausvögeln lassen, ohne auch nur den Hauch eines schlechten Gewissens zu zeigen, und jetzt spielte er plötzlich den geläuterten Ehemann.

Rein freundschaftlich.

Sie verzog den Mund, während sie sich an seine Worte erinnerte. Das würden sie schon sehen, ob er sich an seine eigenen Versprechen hielt.

Vor dem *Flamingos* angekommen zückte sie ihr Handy und tippte eine Nachricht ein.

Sorry, ich brauche noch. Trink doch schon mal was oder zieh dir was rein. Bin in zwanzig Minuten da.

Bevor sie den Text jedoch abschicken konnte, löste sich eine Gestalt aus einer dunklen Hausecke und ging auf sie zu. Beim Näherkommen zog er ein Blatt Papier aus der Jackentasche und entfaltete es.

»Entschuldigen Sie, wenn ich Sie erschreckt habe«, sagte der Mann und griff abermals in seine Tasche. Heraus zog er einen Geldbeutel, den er aufklappte und ihr entgegenhielt. »Wendtner mein Name, von der Kripo Frankfurt. Ich will Sie gar nicht lange aufhalten, aber wir suchen nach einer wichtigen Zeugin, die sich anscheinend öfter in dieser Bar aufhält …«

Den Rest des Satzes nahm sie nur noch als diffuses Rauschen wahr. Eine unglaubliche Hitze schoss ihr ins Gesicht, und sie war froh, dass es hier draußen so düster war, denn vermutlich war sie knallrot.

Nun hielt der Polizist ihr das Blatt Papier hin. »Kommt Ihnen diese Frau irgendwie bekannt vor?«, fragte er.

Sie starrte auf ihr eigenes Gesicht, das ihr völlig verpixelt entgegenblickte. Anscheinend hatte die Kamera in dem Geldautomaten doch funktioniert. Zum Glück war sie jedoch genauso veraltet, wie das gesamte Dorf auf sie gewirkt hatte. Wenn sie nicht gewusst hätte, dass sie die Frau auf dem Bild war, sie hätte sich selbst nicht identifizieren können.

»Tut mir leid«, antwortete sie. »Das Bild ist zu schlecht, man kann ja überhaupt nichts erkennen.«

Der Beamte gab ein kaum wahrnehmbares Seufzen von sich. Sie schloss daraus, dass er genau diese Antwort schon mehrfach bekommen hatte, was sie beruhigte. Ob sie den Makler überhaupt schon identifiziert hatten? In der Zeitung hatte es jedenfalls keine Suchanzeige gegeben. Lediglich über den Vorfall im Park war berichtet worden, und dabei war nur von einem männlichen Opfer die Rede gewesen.

»Danke Ihnen trotzdem«, sagte der Polizist und drehte sich um.

Sie schaute ihm noch hinterher, wie er zu einem dunklen Wagen ging und einstieg. Anscheinend gab er für heute auf. Kurz bevor sie die Tür zum *Flamingos* öffnete, hielt sie noch einmal inne. Beinahe hätte sie die Nachricht vergessen. Sie nahm ihr Handy wieder zur Hand und schickte sie ab. Dann betrat sie die Bar. In einer Ecke saß Aaron vor einem halb vollen Glas und beobachtete den Eingangsbereich. Sie musste sich zusammenreißen, damit sie nicht die Hand zum Gruß hob.

Am liebsten wäre sie sofort zu ihm gegangen, doch das wäre zu auffällig. Also zog sie ihre Jacke aus und suchte sich einen Platz an der Bar, wo sie sich einen Cosmopolitan bestellte.

In kleinen Schlucken trank sie von dem süßen Cocktail und beobachtete währenddessen Aaron. Er wirkte nervös, spielte sich abwechselnd an den Nägeln herum oder drehte das Glas auf der Serviette im Kreis. Offensichtlich hatte er ihren Rat, sich schon mal eine Nase voll Koks zu gönnen, gar nicht gebraucht. Soweit sie das von hier aus erkennen konnte, war er voll drauf. Umso einfacher würde sie es nachher haben. Nachdem sie ihr Glas geleert und sich ein weiteres sowie einen Long Island Iced Tea für ihn bestellt hatte, stand sie auf, zog sich den Rock glatt und sprach sich im Geiste noch einmal Mut zu. Dann machte sie sich auf den Weg zu seinem Tisch.

19. Kapitel

Das rosafarbene Licht der Leuchtreklame des *Flamingos* brannte in Aarons Augen. Er war seltsam nervös, als er die Tür zur Bar aufdrückte. Irgendwie wurde er das Gefühl nicht los, dass er aufzufliegen drohte. Dabei war das vollkommen schwachsinnig. Wie sollte Rebecca herausfinden, dass er sich einen letzten Abend in Freiheit gönnte? Noch immer lag das leichte Brennen des Kokains in seinem Rachen, und die Droge betäubte seine Sinne. Jedoch nicht genug, um das schlechte Gewissen zu übertünchen.

Mein Gott, ein Abschiedsabend, bevor ich mich in das bürgerliche Leben eines Familienvaters zurückziehe, versuchte er, sich selbst Mut zuzusprechen. Bereits morgen würde er es durchziehen. Dafür hatte er heute Mittag Riesengarnelen, aromatischen Parmesan und frische Pasta in der Kleinmarkthalle gekauft. Außerdem eine Flasche Weißwein, die er wohl alleine würde trinken müssen. Er hatte überhaupt nicht daran gedacht, dass Rebecca die nächste Zeit ganz sicher die Finger vom Alkohol lassen würde. Kurzzeitig hatte er überlegt, ob das Essen zu deutlich darauf hinweisen würde, dass er Mist gebaut hatte.

Dann aber hatte er sich besonnen. Sich mit Freunden zu treffen war schließlich nichts Verbotenes. Zudem hatte er unmissverständlich klargemacht, dass es lediglich um die Erinnerung an alte Zeiten ging. Hatte betont, dass es rein freundschaftlich zugehen würde und nicht in der Art und Weise, wie sie noch vor wenigen Monaten die Wochenenden oder Abende auf Geschäftsreisen verbracht hatten. Das Kokain hatte er nur geschnupft, um etwas lockerer zu werden. Bereits am Morgen war er mit einer gewissen Nervosität aufgewacht, die er einfach hatte loswerden wollen.

»Wen haben wir denn da?«, rief Roman, als Aaron an die Bar trat. »Wie geht's dir, alter Freund?«

Die Begrüßung versetzte seinem Herzen einen kleinen Stich. Egal, wie sehr er sich einredete, dass er diese Abende nicht brauchte, er würde sie vermissen. Aber dafür würde er etwas sehr viel Besseres bekommen. Wenn man denn den Erzählungen der frischgebackenen Väter Glauben schenken konnte.

»Machst du mir einen Long Island?«, fragte er. Dann drehte er sich um und deutete auf einen leeren Tisch. »Ist der noch frei?«

Roman Beuchert schaute auf seine Armbanduhr. »Eigentlich ab zehn reserviert, aber nimm ihn dir. Ich finde schon einen anderen.«

Aaron nickte ihm dankend zu. Er überlegte, sich schon mal zu setzen, entschied sich aber dagegen. Die Droge in seinem Blut sorgte für Redebedarf.

»Und? Hier alles beim Alten?«, fragte er mit lauter Stimme, um die Unterhaltungen der anderen Gäste zu übertönen. Roman stand einige Schritte von ihm entfernt und mixte die verschiedenen Alkoholsorten für Aarons Cocktail zusammen.

»Siehst du doch«, sagte der grinsend. »Und bei dir? Wo hast du so lange gesteckt?«

»Viel zu tun. Und die Frau wollte auch mal wieder ein bisschen Aufmerksamkeit. Kennst das ja.«

Roman nickte vielsagend.

»Demnächst wird das auch eher noch schlimmer. Ich werde nämlich Vater!«

Mit Schwung stellte Roman das Getränk vor ihm ab und beugte sich dann über die Theke, um Aaron auf die Schulter zu klopfen. »Mensch, das ist mal eine Nachricht. Du und Vater, wer hätte denn das gedacht. Und die Alte will dir auch kein Kuckuckskind unterjubeln?«

Aaron nahm einen tiefen Zug aus dem Strohhalm und stellte erfreut fest, dass die Mischung besonders alkoholhaltig war. »Die Alte«, wiederholte er, wobei er das Wort *Alte* mit den Fingern in Anführungszeichen setzte, »ist seit drei Jahren meine Frau, und ich hoffe doch schwer, dass sie unseren Postboten nicht auf einen Kaffee eingeladen hat.«

Roman lachte dröhnend. »Sagt der, der selbst kein Kind von Traurigkeit ist.«

»War«, verbesserte Aaron den Barkeeper. »Die Zeiten sind erst mal vorbei.«

»Erst mal, du sagst es. Ein Mann kann nicht aus seiner Haut. Den Jäger bekommt man einfach nicht aus uns heraus.«

Aaron dachte an den Moment vor einigen Monaten, als Rebecca ihm ihre Schwangerschaft gestanden hatte. Klar, in der ersten Sekunde war es ein Schock gewesen, doch dann hatte sich schnell Vorfreude in ihm breitgemacht. Es hob ihre Beziehung irgendwie auf eine andere Ebene, und er war bereit, sich dafür zu verändern. »Quod erat demonstrandum«, kramte er den letzten verbliebenen Rest seines Latinums hervor, nachdem er einen weiteren Schluck seines Getränks genommen hatte.

»Ja, ja. Du mich auch.« Roman widmete sich einer Blondine, um ihre Bestellung aufzunehmen.

»Ich setz mich dann mal«, rief Aaron ihm zu und machte sich mit dem bereits halb geleerten Glas auf den Weg zu dem freien Platz. Das Handy in seiner Hosentasche vibrierte. Nachdem er sich gesetzt hatte, holte er es heraus und legte es auf den Tisch. Eine neue Nachricht war eingetroffen.

Sorry, ich brauche noch. Trink doch schon mal was oder zieh dir was rein. Bin in zwanzig Minuten da.

Das war mal wieder typisch. Wozu hatte er sich überhaupt bemüht, pünktlich zu sein? Immerhin hatte er einen Tisch ergattert und musste nicht alleine an der Bar rumstehen. Er hatte wenig Lust, sich von Roman erzählen zu lassen, dass er es ohnehin nicht schaffen würde, sich wie ein normaler Familienmensch zu verhalten. Klar, in seiner Vergangenheit hatte er wirklich viel Mist gebaut. Aber er hatte sich mit Rebecca ausgesprochen und ihr hoch und heilig geschworen, sich nie wieder solche Fehltritte zu erlauben. Wobei sie nur von dem einen, dem heftigsten, erfahren hatte.

Erneut kamen ihm Zweifel, ob es das Richtige war, was er hier tat. Sosehr er sich auch einredete, dass es sich dabei nur um ein Treffen unter Freunden handelte, war es Rebecca gegenüber doch ein Vertrauensbruch, und unter Garantie wäre sie nicht begeistert, wenn sie davon erfuhr. Er nahm sich vor, nicht länger als zehn Minuten zu warten. Sollte er dann immer noch alleine am Tisch sitzen, würde er es als Wink des Schicksals betrachten und sich nach Hause verziehen.

Es dauerte keine fünf Minuten, bis er nicht mehr alleine war. Eine schwarzhaarige Frau, die definitiv zu viel Make-up aufgelegt hatte, kam auf ihn zu, ein aufgesetztes Lächeln auf den Lippen. Aaron roch ihr Parfum, bevor sie ihn erreichte. Eine Mischung aus Zitrone und Jasmin oder so etwas. Aufdringlich und in zu großer Menge aufgetragen. Müsste er diesen Geruch länger aushalten, würde er mit Sicherheit Kopfschmerzen bekommen. Sie lächelte noch immer, als sie vor ihm stand. Er konnte sich denken, was sie von ihm wollte und senkte den Blick. Stur glotzte er auf sein Handy, in der Hoffnung, sie würde diesen offensichtlichen Korb verstehen. Doch dem war nicht so.

»Na, ganz alleine hier?«, lautete ihre unglaublich kreative Anmache. Als Mann würde einen die Angesprochene dafür vermutlich kommentarlos stehenlassen. Sie lispelte ganz leicht, was Aaron irgendwie bekannt vorkam, doch er achtete nicht weiter darauf.

»Ich warte auf eine Verabredung«, sagte er ohne aufzublicken und gerade so laut, dass seine Stimme die Musik übertönte.

»Aber noch ist deine Freundin überhaupt nicht hier.« Die Schwarzhaarige zog sich den zweiten Stuhl heran, setzte sich und stellte ihren pinkfarbenen Drink auf dem Tisch ab.

Aaron bemühte sich nicht, das Missverständnis aufzuklären. In sein Handy tippte er eine Nachricht ein.

Wo bleibst du?

»Wollen wir zusammen einen trinken?«, fragte ihn die Schwarzhaarige unterdessen und deutete auf sein Glas, das bis auf die Eiswürfel fast leer war.

»Damit ich dein Getränk gleich mitzahlen kann?«

»Wäre das so schlimm?« Sie griff über den Tisch und strich mit den Fingerspitzen am Unterarm über seinen Anzug. »Du siehst nicht so aus, als würdest du am Hungertuch nagen. Aber keine Sorge, ich habe dir was bestellt, du musst für mich nicht bezahlen.«

Aaron zog seinen Arm von ihr weg und rückte mit dem Stuhl ein wenig zurück. Irgendwie kam ihm die Stimme der Schwarzhaarigen bekannt vor, doch er kam einfach nicht drauf, woher. »Deswegen muss ich dich noch lange nicht einladen«, sagte er schließlich, weil er ihrem durchdringenden Blick nicht schweigend standhalten konnte. »Am besten, du verschwindest von meinem Tisch.«

»Du liebe Güte, hier ist aber jemand schlecht gelaunt.« Nun tastete sie unter dem Tisch mit ihrem Fuß nach ihm und leckte sich dabei über die roten Lippen. Noch vor ein paar Wochen hätte er zumindest darüber nachgedacht, auf ihr Angebot einzugehen. Heute war sie jedoch bei ihm an der falschen Adresse. »Entspann dich doch einfach mal. Wir beide könnten sehr viel Spaß miteinander haben, da bin ich mir sicher«, ließ sie nicht locker.

Aaron hatte genug. Er steckte das Handy in die Hosentasche und stand auf. Die zehn Minuten Wartezeit, die er sich gegeben hatte, war ohnehin vergangen. »Such dir einen anderen Dummen für heute Abend, ja?«, sagte er und ließ die Schwarzhaarige sitzen. An der Bar bezahlte er sein Getränk und verabschiedete sich von Roman.

»Komm mal wieder öfter rein«, sagte der zum Abschied, was Aaron unkommentiert stehenließ.

Kaum dass er vor die Tür getreten war, vibrierte sein Handy.

Sorry, ich schaffe es heute nicht mehr. Sehen uns die Tage im Büro.

Wütend zerknüllte er den Bewirtungsbeleg in der Jackentasche. Den ganzen Abend hätte er sich sparen können. Reine Zeitverschwendung. Er wusste nicht mal mehr, wie er auf die dumme Idee gekommen war, ein Treffen im *Flamingos* vorzuschlagen. Wohl in einer Art Nostalgieanfall. Aber immerhin hatte er die richtige Entscheidung getroffen. Und das trotz des Kokains. Das musste wohl bedeuten, dass er sein Leben aus fester Überzeugung änderte.

Den Weg nach Hause bestritt er zu Fuß. Die frische Luft und die Bewegung halfen ihm dabei, sich ein wenig abzuregen. Mit jedem Schritt fühlte er sich nüchterner und bestätigter in seiner Entscheidung. Er war sogar ein klein wenig stolz auf sich. Noch vor einem halben Jahr hätte er völlig anders reagiert und die Schwarzhaarige vermutlich sogar mit nach Hause genommen.

Schlecht hatte sie ja nicht ausgesehen. Sogar ziemlich gut. Und die Schuhe ... Bei solchen Absätzen wurde Aaron schnell schwach.

In seiner Maisonettewohnung angekommen, schaltete er in der Küche die Siebträgermaschine ein. Er brauchte jetzt dringend einen Espresso. Während der Koloss von einer Maschine aufheizte, ging er ins Bad. Dort benetzte er erst die Hände und dann das Gesicht mit eiskaltem Wasser. Irgendwie hatte er das Gefühl, er müsste den Schmutz aus dem *Flamingos* abwaschen. Gerade als er beschloss, besser noch zu duschen, klingelte es an der Tür.

Er wunderte sich, wer so spät noch bei ihm vorbeikam. Leander vielleicht, immerhin wusste er, dass Aarons Frau übers Wochenende verreist war. Aber auf ihn hatte Aaron gerade gar keine Lust.

Es klingelte noch mal. Dieses Mal ließ der Besucher seinen Finger etwas länger liegen, und der schrille Ton dröhnte in Aarons Kopf. Seufzend knöpfte er seine Hose wieder zu und machte sich auf den Weg zur Tür. Vielleicht war es ein Nachbar, der seinen Schlüssel vergessen und gesehen hatte, dass bei ihm noch Licht brannte. Oder Rebecca. Sein Herz hüpfte bei der Vorstellung, dass sie früher nach Hause gekommen war, um ihn zu kontrollieren. Gut, dass er nicht länger im *Flamingos* geblieben war.

An der Tür schaute er auf den kleinen Monitor, auf dem der Eingangsbereich zu sehen war. Da draußen stand niemand. War der Besucher schon im Hausflur?

Er öffnete die Eingangstür und schreckte zurück. Auf seiner Fußmatte stand die Schwarzhaarige aus dem *Flamingos* und lächelte ihn an.

»Was zur Hölle?«, fragte er, da hatte sie sich schon an ihm vorbei in seine Wohnung gedrängt.

»Hey, halt. Was soll das?«, rief er ihr hinterher. Sie verschwand in der Küche, wo ihre Absätze auf dem Fliesenboden widerhallten. Diese Schuhe ... Eine Sekunde lang ließ Aaron den Gedanken zu, was sie damit anstellen könnte, und es wurde eng in seiner Hose. Dann besann er sich wieder. Diese unverschämte Person hatte hier nichts zu suchen. Wie war sie überhaupt ins Haus gekommen? Sie musste ihm vom *Flamingos* aus hierher gefolgt sein.

Aaron ging zu ihr in die Küche.

»Schluss jetzt damit. Verschwinden Sie«, sagte er und bog um die Ecke. Sie hatte sich auf die Anrichte gesetzt und schaute ihm mit laszivem Blick entgegen. In ihrer Hand hielt sie den großen Fleischhammer, mit dem Rebecca so hervorragend zarte Kalbsschnitzel zauberte.

»Man hat es in deinen Augen gesehen.«

»Keine Ahnung, wovon Sie sprechen. Sicher ist, dass Sie in meiner Wohnung nichts verloren haben, also sehen Sie zu, dass Sie rauskommen.«

»Dein Blick sagt etwas anderes als das, was aus deinem Mund kommt. Er verrät mir, dass du mich willst. Eine Frau weiß, wann sie begehrt wird. Sie spürt es.«

»Sie sind völlig übergeschnappt. Wenn Sie nicht sofort verschwinden, rufe ich ...« Aaron hielt inne. Hier im hellen Licht kam ihm plötzlich nicht nur die Stimme bekannt vor, sondern auch das Aussehen der Frau erinnerte ihn an jemanden, den er kannte. Und plötzlich fiel es ihm wie Schuppen von den Augen. »Spinn ich jetzt? Bist du das?«

Ihre Miene fror plötzlich ein. Sie sprang von der Arbeitsplatte.

»Was soll dieser Aufzug?« Aaron war völlig perplex. »Von wegen du verspätest dich! Was ziehst du hier ab?«

»Hey, mach mal langsam. Du wolltest doch ums Verrecken nicht, dass sich unsere gemeinsame Nacht wiederholt. Ich dachte mir, wenn du mich auf eine völlig andere Art kennenlernst, als Fremde, könnten wir vielleicht noch mal neu starten.«

»Das ist ja lächerlich. Es ist völlig egal, wie du dich verkleidest, daraus wird nichts. Das mit uns war ein Ausrutscher. Ein dummer noch dazu. Es wird ...« Völlig unvermittelt traf Aaron ein Schlag an der Schläfe. Sein Kopf wurde zur Seite geschleudert, und er hatte das Gefühl als wäre ein Böller direkt in seinem Kopf explodiert.

Scheiße, Mann, wollte er rufen, doch aus seinem Mund kamen nur unverständliche Laute. Er griff sich an die Stelle, wo ihn der Fleischhammer getroffen hatte. Als er seine Finger anschaute, sah er, dass Blut daran klebte.

Sein Gegenüber stand schwer atmend vor ihm. Aaron versuchte, zurückzuweichen, doch zu spät. Aus dem Augenwinkel bemerkte er noch, wie der metallene Hammer erneut auf ihn zu sauste. Dann wurde ihm schwarz vor Augen.

20. Kapitel

Die Nacht war zäh gewesen, und die meiste Zeit davon hatten Josi und Fabian wach verbracht. Sie hatten Lumpi weder bei der Hundewiese noch in der näheren Umgebung gefunden, obwohl sie immer wieder neue Versuche gestartet hatten. Irgendwann gegen drei hatten sie es aufgegeben, und Fabian hatte zum letzten Mal um halb fünf auf den Funkwecker in Josis Schlafzimmer geschaut. Als der um Viertel nach neun klingelte, fühlte sich Fabian entsprechend gerädert. Die wenigen Stunden Schlaf in Josis schmalem Bett mit der viel zu weichen Matratze waren nicht gerade erholsam gewesen. Hinzu kam der Schlafmangel der vergangenen Tage und Nächte, der sich langsam bemerkbar machte.

Die beiden frühstückten noch zusammen, dann machte Fabian sich schweren Herzens auf den Weg ins Büro. Viel lieber wäre er bei Josi geblieben, um ihr zur Seite zu stehen, doch das war in dieser Phase der Ermittlungen einfach nicht möglich. Bevor er sich allerdings in die sonntägliche Arbeit in der Adickesallee stürzte, machte er einen Abstecher zum *Lovetemple*.

Vom Fahrersitz aus sah er hinaus auf den Hofeingang, der zu dem Bordell führte. Obwohl es in ihm brodelte, zögerte er noch. Dass die Zuhälter etwas mit dem Verschwinden von Lumpi zu tun hatten, war eine reine Vermutung, er hatte keinerlei Beweise dafür. Also würden ihn die beiden vermutlich einfach auslachen, wenn er ihnen sein Anliegen vortrug. Doch er durfte nichts unversucht lassen, den kleinen Hund wieder zu Josi zurückzubringen. Also stieß er die Fahrertür auf und stieg aus. Mit ordentlich Wut im Bauch stürmte er auf den Hinterhof und klingelte dort so lange ununterbrochen, bis ihm ein sichtlich genervter Mann die Tür öffnete. Bevor Fabian etwas sagen konnte, trat der Mann auf den Hof und zog die Eisentür, die in den Vorraum des Bordells führte, hinter sich zu.

Es war einer der beiden Gorillas, die ihn verfolgt hatten. »Sie schon wieder«, murmelte er.

Fabian ballte eine Faust. »Ja, ich«, stieß er hervor. Er musste sich zusammenreißen, dem Kerl nicht direkt ein blaues Auge zu verpassen. So geladen, wie er war, spürte er, wie seine pochende Halsschlagader hervortrat. Erwartungsgemäß beeindruckte es den albanischen Affen wenig. Warum auch, schließlich überragte er in Sachen Körpergröße Fabian um mehr als einen Kopf.

»Wir haben nichts mit eurem toten Makler zu tun. Solltest du wohl mittlerweile herausgefunden haben. Oder bist du etwa ein beschissen dummer Bulle?«

»Hör mal zu, Freundchen«, presste Fabian durch die Zähne, den Drang unterdrückend, sein Gegenüber am Hals zu packen. Er musste sich unter Kontrolle halten. Sosehr Fabian auch von seiner Wut angetrieben wurde, der andere war mit Sicherheit stärker als er, und ein Angriff konnte leicht ins Auge gehen. »Deine Scheißdrohungen machen kein bisschen Eindruck bei mir. Aber ich sage dir was.« Er hob den Finger als würde er mit einem Kind sprechen. »Wenn du dich an meinem Privatleben vergreifst, hört der Spaß auf.«

Der Gorilla runzelte erst die Stirn, dann grinste er achselzuckend. »Keine Ahnung, was du redest. Kommst du uns nicht in die Quere, halten wir die Füße still. So funktioniert das.«

»Ich bin mir sicher, dass es dir wieder einfällt, wenn du nur dein winziges Hirn ein wenig anstrengst.«

Nun wurde der Blick des Hünen abschätzig. »Hey, immer langsam«, sagte er. »Pass lieber auf, was du über mich sagst.« Er baute sich zu voller Größe auf und machte einen Schritt auf Fabian zu.

Der reagierte blitzschnell, packte den Albaner am Handgelenk und drehte dessen Arm gekonnt auf den Rücken. Vor Schmerzen entwich dem Gorilla ein Stöhnen. Noch ein kleiner Ruck, und er hatte den Kerl in die Knie gezwungen. Jetzt konnte er nur hoffen, dass der zweite Kerl nicht zufällig aus dem Fenster schaute, sonst hätte er ein großes Problem. Fabian beugte sich nach unten und führte seinen Kopf ganz nah an das Ohr seines Gegners. »Rück den Hund von meiner Freundin raus, sonst schwör ich dir, dass ich Tod und Teufel in Bewegung setze, um euren Scheißladen dichtzumachen. Hast du mich verstanden?« Zwar hatte er keine Ahnung, wie er seine Drohung wahr machen sollte, da er rein gar nichts gegen die Bordellbetreiber in der Hand hatte, allerdings setzte er darauf, dass seine offenkundige Wut deutlich machte, wie ernst es ihm war.

Der Gorilla grunzte unter ihm, ließ es jedoch mit sich geschehen. Anscheinend hatte er, wenn es hart auf hart kam, wenig Lust sich mit der Polizei anzulegen. Fabian lockerte seinen Griff und der Zuhälter richtete sich zu seiner vollen Größe auf. Von oben herab starrte er

Fabian wütend an, sodass er schon damit rechnete, Bekanntschaft mit dessen Faust zu machen. Überraschenderweise zuckte er dann aber nur mit den Schultern, wandte sich ab und ging zurück zum Eingang des Bordells. »Kindergarten«, brummte er. Als er an der Eisentür ankam, drehte er sich noch einmal um und schaute Fabian abfällig an. »Komm wieder, wenn du was Offizielles hast. Ansonsten pass lieber auf, wen du hier mit falschen Verdächtigungen belästigst«, sagte er und verschwand im Hauseingang.

Fabian atmete ein paar Sekunden tief durch, um sich zu beruhigen und ging dann zu seinem Wagen.

Als er zwanzig Minuten später im Büro ankam, war er noch immer aufgewühlt. Thomas erwartete ihn bereits mit schlechten Neuigkeiten. »Natürlich kann kein Mensch mit diesem Foto etwas anfangen«, sagte er und deutete wütend mit dem Finger auf den Ausdruck der Überwachungskamera, der an der Pinnwand hing.

»War uns doch irgendwie von vornherein klar«, sagte Fabian und rührte in seiner Kaffeetasse.

»Und das in Zeiten der modernen Technik. Ein Witz ist das. Aber ein verdammt übler, das sag ich dir.«

»Reg dich doch nicht so auf. Damit änderst du auch nichts an den Tatsachen. Wir müssen uns mit dem begnügen, was wir haben.«

»Du hast gut reden. Immerhin war ich es, der gestern seinen Samstagabend für rein gar nichts verschwendet hat. Kein Ergebnis, kein Hinweis, nada!« Schnaufend ließ Thomas sich auf seinen Schreibtischstuhl fallen. Als er Fabians Gesicht sah, lenkte er ein. »Sorry, bei dir war es ja auch nicht gerade rosig. Habt ihr ihn denn gefunden?«

»Leider nicht«, sagte Fabian resigniert. »Dabei haben wir fast die ganze Nacht über gesucht. Es ist, als wäre er vom Erdboden verschluckt.«

»Scheiße. Das tut mir leid.«

Fabian überlegte kurz, ob er Thomas von seiner Vermutung erzählen sollte, entschied sich aber dagegen. Beweise hatte er keine, und noch wollte er abwarten, ob sein Besuch beim *Lovetemple* vielleicht dafür sorgte, dass Lumpi ganz plötzlich wiederauftauchte. Falls sich den Sonntag über nichts in diese Richtung tat, konnte er immer noch überlegen, wie es nun weitergehen sollte. Hoffentlich hatten sie dem kleinen Hund noch nichts angetan. In diesem Fall könnte er Josi nie wieder mit reinem Gewissen in die Augen sehen.

»Du bist heute wohl nicht so bei der Sache?«, riss Thomas Fabian aus seinen Gedanken.

»Sorry, hab dir nicht zugehört«, gab Fabian zu.

»Kein Problem, dafür haben wir ja den abteilungsinternen Papagei.« Thomas hob eine Hand und formte die Finger zu einem schnabelähnlichen Gebilde. Dann sagte er mit verstellter Stimme: »Irgendwelche Vorschläge, wie wir jetzt vorgehen?«

Fabian unterdrückte mit Mühe ein Lachen. »Trotz deiner mimetisch hervorragenden Leistung kann ich dir darauf nur eine Antwort geben.« Er streckte Thomas seinen erhobenen Mittelfinger entgegen.

»Hervorragende Idee«, kreischte Thomas in der Papageienstimme, dann brach er in Gelächter aus.

Fabian stimmte mit ein. Schnell wurden sie jedoch wieder ernst.

»Ich habe keine Ahnung«, beantwortete Fabian schließlich die zuvor gestellte Frage. »Gerade bin ich mit dem Kopf völlig woanders, das muss ich zu meiner Schande gestehen.«

Thomas nickte verständnisvoll. »Nachvollziehbar, aber jetzt solltest du dich auf deine Arbeit konzentrieren und das Privatleben privat sein lassen«, sagte er. »Es ist zwar nicht viel, was wir haben, aber wir müssen versuchen, damit Ergebnisse zu erzielen.«

»Als wüsste ich das nicht«, erwiderte Fabian angesäuert.

Er hatte mit keiner Silbe sagen wollen, dass er nicht willens war, weiter an ihrem aktuellen Fall zu arbeiten. Es gab keinen Grund, dass Thomas sich wie ein Oberlehrer aufführte und ihn wie einen Auszubildenden behandelte. Ausgerechnet jetzt spürte er das Vibrieren seines Privathandys in der Hosentasche. Da konnte er unmöglich rangehen. Schweren Herzens ignorierte er den Anruf, obwohl er Josi versprochen hatte, dass sie sich jederzeit melden konnte.

»Ich schlage vor, wir gehen noch mal Stück für Stück die Aussagen aus dem Freundeskreis von Marquardt durch«, sagte er stattdessen zu seinem Kollegen. Thomas zog scharf die Luft ein, doch Fabian unterbrach ihn mit einer Handbewegung. »Ja, ich weiß, du bist fest davon überzeugt, dass wir hier einen Raubmord haben. Aber vielleicht hat sich auch nur jemand besondere Mühe gegeben, es danach aussehen zu lassen.«

»Und die Blondine in Polen?«

»Du meinst in Sachsen? Ich bin mir noch unsicher, wie sie dabei ins Bild passt. Möglicherweise wurde die gestohlene Karte einfach weitergegeben oder weggeworfen.« Das Handy in Fabians Tasche verstummte, nur um kurz darauf erneut zu vibrieren.

»Und zufälligerweise findet eine blonde Frau sie. Ganz ähnlich der Dame, mit der Erik Marquardt zuletzt gesehen wurde. Davon abgesehen, wie hätte jemand an die PIN kommen sollen, wenn die Karte einfach weggeworfen wurde?«

Da Fabian darauf keine Antwort hatte, stimmte er Thomas in diesem Punkt zu. »Zufälle dieser Art sind tatsächlich selten. Aber solange du keinen besseren Ansatz hast, schlage ich vor, wir suchen im Freundeskreis nach möglichen Motiven.« Der Anrufer hatte mittlerweile aufgegeben und Fabian wünschte sich, Thomas würde kurz das Büro verlassen, sodass er Josi zumindest kurz eine Nachricht schreiben konnte.

Das Glück hatte er erst, nachdem sie bereits über eine Stunde konzentriert über den Aussagen von Erik Marquardts wenigen Freunden gebrütet hatten. Sein Freundeskreis war zwar nicht besonders groß gewesen, hatte dafür aber aus besonders redseligen Menschen bestanden, sodass sich die Arbeit hinzog. Thomas hatte kaum die Tür hinter sich geschlossen, um ihnen beiden einen Kaffee zu holen, da legte Fabian schon das Handy auf den Tisch. Nervös entsperrte er den Bildschirm.

Josi hatte nicht nur zweimal bei ihm angerufen, sie hatte ihm auch noch eine Nachricht geschickt. Fabian stand der Schweiß auf der Stirn, und er befürchtete das Schlimmste, als er sie öffnete.

Tasso hat Meldung bekommen. Er ist in einer Klinik aufgetaucht. Fahre jetzt hin.

Erleichterung machte sich in Fabian breit, die allerdings nur kurz anhielt. Lumpi war in einer Klinik, also offensichtlich verletzt. Was hatten die Zuhälter mit ihm angestellt? Ungeachtet dessen, dass Thomas jeden Moment zurück sein konnte, wählte er die Nummer von Josi.

Dieses Mal musste es Fabian mehrfach versuchen, bevor Josi endlich ranging.

»Was ist passiert? Geht es ihm gut?«, rief Fabian, noch bevor sie etwas sagen konnte.

»Er wird es überstehen«, lautete ihre knappe Antwort.

»Das heißt? Jetzt lass dir nicht jedes Wort aus der Nase ziehen.« Die Tür ging auf und Thomas kam mit zwei Tassen ins Büro. Fabian bedeutete ihm, dass es wichtig war, und drehte sich zum Fenster.

»Alles gut, es ist nur eine Kleinigkeit«, sagte Josi. Fabian spürte förmlich den Stein, der ihm vom Herzen fiel. »Ein Obdachloser hat ihn aufgegabelt und entschieden, dass es ab jetzt sein Hund ist. Als Lumpi heute Morgen dann in eine Glasscherbe getreten ist, und die Blutung einfach nicht aufhören wollte, hat er ihn zu einem Tierarzt gebracht, der zum Glück den Chip ausgelesen hat.«

»Ein Obdachloser also«, wiederholte Fabian, der die Geschichte nicht so ganz glauben konnte. »Oh man. Da kannst du ja froh sein, dass was passiert ist, sonst hätten wir noch ewig suchen können.« Vermutlich war es eher so gewesen, dass die Gorillas nach seinem Besuch am Morgen den Hund hatten loswerden wollen, quasi als Zeichen ihres Entgegenkommens. Sicher hatten sie irgendjemandem von der Straße Geld in die Hand gedrückt, damit er den vorher von ihnen verletzten Hund zu einem Tierarzt bringt. Fabian war sich nicht ganz sicher, ob er sich deswegen nun gut oder schlecht fühlen sollte. Letztlich entschied er sich, dass das Positive überwog. Lumpi war wieder zu Hause – und darauf kam es an.

»Wenn ihr beiden euch dann genug gefreut habt, wäre es schön, dich wieder im Land der arbeitenden Kommissare zu begrüßen«, sagte Thomas, der die Gesprächsfetzen offenbar richtig gedeutet hatte. Anschließend senkte er seine Stimme. »Es gibt da nämlich einen Tatort, der uns interessieren könnte.«

21. Kapitel

Die Gerüche am Bahnhof trieben Rebecca beinahe in den Wahnsinn. Früher hatte sie das nie so wahrgenommen, aber in ihrem jetzigen Zustand ergaben die Abgase der Züge, der Schweiß von fremden Menschen, Zigarettenrauch und nicht zu vergessen die unter-schiedlichsten Aromen der verschiedenen Fressstände eine für sie unerträgliche Mischung. Als sie das Gleis verließ, auf dem sie angekommen war, blieb sie an der Außenseite eines Bäckereistands stehen, stützte sich an dessen Glasfassade ab und atmete tief durch.

Bis vor Kurzem hatte sie nicht daran geglaubt, dass Schwangere ihre Umgebung anders wahrnahmen, doch die Hormone waren offensichtlich zu mehr fähig, als sie ihnen zugetraut hatte. Die Morgenübelkeit, die laut ihrer Mutter in der Familie lag, hatte zwar nach wenigen Wochen nahezu aufgehört, die Empfindlichkeit gegenüber bestimmten Gerüchen war allerdings geblieben. Sie konnte nur hoffen, dass sich das nach der Geburt schnell wieder gab, denn ihr gingen die Reaktionen ihres Körpers auf die Nerven und sorgten nicht gerade für gute Laune. Kein Wunder, dass man Schwangeren eine besondere Reizbarkeit nachsagte. Sollten die Männer erst mal eine derartige Veränderung durchmachen. Die würden sich vermutlich ab der dritten Woche in ein Krankenhaus einliefern lassen und vor der Niederkunft keinesfalls wieder herauskommen.

Eine genuschelte Durchsage informierte die Reisenden über einen Gleiswechsel und um Rebecca herum brach Hektik aus. Menschen stürmten von links nach rechts. Einige wenige warfen ihr besorgte Blicke zu. Vermutlich, weil ihre ohnehin vornehme Blässe dank der morgendlichen Übelkeit noch käsiger wirkte. Zeit, endlich nach Hause zu gehen. Auf dem Weg zum Ausgang in Richtung Kaiserstraße kramte sie ihr Handy aus der Handtasche. An der Straßenbahnhaltestelle hielt sie inne und schaute auf das Display. Sollte sie Aaron wirklich anrufen? Er rechnete erst am Abend mit ihrer Rückkehr. Jetzt war es halb elf. Vermutlich lag er noch in den Federn.

Mit einem Kopfschütteln steckte sie das Handy wieder weg. Sie wollte ihn lieber überraschen und auf dem Weg noch ein paar Brötchen und frische Croissants mitbringen. Sie kannte einen Konditor, der traumhafte französische Gebäckspezialitäten in Handarbeit herstellte. Seltsamerweise waren die Betreiber der Patisserie in der Nähe vom Römer Asiaten, Japaner oder so etwas. Jeden Samstag konnte man sich dort bei einem französisch-asiatischen Brunch verwöhnen lassen. Sie beschloss, zunächst mit der S-Bahn zur Hauptwache zu fahren und dann zu Fuß den Heimweg anzutreten und sich dort einzudecken. Ein kurzer Spaziergang war sicher gut gegen ihre Übelkeit.

Als sie das unterirdische Gleis der Trams erreicht hatte, schloss gerade die S8 in Richtung Offenbach-Ost ihre Türen. Gerade so schaffte sie es noch, sich in den Waggon zu drücken, was sie sogleich bereute. In unmittelbarer Nähe zu ihr saß eine Gruppe Halbstarker, die offensichtlich gerade erst aus einem Club gefallen waren und unerträglich nach Alkohol und menschlichen Ausdünstungen stanken. Während die Bahn anfuhr, taumelte sie den Gang entgegen der Fahrtrichtung nach hinten. Obwohl sie sich so weit es ging von der Gruppe entfernte, meinte sie, noch immer deren Geruch wahrzunehmen, und war heilfroh, als die Bahn an der Hauptwache anhielt und sie aussteigen konnte.

Sie kämpfte sich die Treppen nach oben. Vor dem Starbucks angekommen atmete sie tief durch. Vielleicht waren Croissants doch keine so gute Idee gewesen. Aber Aaron liebte ein süßes Frühstück, also würde sie sich für ihn zusammenreißen. Erfahrungsgemäß wäre die Übelkeit ohnehin in etwa einer Stunde überstanden und würde gefolgt von einem Heißhunger.

Nur eine halbe Stunde später stand sie mit zwei Tüten voller Köstlichkeiten vor ihrer Wohnungstür. Sie steckte den Schlüssel ins Schloss, drehte ihn langsam und stieß die Tür mit dem Fuß auf. Dann lauschte sie in die Wohnung. Alles still. Aaron schlief also tatsächlich noch, sonst würde mit Sicherheit das Radio laufen. Sie betrat die Diele und zog als Erstes ihre Schuhe aus, damit die klappernden Absätze auf den Fliesen sie nicht verrieten. Dann ging sie in die Küche und legte die Papiertüten auf der Arbeitsfläche der Kochinsel ab.

Aus dem Augenwinkel bemerkte sie einen dunklen Fleck auf dem Boden, dem sie wenig Beachtung schenkte. Längst hatte sie es aufgegeben, sich über Aarons chaotische Lebensweise aufzuregen. Es gab Schlimmeres, womit man sich die Laune verderben lassen konnte. Sie waren jetzt seit drei Jahren verheiratet, und mittlerweile hatte sie sich in ihrer Rolle als Hausfrau eingelebt. Er verbrachte seine Zeit auf den Parketts der Börsen dieser Welt und sie sorgte dafür, dass in seinem Zuhause alles in Ordnung war. Wenn er denn mal dort war, denn in den letzten paar Jahren hatte er immer mehr Zeit mit seiner Arbeit und weniger mit ihr verbracht. Aber das würde sich ändern, wenn ihr Kind auf der Welt war. Das hatte er ihr hoch und heilig versprochen.

Bevor sie ihn allerdings weckte, musste sie dringend etwas trinken. Ein metallener Geschmack belegte ihre Zunge, und auch wenn es vermutlich nur eine Einbildung war, musste sie dem irgendwie entgegenwirken. Sie nahm sich eine Flasche Cranberrysaft aus dem Schrank. Ein Hausmittel zur Vorbeugung von Harnwegsinfektionen während der Schwangerschaft. So hatte es ihr Frauenarzt empfohlen. Davon goss sie sich ein halbes Glas ein und füllte es mit Sprudelwasser auf. Genüsslich leerte sie das Glas in einem Zug. Sie stellte es ab und ging die Treppe hinauf ins Schlafzimmer, das sich im oberen Stock der Maisonettewohnung befand.

Die Jalousien waren hochgezogen, und das Bett sah noch genauso aus, wie sie es vorgestern zurückgelassen hatte. Sogar der kleine Knick in dem Dekokissen war noch zu sehen – eine Technik, die sie in ihrer Ausbildung zur Hotelkauffrau gelernt hatte und noch heute wie automatisch anwendete. Zweifelsohne hatte in diesem Bett niemand geschlafen, denn unter keinen Umständen hätte Aaron die Kissen wieder so drapiert. Für ihn war das nichts als überflüssiger Chichi, womit er ja auch irgendwie recht hatte. Sie nahm das Haustelefon von der

Station und wählte die Nummer ihres Mannes. Der konnte was erleben.

In ihrem Bauch kämpfte eine Mischung aus Wut und Enttäuschung um die Oberhand. Welche Emotion auch immer die stärkere sein würde, es trieb ihr Tränen in die Augen. Da ließ sie Aaron nur zwei Nächte alleine, und schon nutzte er die Situation schamlos aus und verfiel wieder in alte Verhaltensmuster. Dabei hatte er ihr versprochen, dass er nie wieder einen so dummen Fehler begehen würde. Er hatte es sogar geschworen. Auf Knien hatte er sie angefleht, dass sie ihn nicht wegen eines dummen Ausrutschers verlassen sollte. Und sie dämliche Kuh war darauf reingefallen. Ein naives Dummchen war sie.

Dabei hatte sie sich beim Klassentreffen im letzten Jahr noch über Nicole, das ehemalige Mauerblümchen der Gesamtschule, lustig gemacht. Völlig schonungslos hatte die allen Anwesenden auf die Nase gebunden, dass sie jahrelang unbemerkt von ihrem ach so liebenden Ehemann aufs Übelste verarscht worden war. Rebecca hatte sich noch gefragt, warum Nicole ihm überhaupt einmal verziehen hatte. Und jetzt passierte ihr exakt dasselbe.

»Du musst mir vertrauen. In guten wie in schlechten Zeiten, so heißt es doch«, äffte sie ihn nach. Die Wut gewann. Nach dem vierten Klingeln legte sie auf. Unglaublich, dass er sie so hinterging.

Immerhin hat er es nicht in eurem Bett getan, versuchte sie sich zu beruhigen. Das klappte allerdings nur mittelmäßig. Angespannt stürmte sie zurück in die Küche. Vor der Kochinsel schlitterte ihr Fuß plötzlich unkontrolliert nach vorne. Sie hielt sich noch an der Anrichte fest, doch zu spät. Mit dem Hintern landete sie auf den Fliesen. Eine rote Schliere zog sich über den Boden und endete an ihrer Ferse. Worauf zur Hölle war sie da ausgerutscht?

Sie rückte ein Stück zur Seite und begutachtete den dunkelroten Fleck. Augenblicklich war der Eisengeschmack zurück auf ihrer Zunge. Und nicht nur dort, nun nahm sie auch den Geruch wahr. Das da auf dem Boden war eindeutig Blut! Eine Menge Blut!

Mit einem Schrei sprang sie auf und schaute sich um. Erst jetzt entdeckte sie den Fleischhammer aus schwerem Stahl. Er lag in der Spüle, die mit rosafarbenem Wasser gefüllt war.

»Aaron!«, schrie sie. Und wieder: »Aaron! Hör auf damit. Wo bist du, verdammt noch mal? Was ist hier los? Aaron?«

Vergeblich. Sie bekam keine Antwort von ihrem Mann. Mit zitternden Knien ging sie durch die Küche zu ihrer Tasche und hinterließ dabei grausige Fußabdrücke aus Blut. Wie betäubt suchte sie nach dem Handy. Die Tasche glitt ihr dabei aus den Händen. Mit tränenverschleiertem Blick hob sie sie wieder auf. Endlich ertastete sie das Telefon. Sie zog es heraus und wählte den Notruf der Polizei. Etwas Schreckliches musste passiert sein.

22. Kapitel

Auf der Kommode vibrierte es. Aarons Handy lag neben dem Strauß roter und weißer Rosen, den sie jede Woche erneuerte. Ein Geschenk an sich selbst. Wenn sie auf dem Stuhl davor saß, sich im Spiegel betrachtete, nur einen Hauch von Parfum auf der Haut, stellte sie sich vor, dass sie ihr von ihrem Liebhaber spendiert worden waren. Irgendwann würde ihr jemand wirklich einmal einen solchen Strauß schenken. Aaron vielleicht. Der saß gefesselt und geknebelt auf einem Stuhl in ihrem abgedunkelten Ankleidezimmer. Seine Klamotten hatte sie ihm gelassen, obwohl sie ihn am liebsten in seiner vollen Pracht vor sich gesehen hätte. Aber ein gefesselter nackter Mann wäre ihr doch etwas zu sehr klischeebehaftet gewesen. Sie wollte ihn für sich gewinnen, von ihren Qualitäten überzeugen und nicht foltern oder so etwas. Jedenfalls nicht, wenn es nicht unbedingt nötig war. Schließlich war sie eben *nicht* das, was ihr Vater immer behauptet hatte. Sie war nicht pervers und krank.

Als er das Vibrieren registrierte, hob Aaron den Kopf und nuschelte etwas, das dank des Mundknebels als nicht mehr als gedämpfte Laute zu erkennen war. Vermutlich bat er sie darum, ihn loszubinden und den Anruf entgegenzunehmen. Sie schielte auf das Display. *Beccy* stand dort, und ein Porträtfoto seiner Frau warf dem Betrachtenden in bester Duckfacemanier einen Kuss zu. Eine reiche, verwöhnte und nichtsnutzige Hausfrau mit dem Verhalten eines sechzehnjährigen

Teenager-Mädchens. Wie lächerlich. Aaron konnte froh sein, wenn er sie endlich los war. Er hatte etwas Besseres verdient. Eine richtige Frau, die wusste, was Männer wollten. Sie hatte genug Spielzeug in ihrem Schrank, um Aaron damit in sexueller Hinsicht in den Wahnsinn zu treiben. Für seine *Beccy* war es sicherlich schon ein außergewöhnliches Erlebnis, wenn sie sich mal Doggystyle von ihm rannehmen ließ.

»Pah«, entfuhr es ihr, woraufhin Aaron noch lauter nuschelte. Der Anruf verstummte.

Aaron grummelte in den Knebel, sein Ton klang vorwurfsvoll.

Sie stand auf und stellte sich hinter ihn. Mit den Fingerspitzen fuhr sie an der Wunde entlang, die der Fleischhammer an seiner Schläfe hinterlassen hatte. Geblutet wie ein Schwein hatte er, und sofort das Bewusstsein verloren. So ein Weichei. Sein Kopf zuckte, um sich ihr zu entziehen.

»Beccy«, säuselte sie. »Süß. Dabei dachte ich, du stehst nicht auf so niedlichen Kram. Harter Hund du.« Genussvoll stieß sie einen Fingernagel in die Kruste, die sich auf der Wunde gebildet hatte. Aaron stöhnte.

»Hat vermutlich angerufen, um dir zu sagen, dass sie bald zu Hause ist.« Sie verstellte ihre Stimme und kreischte: »Schätzchen, ich komme gleich. Hast du mich schon vermisst? Was für ein Schreck das sein wird, wenn sie nach Hause kommt und die Wohnung leer ist. Kein Aaron da. Dafür aber ein wenig ... wie soll ich sagen? Eine etwas unordentliche Küche. Ich hatte nicht wirklich Zeit, die Sauerei wegzumachen, verstehst du? So lange konnte ich dich doch nicht alleinlassen. Am Ende wärst du zu Bewusstsein gekommen, bevor ich dich hierherbringen konnte. Nun ja, ein wenig Blut wird sie schon verkraften, oder was meinst du?«

Aaron drehte den Kopf und warf ihr einen hasserfüllten Blick zu.

»Ach, komm schon! Sie ist es doch gar nicht wert. Ich, ich hätte dir alles gegeben. Wenn du es denn gewollt hättest. Aber du hast dich entschieden, plötzlich zum treudoofen Schwanzeinzieher zu mutieren.«

Er spie etwas in den Knebel, dessen Klangfolge sie nur zu gut kannte. Um zu wissen, was er gesagt hatte, musste sie die einzelnen Wörter nicht verstehen.

»Verrückt nennst du mich?«, fragte sie und erkannte am Ausdruck in seinen Augen, dass sie genau richtig lag. Wütend schlug sie ihm die flache Hand ins Gesicht. »Dazu hast du kein Recht, verstehst du?«

Betroffen wandte sie sich von ihm ab. Sie war nicht verrückt, wann würden die Männer das nur endlich verstehen? Sie brachten sie immer wieder dazu, sich wie eine Verrückte aufzuführen. So weit konnte sie ihr Verhalten schon noch reflektieren. Den Mann, den man über alles liebte, an einen Stuhl zu fesseln und zu knebeln, das war alles andere als normal. Zumindest dann, wenn man nicht der BDSM-Szene angehörte. Und sie stand nicht auf solche Praktiken. Abgesehen von dem Makler; das war eine Ausnahme gewesen und hatte nur einem einzigen Zweck gedient.

Sie warf Aaron einen kurzen Blick zu. Nein, er anscheinend auch nicht, denn in seiner Hose rührte sich rein gar nichts. Offen gestanden tat er ihr leid. Er hockte dort wie ein Häufchen Elend. Das hatte er nicht verdient, selbst wenn er sie verrückt nannte. Er konnte ja quasi nicht anders. Wenn er aber Rebecca erst aus seinem Hirn gestrichen hatte, dann würde er ihre Qualitäten erkennen. Ja, er würde sich ihr zuwenden, sich in sie verlieben und endlich einsehen, dass sie füreinander geschaffen waren. Und vielleicht würde er sich sogar ein wenig ärgern, dass er es nicht schon damals in ihrer ersten gemeinsamen Nacht so gesehen hatte. Ihnen wäre einiges erspart geblieben.

Und der süßen *Beccy* auch.

23. Kapitel

Ihre Schritte hallten auf dem polierten Marmorboden im Treppenhaus des schicken Neubaus wider. Das Haus wirkte schon von außen so durchgestylt, dass man sich beinahe nicht traute, mit Straßenschuhen hineinzugehen. Da an der Haustür niemand auf sie wartete, klopfte Thomas an die Tür der Wohnung im ersten Stock, woraufhin ihnen endlich ein Beamter in Uniform öffnete.

»Da sind Sie ja«, sagte dieser und trat einen Schritt zur Seite, um Fabian und Thomas den Weg in die Räumlichkeiten freizumachen. Sein Ton war genervt. Bestimmt hatte ihn der Notruf gegen Ende seiner Zwölf-Stunden-Schicht ereilt, und er wartete nur darauf, endlich nach Hause gehen zu dürfen.

»Was haben Sie hier für uns?«, fragte Fabian, während er sich die Plastiküberzieher über die Schuhe streifte.

Der Uniformierte zuckte mit den Schultern und machte ein unbeteiligtes Gesicht. »Mein Kollege meinte, es könnte irgendwie in Verbindung zu einem Ihrer Fälle stehen. Hab selbst nicht wirklich kapiert, warum.«

Fabian sparte sich jede weitere Nachfrage. Der junge Beamte war offensichtlich nicht sonderlich motiviert. Wenn er diese Einstellung nicht bald änderte, würde er zumindest bei der Polizei keine große Karriere hinlegen. Nachdem sie sich auch Latexhandschuhe übergezogen hatten, folgten sie ihm durch die geflieste Diele, die in einen großen, offenen Raum führte, der Wohnzimmer,

Esszimmer und Küche vereinte. Neben zwei weiteren Türen, die von der Diele abgingen, entdeckte Fabian außerdem noch eine Treppe in ein weiteres Stockwerk. Er fragte sich beiläufig, wie viel man wohl für eine solche Wohnung hinlegen musste. Sei es nun monatlich als Miete oder einmalig als Kaufpreis.

»Ah, gut, dass Sie endlich da sind«, rief ein unwesentlich älterer Kollege des uniformierten Beamten aus, der in der Küche auf sie wartete.

Fabian schaute sich um. Zu den Füßen des Schutzpolizisten befand sich eine verschmierte Blutlache, dunkelrote Fußspuren führten davon weg zu einem Stuhl. Auch an den Schränken befanden sich einige Spritzer und das Waschbecken war mit rosafarbenem Wasser gefüllt. Daneben lag in einer durchsichtigen Beweismitteltüte ein Fleischhammer, an dem ebenfalls Reste von Blut zu erkennen waren. Fabian vermutete, dass man das Werkzeug im Waschbecken gefunden hatte.

»Seit wann braucht ihr die Kripo, wenn sich jemand in den Finger geschnitten hat?«, fragte Thomas mit einem ironischen Unterton, während er auf die Blutlache deutete.

Fabian unterdrückte den Anflug von einem Grinsen, das sich auf seinem Gesicht ausbreiten wollte. Auf den ersten Blick sah es tatsächlich nicht danach aus, als hätte hier ein Verbrechen stattgefunden. Zumindest nicht, wenn man von dem Fleischhammer absah, den nun auch Thomas entdeckte.

»Im Ernst, warum habt ihr uns angefordert?«, hakte Fabian nach.

Einer der Uniformierten hielt ihnen ein Smartphone entgegen. Fabian beugte sich nach vorne, um zu erkennen, was auf dem Display abgebildet war.

»Der Hausherr, nehme ich an«, sagte er und nahm dem Wachpolizisten das Handy aus der Hand.

Das Motiv war aufgrund der schlechten Kamera unscharf und überbelichtet. Dennoch konnte man ziemlich genau erkennen, um was es sich handelte. Vor dem grellweißen Hintergrund war ein Mann zu sehen, der gefesselt auf einem Stuhl saß. Er blickte zu der Person hinter der Kamera. Auf der Stirn und an der Schläfe zeichneten sich Wunden ab, von denen aus Blut auf sein Hemd und den Boden getropft war. Diese Details konnte man allerdings nur anhand der dunklen, teils ins Rot verlaufenden Flecken erahnen. Fabian benutzte Zeigefinger und Daumen, um in das Bild zu zoomen, was die Qualität allerdings so sehr verschlechterte, dass man kaum noch etwas erkennen konnte. Dennoch reichte es aus, um die dunklen Streifen in seinem Gesicht als einen Knebel auszumachen.

»Ich verstehe immer noch nicht, was das mit uns zu tun hat«, beschwerte sich Thomas, der ebenfalls das Foto betrachtete.

»Zunächst mal haben wir hier ein Gewaltverbrechen«, sagte der unmotivierte Türöffner schnippisch. »Wenn wir davon ausgehen, dass es sich nicht um einen furchtbar makaberen Scherz des Ehemanns handelt.«

»Ihr seid doch gerade an der Sache mit dem erschlagenen Makler dran, oder nicht?«, meldete sich der andere Beamte zu Wort. Ohne eine Antwort abzuwarten, fuhr er fort: »Die Bewohnerin hat vor einigen Stunden den Notruf gewählt. Als sie heute Vormittag von einem Besuch bei ihren Eltern nach Hause kam, fand sie ihre Küche in diesem Zustand vor. Ihr Mann ist nirgends zu finden und geht auch nicht an sein Handy.«

Thomas schnaufte ungeduldig. Er war nicht der Typ für lange Ausführungen.

»Schon gut, ich komme zum Punkt«, sagte der uniformierte Kollege. »Wir haben den Fall aufgenommen und dort auf dem Stuhl«, er deutete zum Esstisch, »lag seine Jacke. Als wir reingeschaut haben, fanden wir das hier.« Er schob eine Plastiktüte über die Arbeitsfläche. Darin befand sich ein Bewirtungsbeleg. Fabian erkannte das Logo der Bar sofort. Es war ein Flamingo.

»Flamingos«, sagte Fabian und hob die Tüte mit dem Bewirtungsbeleg an. »Gestern Abend, ein Long Island Iced Tea, bezahlt um halb elf.«

»Ganz richtig«, meldete sich wieder der Beamte zu Wort. »Ich war am Mittwoch am Tatort und habe im Gegensatz zu anderen Anwesenden sofort einen Zusammenhang gesehen.«

»Könnte auch Zufall sein«, brummte Thomas und verschränkte die Arme vor der Brust. Diese Spitze gegen ihn hatte gesessen und Fabian wusste, wie angefressen Thomas reagierte, wenn ihm jemand dermaßen auf die Füße trat. Zu Fabian gewandt sagte er: »Zeig noch mal her, das Bild.«

Fabian reichte ihm das Handy. »Und die Quittung fanden Sie in der Jackentasche von Herrn ...«

»Güldenpfennig«, ergänzte der Uniformierte, und Fabian zog angesichts des Namens die Augenbrauen hoch. »Hab ich Ihnen doch schon erläutert. Die Jacke hing über einem der Stühle. Der Zettel steckte zerknüllt in der Seitentasche.«

»Warum haben Sie reingeschaut? Die Spurensicherung war noch nicht hier, soweit ich das erkennen kann.« Bei einem Gewaltverbrechen war es gängige Praxis, den Tatort möglichst unverfälscht zu lassen, bevor nicht alles dokumentiert und festgehalten wurde.

Der Beamte zuckte mit den Schultern. »Eigentlich war ich auf der Suche nach seinem Handy. Dem ersten Anschein nach hätte es ebenso gut sein können, dass sich hier einfach jemand in den Finger geschnitten hat. Haben Sie ja vorhin selbst gesagt. Und die Kriminaltechnik ist informiert. Sollte in den nächsten Minuten hier eintreffen.« Er warf Thomas einen giftigen Blick zu.

»Schon gut, Sie haben alles richtig gemacht«, beschwichtigte Fabian den Kollegen. »Gab es irgendwelche Einbruchspuren?«

»Haustür und Schloss sind unversehrt, ebenso alle Fenster. Sieht ganz danach aus, als hätte er seinem Entführer die Tür aufgemacht.«

»Haben Sie die Ehefrau schon dazu befragt?«

Der Angesprochene schüttelte den Kopf. »Sie war völlig fertig mit den Nerven. Die Güldenpfennigs erwarten ein Kind, und die ganze Aufregung hier war zu viel für sie. Wir haben sie ins Bett verfrachtet, damit sie sich erst mal beruhigen kann.«

»Gibt es irgendwelche Geldforderung oder etwas in der Art?«, hakte Fabian nach. Für ihn sah die Sache hier – nach dem vermeintlichen Raubmord an Erik Marquardt – ganz danach aus, als hätte es jemand auf Männer mit viel Geld abgesehen, die sich zumindest hin und wieder im Rotlichtmilieu tummelten.

Der Uniformierte zuckte abermals mit den Schultern. »Glaube nicht. Wenn dem so wäre, hätte es uns die Ehefrau bestimmt gesagt. Sie hat nur wegen der Blutflecken und der Abwesenheit des Mannes angerufen. Das Foto hat sie erst später geschickt bekommen, allerdings ohne weitere Nachricht.«

»Und sonst war nichts in den Taschen?«, fragte Thomas, der sich schon auf dem Weg zur Jacke befand. Er hob sie von der Stuhllehne und tastete sie mit der freien Hand ab. Danach griff er in jede einzelne Tasche, fand nichts und legte die Jacke zurück an den Platz, von dem er sie genommen hatte.

Die Schutzpolizisten verfolgten jede seiner Bewegungen mit skeptischen Blicken. Ihnen schien diese Form der Überprüfung ihrer Arbeit gar nicht zu gefallen. »Also, was ist? Übernehmen Sie den Fall, oder wie?«

»Bevor wir den Kommissariatsleiter informieren, brauchen wir noch mehr Informationen. Dass die beiden Männer dieselbe Bar besucht haben, reicht leider noch nicht für eine Verbindung. Nachdem wir mit der Ehefrau gesprochen haben, können wir Genaueres dazu sagen.«

Es klingelte. Das waren vermutlich die angeforderten Kriminaltechniker. Über ihnen waren Schritte zu hören und Fabian schaute nach oben.

»Dort ist das Schlafzimmer«, erklärte einer der Wachpolizisten.

»Gut, dann kümmern Sie sich um den weiteren Ablauf hier unten. Wir gehen derweil zu Frau Güldenpfennig und unterhalten uns mit ihr«, wies Thomas an. Damit schritt er auf die Wendeltreppe zu, die in das obere Stockwerk führte. Fabian folgte ihm.

»Güldenpfennig«, flüsterte er, während sie die Stufen hinaufstiegen. »Komischer Name, findest du nicht auch? Und dann heißt ausgerechnet ein stinkreicher Banker so. Irgendwie ironisch.«

Fabian verkniff sich eine Antwort darauf. Namen konnte man sich selten aussuchen, und es stand ihm nicht zu, darüber zu urteilen.

»Was finden Sie daran seltsam?«, erklang eine Stimme vom oberen Treppenabsatz. Die Hausherrin hatte Thomas' Ausführungen offensichtlich mitbekommen. »Der Name bedeutet vermögend und stammt aus Brandenburg, wo ich herkomme. Aaron hat bei der Hochzeit nämlich meinen Familiennamen angenommen. Er fand nichts komisch daran.«

»Also ... Eigentlich ... Ich wollte damit nur sagen, dass der Name außergewöhnlich ist.« Thomas drehte sich zu Fabian und zog schuldbewusst die Mundwinkel nach unten. Eine derartige Beleidigung, auch wenn der Ausspruch nicht als solche gedacht gewesen war, stellte keinen guten Start in ein Gespräch dar. Insgeheim amüsierte sich Fabian jedoch ein wenig, dass es einmal Thomas gewesen war, der in ein Fettnäpfchen trat. Normalerweise war Fabian das Trampeltier von ihnen. Gemeinsam stiegen die beiden die letzten Stufen hinauf.

Ab dort übernahm Fabian die Leitung. Nachdem er sich für den Ausrutscher entschuldigt und sie beide vorgestellt hatte, führte Rebecca Güldenpfennig sie ins Schlafzimmer.

Der Raum war weitläufig, und im Gegensatz zum unteren Stockwerk war hier ein weicher Teppichboden verlegt. Trotz des vielen Platzes befanden sich außer einem Bett, einer Kommode und einem Schminktisch, vor dessen Spiegel sich etliche Parfums tummelten, nicht viele Möbel darin. Da die Hausherrin sich auf den einzigen Stuhl im Zimmer gesetzt hatte, mussten Fabian und Thomas stehen bleiben. Von unten drangen die Geräusche der Kriminaltechniker zu ihnen hinauf, die angefangen hatten, die Wohnung auf hinterlassene Spuren zu untersuchen.

Zum Einstieg der Befragung hatte Fabian beschlossen, zunächst nicht das Foto von dem gefesselten Aaron Güldenpfennig anzusprechen, sondern sich auf dessen Besuch im *Flamingos* zu beschränken. Er wollte es langsam angehen, auch wenn es sicher nicht ausbleiben würde, in der schmutzigen Wäsche der Eheleute zu wühlen. Zumindest dann nicht, wenn es sich bestätigte, dass die Entführung mit dem Rotlichtmilieu zusammenhing.

»Wussten Sie davon, dass Ihr Mann gestern Abend ausgehen wollte?«, fragte Fabian.

Für die Antwort musste Frau Güldenpfennig nicht mal etwas sagen. Ihr verwunderter Gesichtsausdruck verriet Fabian, dass sie keine Ahnung gehabt hatte.

»Behauptet wer?«, erkundigte sie sich. »Er wurde wohl eindeutig in unserer Küche überfallen.«

Fabian hielt ihr den Bewirtungsbeleg entgegen, den er mit nach oben gebracht hatte. »Das hier haben wir in der Jackentasche Ihres Mannes gefunden.«

Ihre Augen zuckten, als sie die Angaben auf dem kleinen Zettel überflog. Dann schaute sie. Ihre eigentlich vollen Lippen hatte sie zu einem schmalen Schlitz zusammengepresst. »Aha«, sagte sie nur.

»Aha?«, wiederholte Thomas ihren Ausspruch.

»Ja. Was wollen Sie denn von mir hören? Wie Sie sehen, wusste ich nichts davon. Eigentlich hatten wir diesbezüglich eine Abmachung. Ich bin wohl mal wieder die gehörnte Ehefrau.«

»Mal wieder?«, fragte Fabian. Sie hatten sich schneller als erwartet auf das glatte Parkett der verletzten Gefühle begeben. »Meinen Sie damit, dass Ihr Mann Sie betrogen hat, und das im Zusammenhang mit dieser Bar steht?«

»Aaron hat mir versprochen, dass er nicht mehr in diesen Laden gehen würde.« Ihre rechte Hand wanderte zu ihrem Bauch. Unwillkürlich strich sie über das ungeborene Kind, das zum Glück noch nichts von dieser schrecklichen Situation mitbekam.

»Er ist dort also öfter verkehrt?«

»In letzter Zeit nicht mehr. Angeblich zumindest. Nachdem er mich vor einiger Zeit auf einer Geschäftsreise betrogen hat, haben wir uns darauf geeinigt, dass er sich nach der Arbeit nicht mehr mit diesem furchtbaren Leander trifft. Der hat ihn nämlich immer dorthin geschleift, und er war schuld, dass Aaron mit ...« Sie verzog angewidert das Gesicht. Den nächsten

Satz spie sie nahezu hervor: »… mit dieser Nutte ins Bett gegangen ist.«

Mit einem Mal waren Fabians Sinne hellwach. Sofern sie nicht einfach die Affäre ihres Mannes mit diesem Schimpfwort betitelte, hatten sie die Verbindung zu dem toten Makler. Auch Thomas schaute ihn mit hochgezogenen Augenbrauen an, was Rebecca Güldenpfennig nicht entging.

»Sie brauchen überhaupt nicht so zu schauen. Das kommt in den besten Familien vor. Man feiert einen erfolgreichen Abschluss, irgendein Idiot lädt ein paar käufliche Damen ein, und schon ist es passiert. Ich habe ihm verziehen. Nicht zuletzt, weil er mir versprochen hat, dass so etwas nie wieder vorkommen wird. Hoch und heilig!« Ihre Augen füllten sich mit Tränen. Sie zog ein Taschentuch aus dem Ärmel ihrer Bluse. Bei dieser Geste musste Fabian sofort an seine Großmutter denken. Auch die hatte dort immer ihre Stofftaschentücher gelagert. Schon als Kind hatte Fabian die Vorstellung ekelhaft gefunden, einen kompletten Tag lang immer wieder in dasselbe Tuch zu schnäuzen. Rebecca Güldenpfennig tupfte sich jedoch lediglich die Augen damit ab, und schob es dann zurück an seinen Platz.

»Wenn ich Sie richtig verstanden habe, verkehrte Ihr Mann in der Regel mit einem gewissen Leander im *Flamingos?*«, bemühte sich Fabian, das Gespräch zurück auf das eigentliche Thema zu lenken.

»Gerlach«, kam die Antwort wie aus der Pistole geschossen. »Leander Gerlach. Er ist Broker in der Bank, in der auch mein Mann arbeitet. Ein schmieriges Arschloch, der sich für nichts anderes als seinen

Spaß interessiert. Aus Nettigkeit hatte ich ihn mal zum Abendessen eingeladen, weil ich dachte, wenn mein Mann mit ihm befreundet ist, muss wohl was dran sein. Er kam total zugekokst hier an.« Automatisch schlug sie die Hand vor den Mund, als sie sich bewusst wurde, was sie gerade gesagt hatte. »Mein Mann nimmt so etwas natürlich nicht«, fügte sie schnell hinzu.

»Frau Güldenpfennig«, sagte Thomas, während Fabian sich den Namen des Kollegen notierte. »Mögliche Drogeneskapaden Ihres Mannes interessieren uns momentan höchstens insofern, als dass sie uns bei den Ermittlungen weiterhelfen könnten. Deshalb ist es wichtig, dass Sie bei der Wahrheit bleiben, damit wir jeglichen Spuren nachgehen können. Immerhin wollen Sie doch, dass wir Ihren Mann so schnell und so unversehrt wie möglich finden.«

Die Frau zuckte mit den Schultern. »Da wurde doch ...« Sie rieb sich über die Augen und verschmierte so den letzten Rest ihres Lidschattens, der schwarze Streifen auf ihren Wangen hinterließ. »Dieser ermordete Makler, wissen Sie, von wem ich spreche? Glauben Sie, das hat etwas mit meinem Mann zu tun? Der Grüneburgpark ist doch ganz in der Nähe vom *Flamingos,* wenn ich mich nicht täusche. Oh Gott ...« Ihre Gesichtsfarbe hatte sich in den letzten Minuten von einer leichten Rötung, die vermutlich der Aufregung zuzuschreiben war, zu einem Kalkweiß gewandelt. Das Taschentuch, das sie wieder in ihren Händen hielt, zerfledderte immer mehr und kleine Fussel landeten auf ihrer Hose.

»Brauchen Sie etwas zu trinken?«, fragte Fabian. Er überging ihre Frage. Es ergab keinen Sinn, sie jetzt noch mehr aufzuregen. Ohne ihre Antwort abzuwarten, nickte er Thomas auffordernd zu, der sich prompt umdrehte und aus dem Zimmer verschwand.

»Nicht nötig«, antwortete Rebecca Güldenpfennig schließlich, doch ihre Stimme klang so schwach, dass sie die Worte umgehend als Lüge enttarnte. Nur eine knappe Minute später war Thomas wieder da und reichte ihr ein Glas Wasser, das sie gierig leerte. Dabei zitterte ihre Hand dermaßen, dass sie etwas von der Flüssigkeit auf ihrer Bluse verschüttete. Sie brauchte anscheinend dringend eine Pause.

»Nur noch ein paar Fragen, dann lassen wir Sie sich fürs Erste ein wenig ausruhen. Fällt Ihnen irgendjemand ein, der Ihnen oder Ihrem Mann etwas Böses wollen könnte? Hatte er Streit mit jemandem oder Schulden?«

»Ich bitte Sie. Mein Mann verdient eine sechsstellige Summe im Jahr. Warum sollte er sich bei irgendwelchen dubiosen Leuten Geld leihen?«

Etwas in der Art hatte Fabian sich angesichts der Größe und Lage der Wohnung schon gedacht, und er nahm es nicht ohne eine gewisse Form von Neid zur Kenntnis. »Wurden Sie in letzter Zeit bedroht?«

Sie schüttelte den Kopf. Dann zog sie die Augenbrauen zusammen und legte die Stirn in Falten. Wie um Fabian und Thomas vom Gehen abzuhalten, hob sie die Hand. »Da waren mal seltsame Nachrichten. Ist schon eine Weile her.«

»Geht das etwas genauer?«, fragte Thomas ungeduldig und erntete dafür von Fabian einen strafenden Blick.

»Es waren nur zwei oder drei Mails von einer kryptischen Adresse. Nichts Beunruhigendes.

Zumindest dachte ich das damals. Solche Sachen wie ›du Schlampe hast deinen Mann nicht verdient, pass auf, dass er dir nicht abhandenkommt‹ oder ›dein Leben wird die Hölle sein, genieß die Zeit, die dir bis dahin noch bleibt‹.«

»Das fanden Sie nicht beunruhigend?«, rutschte es Fabian heraus, und er bereute den Ausspruch sofort. Vermutlich machte sich die Frau bereits genug Vorwürfe. Schnell fügte er hinzu: »Es wäre gut, wenn Sie uns die Mails ausdrucken könnten, damit wir dem nachgehen können.«

»Damals vermutete ich die Ex-Freundin meines Mannes dahinter. Sie hat uns schon vor unserer Hochzeit vor drei Jahren bedrängt, weil sie einfach nicht darüber hinwegkam, dass mein Mann sie wegen mir verlassen hat. Nachdem sie ihn zu Beginn unserer Beziehung monatelang terrorisiert hatte, ließ es nach und flammte kurz nach unserer Verlobung wieder auf. Vermutlich hat sie über gemeinsame Freunde mitbekommen, dass wir heiraten, und plötzlich versuchte sie, sich wieder in sein Leben zu drängen. Ständig begegnete sie uns zufällig in der Nähe unserer Wohnung. Einmal hat sie mir sogar die Reifen meines Autos zerstochen. Irgendwann ließ es wieder nach, und als vor Kurzem diese Mails kamen, dachte ich mir nichts dabei. Ich ging davon aus, dass sie einfach wieder so eine Phase hat. Wie sollte uns eine Frau schon gefährlich werden, verstehen Sie?« Verzweifelt schaute sie zwischen Fabian und Thomas hin und her. Ihre Lippen zitterten.

»Glauben Sie, es ist meine Schuld? Weil ich nichts gesagt habe? Ich konnte doch nicht deswegen zur Polizei rennen ... Hätte ich gewusst ...« Nun brachen endgültig alle Dämme, und dicke Tränen liefen ihr über die Wangen.

Fabian fühlte sich augenblicklich unwohl, und er wünschte sich an einen anderen Ort. Er hatte sich schon immer schwergetan, mit solchen Gefühlswallungen von betroffenen Familienangehörigen oder Lebenspartnern umzugehen. Ganz besonders dann, wenn es sich um Frauen handelte. Im Gegensatz zu Thomas, der sich ohne lange zu überlegen vor die Frau kniete und ihr beruhigend über die Schulter strich.

»Machen Sie sich keine Vorwürfe. Sie konnten es nicht wissen«, sagte er in ruhigem Ton.

Sie blieben noch, bis Rebecca Güldenpfennig sich wieder gefasst hatte. Fabian wies die Beamten an, ihr eine psychologische Betreuung zur Seite zu stellen, bevor er und Thomas sich verabschiedeten.

Draußen vor der Tür holte er tief Luft und versuchte, das eben Erfahrene einzuordnen, während sie zurück zu ihrem Dienstwagen gingen. Womit hatten sie es hier zu tun? Hingen der Tod des Maklers und die Entführung von Aaron Güldenpfennig wirklich zusammen? Wer steckte dahinter und warum gab es bisher keine Geldforderung, sondern nur ein Foto des Opfers? Sollte sich das tatsächlich als makabrer Scherz herausstellen? Auch wenn Fabian sich das nur schwer vorstellen konnte, wusste er doch, dass es nichts gab, was es nicht gab. Die Menschen kamen auf die verrücktesten Ideen.

Das Klingeln des Telefons riss ihn aus seinen Gedanken.

»Ihr seid zu früh abgehauen«, blökte ihm einer der Wachpolizisten von eben ins Ohr. »Es gibt einen Treffer. Die Kriminaltechniker haben einen Handabdruck sichergestellt.«

24. Kapitel

Aaron hatte die Augen geschlossen, aus seiner Nase drang ein leises Schnarchen. Der Stress der vergangenen Stunden war offenbar zu viel für ihn gewesen, sodass er eine kurze Pause brauchte. Das war ihr eigentlich sogar ganz recht, denn sie wollte noch etwas vorbereiten. Die Ultraschallbilder, die sie im Nachrichtenverlauf von Rebecca gefunden hatte, änderten die komplette Ausgangssituation und verkomplizierten alles. Aaron war bestimmt nicht der geborene Vater, doch es war immerhin sein Nachkomme, der da in ihr heranwuchs, was bedeutete, dass er Rebecca sicher nicht so schnell aus seinem Herzen streichen würde, wie sie gehofft hatte.

Nach dem ersten Schock hatte sie schnell wieder Zuversicht gefasst. So einfach würde sie sich nicht unterkriegen lassen. *Beccys* Schwangerschaft eröffnete ihr völlig neue Möglichkeiten. Die Schlampe würde schon sehr bald bekommen, was sie verdiente. Und dann wäre der Weg frei für sie und Aaron. Für ein paar Minuten schloss sie die Augen und stellte sich vor, wie sie mit ihm unter der heißen Karibiksonne an einem weißen Sandstrand lag, sie gemeinsam Cocktails schlürften und sich abends nach einem luxuriösen Essen gegenseitig zu ungeahnten Höhepunkten brachten. Aaron wusste ja überhaupt nicht, was er bisher verpasst hatte. Abgesehen von der einen Nacht, die ihnen vergönnt gewesen war. Mit einem Lächeln auf den

Lippen dachte sie daran zurück, und eine angenehme Wärme breitete sich in ihrem Unterleib aus. Sie konnte es kaum erwarten, bis es wieder so weit war, und sie ihm zeigen konnte, was sie noch alles zu bieten hatte. Wäre dieser Idiot nur nicht sofort zu seiner *Beccy* gerannt, um ihr alles zu beichten ...

Aber das war nun nicht mehr wichtig. Die Zeit der Entbehrung und des Wartens war vorbei. *Beccy* und Aaron waren Vergangenheit, jetzt brach die Zukunft an. Ihre gemeinsame Zukunft, in der es keinen Platz gab für *Beccy* oder ein Kind. Allerdings durfte sie nichts überstürzen. *Beccy* einfach aus dem Weg zu räumen, wäre zwar effektiv und würde Aarons Herz schneller bereit machen für einen Neuanfang, aber das wäre viel zu einfach. Nein, *Beccy* sollte leiden. Sie sollte denselben Schmerz fühlen, es sollte ihr ebenso das Herz zerreißen, wie sie es die letzten Monate hatte ertragen müssen.

Das Foto von Aaron, das sie an seine Frau geschickt hatte, war erst der erste Schritt gewesen. Nun musste der nächste folgen, und der wollte sorgfältig geplant sein. Gerne hätte sie ihr einen Finger ihres Mannes geschickt oder gar die ganze Hand mit dem Ehering. Doch sie wollte Aaron unter keinen Umständen noch schlimmer zurichten, also musste sie sich etwas anderes einfallen lassen.

Während sie darüber nachdachte, wie ihre und Aarons gemeinsame Zukunft aussehen und die von *Beccy* enden würde, fielen ihr immer wieder die Augen zu. Damit sie nicht einschlief, stand sie auf, kochte sich einen starken Kaffee und ging ins Wohnzimmer. Sie nahm einen tiefen Schluck aus der dampfenden Tasse und verzog das Gesicht. Der Kaffee schmeckte furchtbar bitter, sie hatte den Zucker vergessen. Nachdem sie zwei Löffel davon eingerührt hatte, nahm sie die Tasse und setzte sich auf die Couch, wo sie bereits einen Block und einen Stift bereitgelegt hatte.

Sie musste endlich anfangen, ihren Plan umzusetzen. Das Schloss an Aarons Wohnung würde wohl sehr bald ausgetauscht werden, falls das nicht schon längst geschehen war. Wobei sie das bezweifelte. Wer warf schon freiwillig einem Not-Schlüsseldienst einen Haufen Geld in den Rachen?

Aus dem Ankleidezimmer kamen gedämpfte Geräusche. Anscheinend war Aaron aufgewacht. Nicht mal eine halbe Stunde Ruhe konnte man haben. Sie seufzte und stand auf, um nach ihm zu sehen.

Im Ankleidezimmer angekommen musste sie feststellen, dass Aaron nicht munter war. Genau das Gegenteil war der Fall. Sein Kopf lag schlaff auf seiner Brust. Schweißperlen hatten sich auf seiner Stirn gesammelt, und auch das Hemd war schweißgetränkt. Außerdem röchelte er, da seine Nase anscheinend verstopft war und er wegen des Knebels durch den Mund nur wenig Luft bekam. Voller Sorge eilte sie zu ihm und löste die Schnalle an seinem Hinterkopf. Der Ball des Knebels steckte weiterhin in seinem Mund fest, also zog sie an den Riemen, bis er sich löste.

Geräuschvoll sog Aaron die ihm nun zur Verfügung stehende Luft ein. Dann riss er die Augen auf und starrte sie an. Zunächst lag Verwirrung in seinem Blick, die sich schnell in Wut wandelte, als er realisierte, dass er gefesselt war. Vermutlich hatte er das alles für einen bösen Traum gehalten.

»Was zur Hölle?«, rief er und zerrte an den Fesseln. Sie streichelte ihm beruhigend über die Schulter. Angewidert versuchte er, sich von ihr wegzudrehen, was ihm aufgrund der Fixierung am Stuhl nicht gelingen wollte. »Wie bin ich hierhergekommen?«, keuchte Aaron. »Was zur gottverdammten Hölle machst du mit mir?«

Ihr Herz raste. Klar, sie hatte mit dieser Reaktion gerechnet, aber dennoch tat es weh, seine Ablehnung so direkt zu spüren. Es sah ganz danach aus, als müsste sie eine Menge Geduld aufbringen, bevor Aaron sich voll und ganz auf sie einlassen würde. Er würde seine Gefühle nicht von heute auf morgen umstellen. So etwas brauchte Zeit, immerhin war jetzt sogar ein gemeinsames Kind im Spiel. Noch jedenfalls ...

Am liebsten hätte sie sich die nächsten Wochen Urlaub genommen, um so viel Zeit wie möglich mit Aaron zu verbringen. Doch das war nicht drin, da sie um jeden Preis verhindern musste, aufzufallen. Für Außenstehende musste sie ihr normales Leben aufrechterhalten, ganz egal, wie es in ihrem Innern aussah. Sie tröstete sich mit dem Gedanken, dass ihnen noch der Rest ihres Lebens bleiben würde, wenn Aaron erst mal seine negative Haltung ihr gegenüber aufgab und einsah, dass sie füreinander bestimmt waren. »Erinnerst du dich nicht mehr?«, fragte sie. »Du warst betrunken und ...«

»Betrunken? Du hast mich mit dem Dreckshammer fast umgebracht.«

»Tut mir leid. Ich musste etwas Überzeugungsarbeit leisten. Freiwillig wolltest du dich ja nicht mit mir unterhalten. So schlimm war es aber gar nicht. Du konntest noch gehen. So einigermaßen jedenfalls. Mit etwas Hilfe.«

»Ach was! Einen Scheiß tut es dir leid.«

»Doch, wirklich. Ganz bestimmt ist es nicht meine Absicht dir wehzutun. Wie gesagt, es ist nicht so, als hätte ich es nicht auf anderem Wege versucht.« Zugegebenermaßen mochte all das hier nicht den Anschein machen als wäre das ihr Ernst, doch sie log nicht. Das Letzte, was sie wollte, war Aaron zu verletzen. Sie liebte ihn doch.

»Das hier spricht nicht gerade dafür, dass du die Wahrheit sagst.« Er zuckte mit dem Kopf in die Richtung, wo sie ihn mit dem Fleischhammer erwischt hatte. Ein weiteres Argument, das nicht gerade für sie sprach. »Mein Kopf fühlt sich an als wärst du mit einem Bulldozer drübergefahren.«

»Da sind die Pferde wohl mit mir durchgegangen. Tut mir wirklich leid«, murmelte sie kleinlaut. »Aber du wolltest dich ja einfach nicht auf etwas Neues einlassen.«

»Sieht ganz danach aus. Machst du mich jetzt los oder muss ich erst das ganze Haus zusammenbrüllen?«

Sie zuckte mit den Schultern. »Versuch es doch«, antwortete sie gelassen. Über Lärm machte sie sich keine Gedanken. Der ehemalige Luftschutzbunker, in dessen Inneren man fünf Eigentumswohnungen ausgebaut hatte, verfügte über meterdicke Wände, die jegliche Geräusche der Nachbarn schluckten, und hatte außerdem Schallschutzfenster, um den Verkehrslärm draußen zu halten. Aaron würden eher die Stimmbänder reißen, als dass ihn jemand hörte. Das wusste sie ziemlich genau, denn erst vor Kurzem hatte sich ihre Alexa-Box von Amazon selbstständig gemacht und auf ihrer Stereoanlage vermutlich ganze zwei Tage lang Musik auf voller Lautstärke abgespielt. Bei der Rückkehr von ihrer Geschäftsreise war ihr beinahe das Trommelfell geplatzt, als sie die Wohnung betreten hatte. Seltsamerweise hatte man selbst vor der Wohnungstür kaum etwas gehört.

Offensichtlich zeigte ihre Gleichgültigkeit Wirkung, denn anstatt wie angekündigt rumzubrüllen, schien er nachzudenken. »Verrätst du mir, worauf das hinauslaufen soll?«, fragte er und war dabei auf einmal erstaunlich ruhig.

Mit der Antwort darauf ließ sie sich Zeit. Natürlich wusste sie, was ihr eigentliches Ziel war. Sie wollte Rebecca aus dem Weg räumen, damit sein Herz für sie frei war. Sie wollte, dass er sich unsterblich in sie verliebte, und sie ihr Leben ab dem heutigen Tag gemeinsam verbrachten. Sie wollte, dass sich endlich ihre Träume erfüllten. So wie vor einigen Monaten. An diese Erinnerung klammerte sie sich. Alles sollte so werden, wie es in jener Nacht gewesen war. Mit dem Unterschied, dass es nur noch um sie beide gehen würde. Doch das konnte sie ihm kaum auf die Nase binden. Jedenfalls nicht in allen Einzelheiten. Also antwortete sie mit einer Gegenfrage. »Warum konntest du uns nicht einfach eine Chance geben?«

Aaron schaute sie eindringlich an. »Warum? Das liegt wohl auf der Hand. Ich liebe meine Frau. Wir sind glücklich verheiratet. Rebecca ist meine Traumfrau, und ich will sie keinesfalls verlieren. Außerdem … Du hast es bestimmt schon entdeckt. Wir bekommen ein Kind.« Plötzlich zerrte er wie von Sinnen an den Fesseln, warf sich auf dem Stuhl hin und her und drohte, umzukippen. »Mach mich verdammt noch mal los! Sofort!«, brüllte er.

»Weiß deine Frau von uns? Ich meine, kennt sie die Details unserer Nacht?«

»Es gibt kein uns. Ich habe ihr gebeichtet, was damals passiert ist und ihr geschworen, dass es nie wieder vorkommt. Mach mir jetzt diese verfickten Fesseln ab, sonst …«

»Alles? Hast du ihr alles gesagt, Aaron?«

Er unterbrach das Herumwackeln auf dem Stuhl, um sie hasserfüllt anzusehen. »Das ist nicht wichtig.«

Die Aussage traf sie wie der Stich eines Messers ins Herz. Unwichtig, das war sie also für ihn. Eine Nebensache, nicht wert, erwähnt zu werden. Das tat weh, auch wenn er es vermutlich nur sagte, weil er wütend auf sie war. »Ich glaube, du brauchst jetzt erst mal ein wenig Zeit für dich. Damit du dich wieder beruhigst.« Sie stand auf und hob den Knebel vom Boden auf. An ihrer Hose wischte sie ein paar Fussel ab, die am Speichel klebten. Dann packte sie ihn an den Haaren und zerrte seinen Kopf nach hinten. »Mund auf!«, befahl sie.

Aaron gehorchte, allerdings nur, weil er etwas sagen wollte. Noch bevor er einen Ton herausbekam, hatte sie ihm den Ball in den Mund gesteckt und zog die Riemen hinter seinem Kopf zu.

»Ich lasse dich jetzt ein bisschen alleine«, sagte sie und ging ins Schlafzimmer. Während des Gesprächs mit ihm war ihr eingefallen, wie es weitergehen sollte. Und die richtigen Zutaten hatte sie vor einigen Tagen sogar im Keller entdeckt. »Auf mich wartet noch ein wenig Arbeit. Rebecca wird sich sicher über ihre Überraschung freuen.«

25. Kapitel

22 Jahre zuvor

Der muffige Kellergeruch schlug ihr entgegen, umhüllte sie und benebelte ihre Sinne. Die Hand ihres Vaters auf ihrem Rücken drängte sie weiter die Stufen hinab. Er hatte das Licht nicht eingeschaltet und so kam es zum Unvermeidlichen. Sie trat auf den Saum des Kleides, stolperte und verlor schließlich das Gleichgewicht. Der Stoff riss und sie kippte nach vorn, fand keinen Halt und fiel die letzten paar Stufen herunter. Im Keller landete sie auf den Knien und fing den Sturz mit den Händen ab, um nicht mit dem Kopf auf den Steinboden zu krachen. Dabei schürfte sie sich die Handflächen auf.

»Na wunderbar«, motzte ihr Vater, der hinter ihr stand. »Sie nur, was du angerichtet hast.« Er trat nach ihr.

Hastig versuchte sie aufzustehen und aus seiner Reichweite zu kommen. Dabei verfing sich der Stoff des Kleides zwischen ihren Beinen und sie stürzte erneut. Sein Fuß traf sie in die Seite, raubte ihr die Luft. Vor Schmerzen krümmte sie sich auf dem kalten Boden zusammen.

»Unmöglich, wie du es immer wieder schaffst, das Erbe deiner Mutter dermaßen zu beschmutzen. Aber ich garantiere dir, das war das letzte Mal. Ihre Sachen kommen jetzt weg. Ein für alle Mal.«

»Nein, bitte«, rief sie und klammerte sich an den Stoff an ihrem Körper, als könnte sie dadurch verhindern, dass er seine Drohung wahrmachte. »Sie würde nicht wollen, dass du mir die Erinnerungen an sie nimmst.«

Ihr Vater ging nicht auf sie ein. »Hätte sie damals bloß auf mich gehört und dich mit dem Kleiderbügel weggemacht. Es war vorhersehbar, dass Gott uns ein Leben lang für einen Bastard bestraft.« Abfällig schaute er sie von oben bis unten an, während sie sich aufrappelte. Dann spuckte er vor ihre Füße. »Warum konnte er nicht dein Dasein auslöschen, statt ihr Leben zu nehmen?«

»Ich wünschte, er hätte es«, flüsterte sie.

Ihr Vater hob den Arm. In Erwartung einer Ohrfeige zuckte sie zusammen, doch der Schlag blieb aus. Stattdessen deutete er auf den Altar, den er vor einigen Monaten in den Hobbykeller gezimmert hatte. Das Werkzeug für die Geißelung, das den Gürtel schon lange ersetzt hatte, lehnte an der Seite. An dem mit Glasscherben besetzten Paddel klebte noch ihr Blut vom letzten Mal.

»Du weißt, was zu tun ist«, sagte er. Seine Stimme war eiskalt.

Obwohl ihr Herz vor Angst raste, war sie nicht bereit, diese Emotion zuzulassen. Sie würde ihm nicht den Gefallen tun, ihn anzuflehen oder in seiner Anwesenheit zu weinen. Wie immer kniete sie sich auf den Boden, faltete ihre Hände und lehnte sich mit der Stirn an den Altar.

»Das Schuldbekenntnis«, befahl er, während er das Paddel in die Hand nahm. Sie schloss die Augen und sprach die Worte. Seine Schläge ertrug sie ohne einen Laut der Klage.

26. Kapitel

Das summende Geräusch ihres Weckers riss Rebecca aus dem Schlaf. Zum Glück, denn ein schrecklicher Albtraum hatte sie geplagt. All das Blut in ihrer Küche, und Aaron war verschwunden. Und dann dieses seltsame Bild, das ihr von seiner Nummer aus auf ihr Handy geschickt worden war. Das alles ergab überhaupt keinen Sinn, und sie war froh, dass sie nun wach war. Zärtlich streichelte sie über ihren Bauch, der immer runder wurde. Dann streckte sie sich und fasste über das Bett auf die andere Seite. Ihre Hand traf auf ein leeres Kissen. Sie befühlte den Knick in dessen Mitte, der ihr verriet, dass niemand neben ihr geschlafen hatte.

Entsetzt riss sie die Augen auf. Das war kein Traum gewesen. All das war schreckliche Wirklichkeit. Irgendjemand hatte ihren Mann entführt und ihn auf schreckliche Art und Weise gefoltert. Ein bitterer Geschmack breitete sich in ihrem Mund aus und Übelkeit erfasste sie. Ruckartig setzte sie sich auf und presste sich die Hand vor den Mund. Gerade rechtzeitig, denn schon schoss ihr übelschmeckende Galle in den Rachen. Sie sprang auf und rannte ins Bad, wo sie einen wässrigen Schwall in die Toilette erbrach.

Als sich ihr Magen beruhigt hatte, putzte sie sich die Zähne und stellte sich unter die Dusche. Ihr Kopf war wie leer gefegt. Wie sollte es jetzt bloß weitergehen? War Aaron überhaupt noch am Leben? Nachdem sie gestern die Nachricht mit dem furchtbaren Foto erreicht hatte, war sein Handy ausgeschaltet worden. Seitdem war bei jedem Versuch nur die Mailbox rangegangen. Die quälende Ungewissheit darüber, wo er war und wie es ihm ging, trieb sie beinahe in den Wahnsinn.

Gleichzeitig war sie wütend auf ihren Mann. Unendlich wütend. Sie hatten eine Abmachung gehabt. Er hatte ihr geschworen, sich nie wieder mit Leander in Bars herumzutreiben. Dieser Typ war Gift für Aaron. Er hatte keine Frau und auch kein Interesse an einer festen Beziehung. Alles, worauf es ihm im Leben ankam, war Spaß zu haben. Dabei war es ihm völlig schnurz, ob die Gefühle anderer Menschen verletzt wurden. Ja, nicht mal vor illegalen Substanzen machte er halt. Und er hatte ihren Aaron verführt, dieses beschissene Kokain zu nehmen. Nur deshalb hatte er Anfang des Jahres die Kontrolle über sich verloren. Das hatte Leander dann ausgenutzt und ein paar Nutten für sie bestellt.

Ihr Herz verkrampfte sich bei der Vorstellung, wie Aaron sich mit dieser fremden Frau, nein, mit diesen fremden Frauen und Leander im Hotelbett herumgewälzt hatte. Ein Vierer, so hatte er es genannt. Dabei war sie doch immer offen für Neues gewesen, sie hätte sich sogar auf einen Dreier eingelassen. Mit einer anderen Frau. Ganz sicher wollte sie das Bett nicht mit diesem Leander teilen. Warum hatte Aaron nicht mit ihr darüber gesprochen? Und warum hatte er die erstbeste Gelegenheit genutzt, um sich wieder mit Leander zu treffen? Heimlich! Das konnte ja nur bedeutet, dass sie …

Rebecca unterdrückte den Gedanken, der sich ihr aufdrängen wollte. Es war nicht fair, Aaron zu verurteilen, bevor sie mit ihm darüber hatte sprechen können. Wenn sie denn überhaupt die Gelegenheit dazu bekommen würde. Die Angst davor, dass es nicht so sein könnte, schnürte ihr beinahe die Kehle zu.

Eine ihr zur Seite gestellte Beamtin der Polizei, die angeblich in Seelsorge geschult war, hatte gestern Abend versucht, sie zu beruhigen. Fähige Beamte wären an dem Fall dran, und sie würden Aaron ganz sicher so schnell wie möglich finden und ihn unversehrt wieder zu ihr zurückbringen. Gestern Abend hatten Rebecca diese Worte Zuversicht gegeben. Jetzt waren es für sie nicht mehr als leere Versprechen. Aaron war nicht hier, und soweit sie das überblicken konnte, hatte niemand auch nur die leiseste Ahnung, wo er sich befand.

Kurzerhand holte sie ihr Handy aus dem Schlafzimmer, das man ihr dankenswerterweise wieder zurückgegeben hatte, und wählte die Nummer von Leander Gerlach. Es widerstrebte ihr zutiefst, ausgerechnet bei ihm Trost zu finden, aber es war nicht auszuschließen und sogar sehr wahrscheinlich, dass Aaron entgegen ihrer Absprache am Samstagabend mit ihm im *Flamingos* verabredet gewesen war.

Es klingelte lange, bevor Leander den Hörer abnahm. Seine Stimme klang müde, als er sie begrüßte.

»Wo ist er?«, brüllte sie ihn unvermittelt an. Sie hatte sich zusammenreißen wollen, ein normales Gespräch mit ihm führen. Doch nun platzte es aus ihr heraus. All die negativen Gefühle ihm gegenüber, die sie Aaron zuliebe so lange unterdrückt hatte. »Was für eine Scheiße habt ihr da am Laufen? Verdammt noch mal, er ist mein Mann. *Ver-hei-ra-tet*. Warum kannst du Arschloch ihn nicht einfach in Ruhe lassen? Such dir doch andere Freunde, die deinen ... deinen Scheiß ...« Ihr gingen die Worte aus. Stattdessen liefen ihr Tränen die Wangen hinunter.

»Hey, immer langsam! Was hat dich denn geritten? Aaron kann es wohl nicht gewesen sein, wenn ich das aus deinem Gestammel richtig heraushöre.« Leander lachte glucksend.

»Halts Maul«, entfuhr es ihr. Bei seiner unverschämten Art vergaß sie jegliche Manieren. Dann besann sie sich. Sie wollte etwas von ihm erfahren, also war es wohl eher kontraproduktiv, ihn so anzugehen. »Tut mir leid«, murmelte sie, auch wenn das definitiv gelogen war. »Ich mache mir nur solche Sorgen. Aaron ist verschwunden.« Sie hatte nicht vor, ihm von dem schrecklichen Foto zu erzählen, das man ihr zugeschickt hatte. Vermutlich würde er ohnehin nur einen dämlichen Spruch dazu ablassen.

»Verschwunden? Du meinst, er hat dich verlassen?«

Rebecca glaubte, das dreckige Grinsen, das er bei diesen Worten garantiert im Gesicht hatte, durch das Telefon hören zu können. »Nein«, sagte sie und fragte sich, weshalb sie ihn überhaupt angerufen hatte. Das Letzte, was sie in ihrer Situation gebrauchen konnte, war ein unsensibles Arschloch wie Leander, das sich über sie lustig machte. »Vergiss es, okay?«

»Wie du meinst«, sagte Leander. Zu ihrer Erleichterung bohrte er nicht weiter nach.

Ohne sich zu verabschieden, legte Rebecca auf und warf das Handy aufs Bett, wo es von der Matratze abprallte und auf den Boden sprang. Dort landete es mit einem krachenden Geräusch und brach auseinander.

»Verdammter, verdammter, verdammter Mist«, brüllte sie und kickte die Einzelteile unters Bett. Dann ließ sie sich auf die Knie fallen und angelte es wieder hervor, um es zusammenzusetzen. Sie musste unbedingt erreichbar sein, falls eine neue Nachricht von Aaron kam. Oder die Geldforderung, auf die die Polizei wartete.

Glücklicherweise war lediglich die Akkuabdeckung abgeplatzt, die sich leicht wieder aufstecken ließ. Nachdem sie das Gerät zusammengesetzt, eingeschaltet und ihre PIN eingegeben hatte, ging sie nach unten.

Bereits auf der Treppe nahm sie einen kühlen Luftzug wahr. Eine Sekunde lang keimte die Hoffnung in ihr auf, dass Aaron zurückgekommen war. Dass er das Chaos im unteren Stockwerk gesehen und die Fenster aufgerissen hatte, um ordentlich durchzulüften und mit dem Aufräumen zu beginnen. Noch bevor sie jedoch die unterste Stufe erreicht hatte, wusste sie, dass es sich dabei um nicht mehr als einen Wunschtraum handelte, der sich nicht erfüllen würde. Aaron war verschwunden, alles wies darauf hin, dass er sich in der Gewalt irgendeines Irren befand, und sie war sich selbst überlassen. Und doch standen sämtliche Fenster im Wohnzimmer sperrangelweit offen, und das Sofa davor war durchtränkt vom Regen.

Wie angewurzelt blieb sie stehen und starrte in ihr Wohnzimmer. Sie selbst hatte die Fenster keinesfalls geöffnet, geschweige denn offenstehen gelassen. Das tat sie nicht mal im Sommer, und auf keinen Fall mitten im November, wenn es draußen nass und eiskalt war.

Mit der linken Hand tastete sie nach dem Geländer der Wendeltreppe, um sich daran festzuhalten. Ihr Mund war staubtrocken. Nur mit Mühe schleppte sie sich zum Tisch und ließ sich auf einen der Stühle fallen. Überall um sie herum befanden sich noch die Spuren der Kriminaltechniker. Die Männer und Frauen hatten die Küchenschränke, den Boden, die Arbeitsfläche und sogar die Fenster mit ihrem schwarzen Staub bepinselt. Sie hatten ihre persönlichen Sachen durchsucht und ihre Nachrichten auf dem Handy gelesen. *Warum zur Hölle ist niemand von denen auf die Idee gekommen, mich zu warnen?*, fragte sich Rebecca. Derjenige, der Aaron entführt und misshandelt hatte, war vermutlich auch im Besitz seines Hausschlüssels. Darauf hätte sie wohl auch selbst kommen können, doch sie war mit anderen Dingen beschäftigt gewesen. Es wäre die Aufgabe der Polizei gewesen, sie darauf hinzuweisen.

Der Ärger über dieses Versäumnis brachte ihre Kraft zurück, und sie stand auf, um endlich die Fenster zu schließen und danach den verdammten schwarzen Staub und das Blut in der Küche wegzumachen.

Auf dem Weg durchs Wohnzimmer stolperte Rebecca beinahe über einen kleinen Gegenstand, der mitten im Raum auf dem Boden lag. Sie beugte sich nach unten, um nachzusehen, was es war. Auf den weißen Fliesen stand eine Schachtel, eingewickelt in schwarzes Seidenpapier. Daran befestigt war ein graues Geschenkband mit einem Anhänger, auf dem ihr Name stand. Nein, nicht ihr Name. Ihr Spitzname, den eigentlich nur ihre Eltern und Aaron benutzten.

Ein eisiger Schauer lief über ihren Körper, der nicht von dem kalten Wind herrührte, der gnadenlos durch die geöffneten Fenster blies. Obwohl sie wusste, dass sie besser gleich die Polizei rufen sollte, siegte ihre Neugier, und sie streckte die Hand nach dem Päckchen aus.

Mit spitzen Fingern zog sie an dem Band, woraufhin sich die Schleife löste und sich das Seidenpapier knisternd auseinanderfaltete.

Sie atmete noch einmal tief durch. Dann hob sie vorsichtig den Deckel der Schachtel an und legte ihn beiseite. Mit einem Schrei schlug sie die Hände vor ihr Gesicht, als ihr klar wurde, worum es sich bei dem Inhalt handelte.

27. Kapitel

Aus dem Rückspiegel in seinem Auto blickte Fabian ein müdes Gesicht entgegen. Es war Montagmorgen, halb acht, viel zu früh, um nach einem durchgearbeiteten Wochenende schon wieder unterwegs zu sein. Der auf dem Fleischhammer gefundene Teilabdruck einer Hand wanderte durch die Systeme von LKA und BKA, da die Frankfurter Datenbank keinerlei Ergebnisse geliefert hatte. Die Rückmeldung der beiden Dienststellen würde jedoch noch einige Tage auf sich warten lassen. Thomas und Fabian hatten sich für die Befragungen am heutigen Vormittag aufgeteilt, eine durchaus gängige Praxis, wenn es sich nicht gerade um einen Verdächtigen oder wichtigen Zeugen handelte. Fabian wartete darauf, dass Leander Gerlach bei der BKZ-Bank auftauchte, während Thomas vermutlich noch in seinem Bett lag. Der Pfandleiher, der sich gestern Abend gemeldet hatte, weil er am Samstag eine Glashütte-Uhr des gesuchten Modells zum Spottpreis erstanden und am Sonntag den Fahndungsaufruf der Polizei entdeckt hatte, öffnete erst um neun.

Fabian hingegen hatte sich noch vor Arbeitsbeginn mit Herrn Gerlach verabredet, der sich nun aber schon um beinahe eine halbe Stunde verspätete. Verständlicherweise hatte er sich dagegen gesträubt, mit Fabian in seinem Büro zu sprechen und auch mit dem Vorschlag, die Befragung bei ihm zu Hause oder auf dem Kommissariat durchzuführen, war er nicht einverstanden gewesen. Eine Tatsache, die Fabian zwar wunderte, die er allerdings zu akzeptieren hatte. Bisher war Leander Gerlach weder verdächtig noch eindeutig als Zeuge ermittelt.

Endlich entdeckte Fabian eine Person, die sich auf dem Vorplatz der Bank suchend umschaute. Kurz darauf klingelte sein Handy.

»Wo sind Sie?«, fragte Gerlach unvermittelt, bevor Fabian sich überhaupt zu Wort gemeldet hatte.

»Dasselbe könnte ich Sie fragen. Ich warte schon seit zwanzig Minuten im Wagen. Draußen war es mir doch etwas zu kühl.« Er öffnete die Fahrertür und stieg aus. Gerlach entdeckte ihn, legte auf und kam zu ihm herüber.

»Ja, ich weiß, ich bin spät dran«, sagte er und hob entschuldigend die Hände. »Viel Zeit bleibt mir hierfür nicht, wichtige Meetings. Wie sagt man so schön in der freien Wirtschaft? Time is money. Also bringen wir es bitte schnell hinter uns. Ich kann Ihnen ohnehin nicht viel erzählen.«

»Ich bin sicher, dass Sie sich gerne die paar Minuten für Ihren Freund nehmen.« Fabian musste sich zusammenreißen, den zierlichen und kleinen Mann, der vor ihm stand, nicht offen anzustarren. Das Gesicht von Leander Gerlach sah zum Fürchten aus. Das Grauen fing bei seinen Lippen an, die offensichtlich aufgespritzt waren und beim Reden völlig bewegungslos blieben. Das erklärte die seltsame Aussprache, die ihm bereits gestern Abend am Telefon aufgefallen war. Auch die Stirn wirkte viel zu glattgebügelt für einen Mann Ende dreißig, und die Nase war so schmal, dass sie beinahe der von

Michael Jackson ähnelte. Seine Haut glänzte leicht, als hätte er eine Art Highlighter auf sein Gesicht aufgetragen und Fabian meinte sogar, einen Hauch Wimperntusche zu erkennen. Insgesamt wirkte Gerlach wie eine alternde Hollywood-Diva, die sich ein paar Mal zu häufig unters Messer gelegt hatte. Nur eben in einem Männerkörper.

»Also, let's get to the point. Was wollen Sie von mir wissen?«, forderte Gerlach und schaute wie zur Verdeutlichung seiner knapp bemessenen Zeit auf die protzige Uhr, die aus dem Ärmel seines Anzugs hervorblitzte.

Auch ohne tieferes Wissen über das Lieblings-Accessoire der Männer erkannte Fabian, dass es sich dabei um eine Rolex handelte. Ob echt oder nicht, konnte er nicht beurteilen, allerdings schätzte er Gerlach nicht so ein, dass er sich eine Replik ans Handgelenk hängen würde. »Gut, dann sagen Sie mir doch zum Einstieg, ob Sie am Samstagabend mit Aaron Güldenpfennig im *Flamingos* waren.«

»Jein.«

»Das müssen Sie bitte genauer erläutern. Wie kann man diese Frage mit Jein beantworten?«

»Es bedeutet, dass ich nicht dort war. Zweifellos wäre es mir möglich gewesen, auf Ihre Frage mit einem eindeutigen Nein zu antworten, ohne dass ich dabei gelogen hätte. Aber ich muss Ihnen Ihren Job ja nicht unnötig erschweren, finden Sie nicht auch? So gebe ich unumwunden zu, dass Aaron und ich am Samstagabend durchaus verabredet waren. Wir wollten ein wenig feiern, bevor er Vater wird und zum braven Hausmann mutiert. Anstoßen auf sein Kind, es richtig krachen lassen. Leider konnte ich es aber nicht einrichten, zum ausgemachten Zeitpunkt im *Flamingos* zu erscheinen, und so musste ich unser Date platzen lassen.«

Fabian merkte, wie sich seine Kiefermuskeln zunehmend verspannten, je länger er dem Unsympath zuhören musste. Er setzte ein falsches Lächeln auf, hauptsächlich, um die Gesichtspartie etwas zu entkrampfen. »Verraten Sie mir auch, was dazwischengekommen ist, und ob jemand bezeugen kann, dass Sie nicht zu der Verabredung aufgetaucht sind?«

»Eigentlich weiß ich nicht, warum Sie mein Privatleben etwas angehen sollte, aber ich will mal nicht so sein. Ein Virus.«

»Ein Virus?«, wiederholte Fabian, dem beinahe übel wurde angesichts der Überheblichkeit seines Gegenübers. Man sollte meinen, dass er sich als Freund des Entführten kooperativ verhalten sollte, anstatt sich aufzuspielen wie ein wichtiger Politiker, der keine Zeit für ein paar Fragen hatte. »Sie sehen gar nicht krank aus«, legte Fabian nach, da Gerlach nicht auf seine Nachfrage einging.

Der lachte, wobei die Oberlippe es vorzog, völlig steif auf den Zähnen zu verweilen, sodass nur die untere Zahnreihe in ihrer gebleichten Pracht hervorblitzte. »Doch nicht so ein Virus. Ich rede von meinem Computer. Den hatte es erwischt.«

Fabian wartete nur darauf, dass Gerlach etwas wie *du Dummerchen* anfügte, was er zum Glück unterließ.

»Wenn Sie es genau wissen wollen, ich war auf einer Pornoseite und hab mir Malware eingefangen.« Er grinste schäbig und machte eine dazu passende Handbewegung.

Fabian fiel auf, dass seine Hände so gar nicht zum Rest seines schmächtigen Körpers passen wollten. Sie waren breit und kräftig, wie man sie eher bei einem Handwerker erwarten würde. Nur die perfekt manikürten Fingernägel im French-Look verrieten, dass ihr Besitzer bestimmt nicht mit den Händen arbeitete. »Und das zu richten war Ihnen wichtiger als eine Verabredung mit Ihrem Freund?«, hakte er nach, da ihm die Geschichte wie eine billige Ausrede vorkam.

»Was glauben Sie denn? Vielleicht kennen Sie das in Ihrem Beruf nicht, aber auf meinen Devices befinden sich jede Menge wichtiger Daten. Lassen Sie es mich ganz unverblümt sagen: Ja, diese Einser und Nuller waren mir wichtiger als eine lapidare Verabredung zu einem Cocktail. Und jetzt muss ich wirklich weiter. Auf mich wartet da drinnen eine Menge Geld, das einem wichtigen Kunden gehört. Sie entschuldigen mich also ...«

»Nein, tut mir leid. Wir sind noch nicht fertig. Ich kann Sie ansonsten auch gerne ins Büro begleiten, wenn Sie es so eilig haben. Oder wir reden mal über die Drogen, die Sie und Herr Güldenpfennig so zusammen konsumiert haben. Das Blut in seiner Küche wurde nämlich positiv auf Kokain getestet.«

Gerlach schnaufte genervt und schaute sich um, als wollte er überprüfen, dass keiner seiner Kollegen in der Nähe war und etwas von ihrem Gespräch mitbekam. Dann lehnte er sich zu Fabian und fuchtelte mit dem Finger vor seinem Gesicht herum. »Careful! Nicht einfach irgendwelche Behauptungen aufstellen. Wer hat Ihnen denn den Bären aufgebunden, dass *ich* etwas mit Drogen am Hut hätte?«

Fabian packte Gerlachs Finger und bog ihn nach hinten, bis der Mann das Gesicht verzog. »Ob Sie sich nun die Nasenscheidewand kaputtkoksen oder nicht, interessiert mich überhaupt nicht. Ich komme vom K10. Falls Ihnen das nichts sagt, die Abteilung befasst sich mit Kapitaldelikten. Mord, Entführung. Aber es kostet mich nicht mehr als einen Anruf bei den Kollegen beim Drogendezernat, damit die Ihnen mal auf den Zahn fühlen. Wenn Sie das verhindern wollen, dann sollten Sie sich jetzt noch ein paar Minuten Zeit für mich nehmen.«

»Na schön. Auch wenn Sie rein gar nichts gegen mich in der Hand haben«, sagte Gerlach und rieb sich mit schmerzverzerrtem Gesicht den Finger. »Fassen Sie sich wenigstens kurz.«

»Haben Sie schon mal etwas vom *Lovetemple* gehört?«

»Ein Bordell?«

»Also kennen Sie den Laden? Waren Sie dort schon mal mit Herrn Güldenpfennig?«

»Das war ein Schuss ins Blaue. Diesen Namen trägt sicherlich kein Supermarkt oder eine einfache Bar. Klingt allerdings nicht nach einem Etablissement, in das ich gehen würde. Ich selbst war dort noch nie, und Aaron bestimmt auch nicht. Escort-Ladys sind eher mein Ding, wenn Sie verstehen. Qualität kostet eben, wie in allen Bereichen des Lebens.« Seine Verunsicherung war verflogen, und er leckte sich anrüchig über die operierten Lippen als würde er sich in Gedanken bereits von einer der Damen verwöhnen lassen.

»Verschonen Sie mich mit weiteren Ausführungen«, sagte Fabian, dem das Kopfkino ausreichte. »Noch eine Frage, dann habe ich genug von Ihrer kostbaren Zeit verschwendet. Wissen Sie, ob Herr Güldenpfennig bedroht wurde? Oder gab es jemanden, der möglicherweise eine Rechnung mit ihm offen hatte?«

»Seine Frau«, kam die Antwort wie aus der Pistole geschossen. »Sie ist die eifersüchtige Bitch par excellence. Aber das haben Sie bestimmt längst festgestellt.« Damit drehte er sich um und ließ Fabian stehen, ohne auf dessen Einwilligung zu warten. Er stürmte über die Straße und verschwand in dem Hochhaus mit der verspiegelten Glasfront.

»Danke für das aufschlussreiche Gespräch«, murmelte Fabian. Dann rief er: »Das nächste Mal bestelle ich Sie aufs Revier, darauf können Sie sich verlassen.« Er ärgerte sich, dass er sich dermaßen hatte abspeisen lassen. Im Endeffekt hatte Gerlach jedoch recht. Fabian hatte in Sachen Drogen nichts in der Hand als die Aussage der Ehefrau. Dennoch würde er sich offenhalten, den Kollegen vom Drogendezernat einen unverbindlichen Tipp zu geben. Wütend darüber, dass er so gut wie nichts erreicht hatte, stieg er in seinen Wagen. Als er das Handy auf den Beifahrersitz warf, bemerkte er ein Blinken. Ein Anruf in Abwesenheit. Neugierig entsperrte er das Display und sah die Nummer von Thomas. Er klickte auf Rückruf.

Anscheinend hatte Thomas schon darauf gewartet, denn bereits nach dem ersten Klingeln meldete er sich am anderen Ende der Leitung.

»Wie weit bist du?«, fragte er ohne Begrüßung. Im Hintergrund war das Motorengeräusch zu hören. Fabian schaute auf die Uhr. Sein Gespräch mit Gerlach hatte nicht länger als fünfzehn Minuten gedauert, Thomas konnte also unmöglich schon auf dem Weg zum Pfandleiher sein.

»Hallo? Bist du noch dran?«, erkundigte sich Thomas, weil Fabian nicht reagierte.

»Ja, sorry. Mit Gerlach bin ich durch. Bei dem war nichts zu erfahren, außer dass er ein eingebildeter Schnösel ist. Was gibt's bei dir?«

»Sehr gut. Ich komme gerade vom Pfandleiher. Er hat den Laden ein wenig früher für mich geöffnet. Jetzt bin ich auf dem Weg zu den Güldenpfennigs. Die Frau hat mich gerade ganz aufgelöst angerufen. Sie klang als stünde sie kurz vorm Nervenzusammenbruch, hat nur rumgestammelt, dass wir unbedingt sofort vorbeikommen sollen. Da ist irgendwas passiert.«

28. Kapitel

Rebecca stand in ihrer Küche und beobachtete die beiden Kripobeamten, die mit schockierten Gesichtern den Inhalt der kleinen Geschenkbox anstarrten. So ähnlich musste sie vorhin ausgesehen haben, als sie wie gelähmt im Wohnzimmer gestanden hatte, unfähig, auch nur einen Muskel ihres Körpers zu bewegen. Noch immer saß ihr der Schock in den Gliedern, und sie fühlte sich so schwach, als habe sie seit Wochen nichts gegessen.

Allein bei dem Gedanken an das, was sich auf Watte gebettet in der Schachtel befand, drehte sich ihr wieder der Magen um. Sie senkte ihren Blick und entdeckte einige Spritzer ihres Erbrochenen an dem schwarzen Seidenpapier. Den Schwall ihres Mageninhalts, den sie auf die Fliesen gespuckt hatte, hatte sie bereits weggeputzt, da sie den Geruch nicht ertragen hatte.

Die grausame Überraschung stand noch immer auf dem Boden, wo Rebecca sie vorhin gefunden hatte. Sie hatte es nicht gewagt, sie zu bewegen. Was vermutlich auch besser so war, denn damit hätte sie bestimmt mögliche Spuren verwischt.

»Das ist vollkommen krank«, sagte der Beamte, der sich gestern als Fabian Prior vorgestellt hatte. Sein Kollege schüttelte offensichtlich fassungslos den Kopf.

»Es hat immer noch niemand versucht, Kontakt zu Ihnen aufzunehmen? Haben Sie heute schon in die Post geschaut?«

»Nein, keine Post, kein Anruf, nichts. Nur diese ...« Rebecca schluckte heftig, weil sich ihr das Bild des blutigen Bündels in der Schachtel wieder aufdrängte. Angst breitete sich in ihr aus. Sie verstand die Drohung genau. Wer auch immer in ihre Wohnung eingedrungen war und ihren Mann entführt hatte, wusste, dass sie ein Kind erwarteten. Wie sonst sollte sie die zertretene Rattenfamilie deuten, die man auf Watte gebettet in ihrem Wohnzimmer hinterlassen hatte? Eine Rattenmutter und sechs kleine Babys. Die Gedärme des Muttertiers waren aus dem aufgerissenen Bauch herausgequollen, ihre Babys zu einer unkenntlichen Masse aus Blut und Schleim verschmolzen, aus der winzige Köpfe hervorschauten. Jeder in diesem Raum wusste, was das zu bedeuten hatte, auch wenn es niemand aussprach. Die malträtierten Ratten waren ein Symbol. Eine Metapher dafür, was der Täter mit Rebecca vorhatte.

»Als Erstes sollten Sie unbedingt die Schlösser austauschen«, schlug der zweite Kommissar vor. »Warum ist das nicht längst geschehen?«

Rebecca schluckte ihre Wut darüber hinunter, dass dieser Hinweis nicht schon am Vortag gekommen war, und nickte stattdessen nur. Es brachte niemandem etwas, wenn sie jetzt anfing, die Beamten zu beschimpfen.

»Haben Sie schon mal überlegt, ein paar Tage bei Ihren Verwandten zu verbringen?«

»Kommt nicht in Frage«, antwortete sie. Zugegeben, es war das Erste gewesen, das sie gestern Nachmittag in Erwägung gezogen hatte, nachdem die Polizisten ihre

Wohnung verlassen hatten. Und auch heute Morgen war es ihr durch den Kopf geschossen. Raus hier! Einfach weg, aus der Schusslinie bringen. Sie war sogar aus der Wohnung gestürmt, ohne sich um die Fenster oder ihr Erbrochenes neben der Geschenkbox zu kümmern. War zu ihrem Wagen in der Tiefgarage gerannt, hatte sich hineingesetzt und den Motor gestartet. Doch das wäre Aaron gegenüber nicht fair. Sie konnte nicht einfach abhauen und ihn sich selbst überlassen. »Ich lasse mich nicht aus meiner Wohnung vertreiben«, bekräftigte sie ihre Worte, auch – oder hauptsächlich – um sich selbst Mut zuzusprechen.

»Es wäre Ihnen zwar anzuraten, sich aus der Schusslinie zu bringen, aber das bleibt Ihre Entscheidung. Zweifelsohne wäre es ...«

»Da haben Sie recht. Und meine Entscheidung lautet: Ich bleibe hier.«

»Wie gesagt, das müssen Sie für sich überlegen. Wir können Sie nicht dazu zwingen. Aber dann werden wir veranlassen, dass dauerhaft ein Streifenwagen vor Ihrer Tür steht«, führte Prior seinen Satz zu Ende.

»Und das war's?«, fragte Rebecca. »Sie stellen mir ein paar Polizisten vor die Tür, ich mache mir ein neues Schloss rein, und dann hoffen wir gemeinsam, dass mein Mann wieder auftaucht?«

»Hören Sie, Frau Güldenpfennig«, sagte der, der sich gestern über ihren Namen lustig gemacht hatte. Es klang immer noch seltsam, wenn er ihn aussprach. »Derzeit ist das leider das Einzige, was wir wirklich tun können. Es gibt keinen Anhaltspunkt, wo sich Ihr Mann befindet. Wir ermitteln in alle Richtungen. Heute nehmen wir uns die Kollegen aus der Bank vor, und außerdem versuchen wir, diese ominöse Ex-Freundin zu finden. Ansonsten sind uns die Hände gebunden, solange sich der Entführer nicht meldet.«

Sie konnte nicht fassen, was sie da hörte. Offensichtlich waren die beiden nicht bereit, auch nur einen Finger krumm zu machen, um ihr zu helfen, Aaron wieder nach Hause zu bringen. Dabei trug sie sein Kind in sich. Sie brauchte ihn hier. »Was ist denn mit dem Handabdruck, den Sie gefunden haben?«

»Bisher haben wir leider keine Übereinstimmung. Abdrücke bringen uns nur weiter, wenn wir einen entsprechenden Treffer haben, mit dem wir sie vergleichen können.«

»Danke, ich bin nicht blöd. Und der Makler, der umgebracht wurde? Das kann doch kein Zufall sein! Da läuft ein Mörder frei herum, jemand entführt meinen Mann, und Sie legen einfach die Füße hoch und tun gar nichts? Wozu werden Sie überhaupt von meinen Steuergeldern bezahlt?« Mittlerweile schrie Rebecca. Sie war sich vollkommen darüber im Klaren, dass sie gerade unfair reagierte, doch sie wusste sich einfach nicht anders zu helfen. Die Verzweiflung machte sie wütend auf jeden, der sich in ihrer Nähe befand. Dabei wollte sie doch einfach nur, dass Aaron wieder zurückkam. »Oh Gott«, rief sie aus. »Ich habe so schreckliche Angst um meinen Mann. Hoffentlich geht es ihm gut. Was tut er nur mit ihm? Was tut er uns an?« Sie brach in Tränen aus. Einer der beiden Kommissare kam zu ihr und tätschelte ihr etwas steif die Schulter.

»Es ist absolut verständlich, dass Sie all das hier furchtbar mitnimmt. Lassen Sie uns unsere Arbeit machen. Helfen Sie uns, indem Sie noch mal genau überlegen, ob Ihnen nicht doch jemand einfällt, der Ihnen und Ihrem Mann womöglich Schaden zufügen will.«

Rebecca zuckte mit den Schultern und schüttelte die Hand des Polizisten ab. In diesen Minuten konnte sie die Berührung des Fremden nicht ertragen, auch wenn sie nett gemeint war und sie trösten sollte.

»Tun Sie vor allem nichts Unbedachtes, hören Sie?«, sagte Prior und schaute sie eindringlich an. Sein Kollege verpackte das blutige Geschenk derweil in einer Beweismitteltüte. »Wenn Ihnen jemand einfällt, der auch nur im Geringsten verdächtig ist, melden Sie sich sofort bei uns. Machen Sie um Himmels willen keine Alleingänge.«

»Bestimmt nicht«, sagte Rebecca patzig. Sie war schwanger. Was glaubten die beiden eigentlich?

»Gut. Wenn Ihnen noch etwas einfällt, die nächste Stunde sind wir sicher noch im Haus, um Ihre Nachbarn zu befragen, ob jemand etwas gesehen hat. Melden Sie sich.«

Rebecca begleitete die beiden nicht zur Tür. Es fühlte sich mit einem Mal an, als sei jegliche Kraft aus ihrem Körper gewichen. Die Kripobeamten hatten ihr durch die Blume gesagt, dass sie keine Ahnung hatten, wo sie mit der Suche nach Aaron beginnen sollten. Der Täter hatte ihr eine zertrampelte, zermatschte Rattenfamilie ins Wohnzimmer gelegt. Er spielte mit ihr. Er lachte sie aus.

Und als Nächstes, da war sie sich sicher, würde er sich sie vornehmen.

Verzweifelt sank Rebecca auf den Fußboden der Küche und brach in Tränen aus.

29. Kapitel

Im Besprechungsraum des K10 wartete bereits das Ermittlungsteam auf die Ankunft von Thomas und Fabian. Das Stimmengewirr wurde leiser und schließlich verstummte das Gemurmel nach und nach, als der Kommissariatsleiter Peitsch die Position vor der Pinnwand am Kopf des Raumes einnahm.

Die Kollegen hatten nicht viele neue Erkenntnisse zu bieten. Selbstverständlich wollte niemand im Bekanntenkreis des Maklers zugeben, dass sie jemals mit dem Rotlichtmilieu in Kontakt gekommen waren oder gar davon gewusst hatten, dass Erik Marquardt regelmäßig dort verkehrte. Das zumindest hatte letztlich die Empfangsdame des *Lovetemple* zugegeben. Der Vergleich der Perücken von Evelina Kedra mit den an Erik Marquardts Leiche gefundenen Spuren hatte wie erwartet keine Übereinstimmung ergeben. Ihr war also keine Verbindung zu dem Makler nachzuweisen, zumal die Prostituierten des *Lovetemple* keine Angaben dazu machten, mit welchen Mädchen er verkehrt hatte.

»Was ist mit dem Chronografen?«, fragte Marek Peitsch Thomas. »Ein alteingesessener Pfandleiher hat sich am Sonntag auf unseren Fahndungsaufruf gemeldet, weil er glaubt, die dem Opfer entwendete Armbanduhr in seinem Laden angekauft zu haben«, erläuterte er für den Rest der Fahndungsgruppe.

»Ob es sich wirklich um dasselbe Exemplar handelt, muss erst ein Expertengutachten ergeben«, sagte

Thomas und stand auf, um nach vorne zu gehen. »Auf den ersten, zugegebenermaßen laienhaften, Blick würde ich sagen, wir haben einen Treffer. Zumindest stimmt das Modell überein. Verkauft wurde sie von einem jungen Mann namens Khaled el Tobgui, wohnhaft in Griesheim. Da er erst Anfang zwanzig ist, wurde Hermann Liebhaus, der Inhaber des Ladens, misstrauisch und hat bei uns auf der Internetseite vorbeigeschaut, wo er den Fahndungsaufruf entdeckt hat.«

»Konnten Sie diesen el Tobgui schon befragen?«, erkundigte sich der Kommissariatsleiter.

»Leider nein. Fabian und mir ist etwas dazwischengekommen.«

Peitsch zog die Augenbrauen nach oben. Er blickte zwischen Fabian und Thomas hin und her. Verzögerungen im Ermittlungsablauf konnte er in der Regel überhaupt nicht leiden.

»Ich bekam einen Anruf von Frau Güldenpfennig, deren Mann am Samstagabend aus der gemeinsamen Wohnung in der Hallgartenstraße verschwunden ist.«

Fabian hielt die Luft an. Bisher war die Ermittlung in diesem Fall noch nicht von Peitsch legitimiert worden. Vermutlich hatte er nicht mal mitbekommen, dass Fabian und Thomas an den Tatort gerufen worden waren.

»Eine vermisste Person? Wie hängt das mit dem Mord an Erik Marquardt zusammen? Und warum weiß ich noch nichts davon?«, fragte Peitsch prompt.

Nun stand Fabian ebenfalls auf, um Thomas beizustehen. In dieser Sache hingen sie gemeinsam drin.

»Wir wurden von der Bereitschaftspolizei angerufen, da Herr Güldenpfennig sich am Samstag ebenfalls in der Bar aufgehalten hat, die Erik Marquardt vor seinem Tod zuletzt besucht hatte. Einer der Beamten war am Mittwoch am Tatort und glaubte, dass es möglicherweise eine Verbindung gibt. Deswegen habe ich heute Morgen bereits mit der Befragung des Opferumfelds begonnen ...«

»Sie haben was? Ohne meine Zustimmung? Sagen Sie mir wenigstens, dass Sie mittlerweile mehr haben, das die beiden Fälle miteinander verbindet, als den Besuch in diesem *Flamingos.*«

»Nicht wirklich«, gab Fabian kleinlaut zu. »Bis auf die Tatsache, dass beide Opfer mehr oder weniger regelmäßig im Rotlichtmilieu verkehrten.«

»Heißt das, Herr Dings ... Wie war sein Name? Gildenpfennig?«

»Güldenpfennig.«

»Wie auch immer. War er auch Gast im *Lovetemple?*«

»Meines Wissens nicht. Sein Arbeitskollege kannte das Bordell zumindest nur dem Namen nach.«

»Gut, dann ist das fürs Erste nicht Ihr Fall. Kümmern Sie sich darum, dass wir eine Aussage von el Tobgui bekommen.«

»Aber eine gewisse Verbindung lässt sich doch nicht von der Hand weisen«, widersprach Fabian vorsichtig. Er wollte nicht daran glauben, dass es sich um einen Zufall handelte, dass innerhalb kurzer Zeit zwei Gäste des *Flamingos* zu Opfern von Straftaten wurden. »Eine Nachbarin der Güldenpfennigs hat am späten Samstagabend beobachtet, wie das Opfer mit einer Frau aus dem Haus torkelte. Und es war offensichtlich eine Frau, von der Erik Marquardt mit einem Damenschuh, respektive einem Stiletto, angegriffen wurde.«

Peitschs Miene wurde streng. An seiner Schläfe pochte sichtbar eine Ader, wie immer, wenn er sich aufregte. Offenbar wollte er sich nicht überzeugen lassen. »Wir arbeiten hier nicht aufgrund irgendwelcher Vermutungen. Wenn es eindeutige Beweise dafür gibt, dass diese Fälle zusammenhängen, legen wir die Ermittlungen selbstverständlich zusammen. Solange überlassen Sie die Sache erst mal einem anderen Team, das wir gegebenenfalls in unsere Sonderkommission aufnehmen, wenn es sich ergibt.«

»Wenn es sich ergibt«, murmelte Fabian wütend.

»Irgendwelche Einwände, Herr Prior? Herr Wendtner?«

»Nein, schon gut.« Thomas hob abwehrend die Hände.

Fabian hingegen war nicht bereit, sich so schnell geschlagen zu geben. Bloß weil der Kommissariatsleiter die Augen vor den offensichtlichen Tatsachen verschloss, bedeutete das noch lange nicht, dass er sich so einfach von ihm abfertigen lassen würde. Sosehr er auch versuchte, die ablehnende Haltung seines Chefs nicht persönlich zu nehmen, es gelang ihm einfach nicht. »Ehrlich gesagt, ja«, wagte er sich schließlich einen Schritt nach vorne. »Sie haben anscheinend nicht richtig zugehört.«

Dem Gesichtsausdruck von Marek Peitsch war anzusehen, dass Fabian sich im Ton vergriffen hatte, doch jetzt konnte er keinen Rückzieher mehr machen.

»Ein Mann wurde entführt, offensichtlich mit Gewalt, denn in seiner Küche befand sich ein riesiger Blutfleck auf dem Boden sowie ein Fleischhammer im Spülbecken, den man zu reinigen versucht hatte. Das Opfer ist ein Banker, der in seiner Freizeit offensichtlich in denselben Kreisen verkehrte wie Erik Marquardt. Beide verbrachten ihren Feierabend des Öfteren im *Flamingos* und hatten Kontakt zu den Damen des horizontalen Gewerbes. Im Fall von Aaron Güldenpfennig sind außerdem Drogen im Spiel. Ein Schnelltest hat ergeben, dass er vor Kurzem Kokain genommen hat. Als wäre das nicht genug, wird seine Frau bedroht, die ein Kind erwartet. Jemand ist in die Wohnung des Ehepaars eingedrungen und hat Rebecca Güldenpfennig eine Schachtel mit toten Ratten im Wohnzimmer hinterlassen. Wer da keine eindeutige Verbindung sieht, muss blind sein.« Fabian drehte sich zu den anwesenden Kollegen, die seinen Ausführungen mit teils erschrockenen, teils beeindruckten Gesichtern gefolgt waren. Im Raum herrschte bis auf das Brummen der Leuchtstoffröhren absolute Stille, die Atmosphäre war zum Zerreißen gespannt.

Der Kommissariatsleiter schwieg zunächst und schien die ihm soeben dargelegten Fakten zu verarbeiten. »Entführung?«, sagte Peitsch schließlich. Er klang längst nicht mehr so gereizt wie noch vor einigen Augenblicken. »Ist diese Information gesichert? Gibt es Geldforderungen und wurden die Krankenhäuser überprüft?«

»Es wurde ein Foto des gefesselten Opfers an die Handynummer der Ehefrau geschickt. Bisher ist keine Forderung eingegangen.«

»Darüber hätten Sie mich sofort in Kenntnis setzen sollen. Sie können mich doch nicht einfach übergehen ...«

»Das haben wir doch hiermit. Es ist Montagmorgen, nicht mal zehn Uhr, und Sie hatten keine Rufbereitschaft dieses Wochenende«, meldete sich endlich Thomas zu Wort, der während Fabians gesamtem Vortrag seine Sprache verloren zu haben schien.

»Nun gut. Somit hat der Fall Güldenpfennig natürlich Priorität, hier geht es schließlich darum, ein Menschenleben zu retten. Gibt es irgendwelche Spuren?«

»An der Tatwaffe wurde ein Handabdruck gesichert. Wir haben ihn bereits durch unsere Datenbank laufen lassen«, erläuterte Fabian. Sein Herz raste vor Aufregung und gleichzeitig war er erleichtert, dass Peitsch nun endlich bereit war, ihn anzuhören. »Keine Übereinstimmung mit unseren Einträgen, also haben wir eine Anfrage an das Landes- und das Bundeskriminalamt gestellt. Außerdem lassen wir den Abdruck durch die Datenbank der offenen Fälle laufen. Die Ergebnisse sollten in den nächsten Tagen eintreffen.«

»Wie ich sehe, haben Sie gewissenhaft gearbeitet. Wurde Personenschutz für die Ehefrau veranlasst? Eine Fangschaltung?«

»Eine Streife steht vor ihrer Tür, die Überwachung des Anschlusses ist beantragt und wird eingerichtet.«

»Gut. Das Fahndungsteam kümmert sich dann ausschließlich um die Entführung. Wendtner und Prior koordinieren das Ganze.« Peitsch sah rüber zu Mario und Tillmann. »Palumbo, Schwarzkopf, ihr beide seht zu, dass ihr den el Tobgui zu dem Chronografen befragt. Ihn sollten wir bei all dem Trubel nicht vergessen, immerhin hat er den persönlichen Gegenstand eines Mordopfers verkauft. Nehmt ihn ordentlich in die Zange.«

Die Besprechung wurde für beendet erklärt und die Beamten im Raum erhoben sich, der Geräuschpegel stieg. Fabian fühlte sich als würde eine tonnenschwere Last von ihm abfallen. Normalerweise fiel es ihm alles andere als leicht, einem Vorgesetzten in dieser Rigorosität zu widersprechen, doch er war froh, dass er es in diesem Fall getan hatte.

»Halt, Prior! Warten Sie«, hielt Peitsch ihn und Thomas auf, als sie gerade auf den Flur und zu ihrem Büro gehen wollten. Er kam ihnen hinterher und schaute sie streng an. »Das nächste Mal melden Sie sich bei mir, ganz egal, ob es Wochenende ist oder nicht. Ich mag es nämlich gar nicht, wenn man mich vor versammelter Mannschaft so blöd dastehen lässt. Haben wir uns da verstanden?«

»Selbstverständlich«, sagte Fabian. »Tut mir wirklich sehr leid, aber die Dinge haben sich gestern einfach überschlagen ...«

»Schon gut, ich bin ja kein Unmensch. Machen Sie sich jetzt an die Arbeit. Ich will keine zweite Leiche in diesem Fall haben.«

30. Kapitel

Ihr Tag im Büro ging schneller zu Ende als geplant. Eigentlich hatte sie nicht vorgehabt, sich irgendwie auffällig zu verhalten, und bereits vor elf Uhr wieder nach Hause zu verschwinden war definitiv auffällig. Doch sie war innerlich so angespannt, dass sie sich nach wenigen Stunden, in denen sie kein bisschen von ihrer eigentlichen Arbeit erledigt bekommen hatte, kurzerhand wegen einer angeblichen Migräne krankmeldete. In ihrem Kopf war einfach zu viel los, und sie schaffte es nicht, sich auch nur fünf Minuten auf eine Sache zu konzentrieren, geschweige denn mit Zahlen zu jonglieren.

Auf dem Nachhauseweg fragte sie sich, ob *Beccy* ihr Geschenk bereits entdeckt hatte. Schade, dass sie nicht Mäuschen dabei spielen konnte, wie sie die Box mit den zertrampelten Ratten öffnete. Wie sie sich die Hände vors Gesicht schlug und aufschrie. Sich panisch umschaute und nicht genau wusste, ob sich der Eindringling nicht vielleicht noch irgendwo versteckt hielt.

Bei dem Gedanken daran konnte sie sich ein Grinsen nicht verkneifen. Ob *Beccy* die Botschaft dahinter wohl verstanden hatte? Innerlich beglückwünschte sie sich zu der guten Idee. Zum Glück war ihr das Rattennest im Keller eingefallen, auf das sie erst kürzlich gestoßen war. Eigentlich hatte sie nach der Handtasche aus

Krokodilleder gesucht. Die, die so wunderbar glänzte und perfekt ein elegantes Abendoutfit komplettierte.

Obwohl sie keine Ahnung hatte, ob das Teil echt war, liebte sie es heiß und innig. Damals hatte sie die Tasche mit den knallroten Henkeln aus den Kisten gerettet, die ihr Vater für das Rote Kreuz gepackt hatte. Ihre Mutter war keine zwei Jahre tot gewesen, da hatte er bereits angefangen, die Schränke auszuräumen. Das hatte er nur getan, damit sie sich nichts von den Sachen heraussuchen konnte. Die Tasche hatte sie heimlich genommen und unter ihrem Bett versteckt. Zu ganz besonderen Anlässen holte sie das gute Stück dann hervor, um es auszuführen. Es war das einzige Erbstück ihrer Mutter – neben deren Mädchennamen, den sie nur kurze Zeit nach dem Tod ihres Vaters angenommen hatte.

Die Tasche hatte sie zwar gefunden, aber leider eben auch die Ratten, die es sich darin gemütlich gemacht hatten. Angewidert hatte sie alles zusammen im Keller gelassen und vergessen, bis sie gestern Abend über ein Geschenk für Rebecca nachgedacht hatte.

Rote Bremslichter, die plötzlich gefährlich nah vor ihrem Wagen aufleuchteten, rissen sie aus ihren Gedanken. Sie krallte sich ins Lenkrad und riss es nach rechts, um dem stehenden Auto vor ihr auszuweichen. Gerade so schaffte sie es, einen Zusammenprall zu verhindern. Hinter ihr ertönte eine Hupe. Entschuldigend hob sie die Hand und winkte dem Fahrer hinter ihr zu. Ihr Herz raste. Ein Unfall hätte ihr jetzt gerade noch gefehlt. Sie brauchte den Wagen heute

Abend, wenn sie *Beccy* den nächsten und letzten Besuch abstatten würde.

Man muss seine Probleme angehen, sonst wird man irgendwann von ihnen verschluckt, das hatte ihr Vater einmal gesagt, bevor … Nun, bevor das alles losgegangen war. Gut, er hatte noch »mit Gottes Hilfe« hinzugefügt, doch auch wenn die Aussage nur bibeltreues Geschwätz gewesen war, hatte er dem Grunde nach recht. Der Satz hatte einen wahren Kern und in diesem Fall wäre es das erste und vermutlich auch das letzte Mal, dass sie einen seiner Ratschläge befolgte.

Über eins war sie sich nämlich mittlerweile vollkommen im Klaren: Wenn sie wollte, dass Aaron sich auf sie einließ, wenn er voll und ganz ihr gehören sollte, dann musste sie seine Frau aus dem Weg räumen. Erst wenn er sie vergaß, war er bereit für etwas Neues. Doch bevor sie erneut zu *Beccy* fuhr, musste sie dringend einige Besorgungen machen. Heute Nacht war nicht der Zeitpunkt, um mit einer improvisierten Waffe aus Aarons Küche zu hantieren. Außerdem wäre ein Messer für das, was sie vorhatte, nicht genug. Sie brauchte eine Schusswaffe, und sie wusste schon genau, wo sie eine herbekam.

31. Kapitel

»Sicher bin ich mir nicht«, sagte Gerda Lenzer und stierte mit müden Augen durch ihre Brille auf Fabians Monitor. »Die Haare waren anders. Dunkler.« Sie hatten die Nachbarin aus dem Haus gegenüber noch einmal ins Kommissariat bestellt, damit sie sich das Überwachungsvideo aus dem Geldautomaten in Schleife ansah. Aufgrund der schlechten Qualität des Ausdrucks hatte sie nicht mit Bestimmtheit sagen können, ob die Frau, die Erik Marquardts Bankkarte benutzt hatte, dieselbe war, die am Samstagabend mit Aaron Güldenpfennig das Haus verlassen und ihn zu ihrem Wagen bugsiert hatte. Das Kennzeichen hatte sie sich leider nicht gemerkt, und auch zum Modell oder der Marke konnte sie nicht wirklich etwas sagen. Ein dunkler Lack, irgendwas, das nach einem Mercedes oder BMW ausgesehen hatte und – immerhin – mit Frankfurter Kennzeichen. Das reichte jedoch nicht annähernd, um eine Fahndung auszuschreiben.

»Achten Sie nicht zu sehr auf das Aussehen«, ermunterte Fabian sie. »Schauen Sie sich die Bewegungen an. Die Körperhaltung. Stimmt die Größe in etwa überein?« Auch er nutzte die Gelegenheit, sich das Video noch einmal genauer zu betrachten, doch er konnte einfach nicht greifen, was damit nicht stimmte.

»Man kann überhaupt nichts erkennen«, jammerte sie und hatte recht damit. »Im Übrigen konnte ich auch am Samstag nicht wirklich etwas sehen. Es war dunkel und

Herr Güldenpfennig war beim Gehen auf sie gestützt. Er torkelte, das habe ich Ihnen heute Morgen ja schon gesagt. Aber blond war die Frau nicht, so viel kann ich doch mit Bestimmtheit sagen.«

Fabian seufzte und stoppte das Video. »Vielen Dank, Frau Lenzer, dass Sie sich trotzdem die Mühe gemacht haben.«

»Tut mir sehr leid, dass ich Ihnen nicht mehr weiterhelfen konnte.« Die alte Dame stand auf und legte sich ihren Schal um. Fabian nahm ihre Jacke, die sie über die Stuhllehne gelegt hatte, und half ihr hinein.

»Sie haben getan, was Sie konnten. Bitte melden Sie sich doch bei uns, wenn Ihnen auffallen sollte, dass die Frau von Samstag noch einmal in der Gegend auftaucht. Wichtig ist aber, dass Sie sie auf keinen Fall ansprechen oder sonst irgendwie zu erkennen geben, dass Sie sie wiedererkennen.«

»Sie ist vielleicht gefährlich, hm?« Gerda Lenzer nahm ihre Lesebrille ab und steckte sie in das Etui, das sie aus der Jackentasche gezogen hatte.

Fabian nickte. »Möglicherweise ja. Sie sollten kein Risiko eingehen.«

»Keine Sorge, das werd ich nicht. Ich hab lang genug in Frankfurt gewohnt, um zu wissen, dass man sich nicht immer überall einmischen muss. Zumindest nicht zu offensichtlich.« Sie zwinkerte ihm zu und verschwand dann mit kleinen Schritten durch den Raum. Im Türrahmen kam ihr Thomas entgegen, eine für die Uhrzeit obligatorische Banane in der Hand. Während er ein großes Stück davon abbiss, trat er beiseite, um sie vorbeizulassen.

»Nichts«, beantwortete Fabian ihm die auf der Hand liegende Frage, bevor er sie gestellt hatte. »Hätte mich wirklich gewundert, wenn sie mit Sicherheit hätte sagen können, dass es sich um dieselbe Person handelt.«

Thomas zuckte mit den Schultern. Anscheinend hatte auch er sich keine falschen Illusionen zu Gerda Lenzers Aussage gemacht. »Wir waren gerade dabei, die Teams aufzuteilen. Willst du lieber noch mal zur BKZ-Bank fahren oder sollen wir beim *Lovetemple* und dem *Flamingos* vorbeischauen?«, fragte er mit vollem Mund. Eine Macke, die er wohl niemals ablegen würde, ganz egal, wie oft man ihm zu erklären versuchte, dass der zerkaute Inhalt seines Mundes für seine Umgebung nicht interessant war.

Bei der Auswahl musste Fabian nicht lange überlegen. Nach dem Gespräch mit Leander Gerlach am Morgen hatte er keine besonders große Lust, sich den Rest des Tages mit ähnlich eingebildeten Vögeln wie ihm herumschlagen zu müssen. Da unterhielt er sich lieber mit den unsympathischen Gorillas aus dem Bordell.

Als sie in dem Hinterhof ankamen, stand Alana Idrizaj rauchend unter dem Vulva-Reklameschild. Dieses Mal hatte sie ihre kurvige Figur in ein Korsett gezwängt, das ihre riesigen Brüste beinahe bis unters Kinn quetschte.

»Sie schon wieder«, sagte sie muffelig, als hätten sie und die Zuhälter sich abgesprochen, wie sie künftig die Beamten von der Kripo begrüßen wollten. »Was wollen Sie denn noch von mir hören? Ich hab schon mehr gesagt als ich eigentlich dürfte.«

»Und dafür sind wir Ihnen überaus dankbar, denn es hat uns sehr geholfen«, sagte Thomas und öffnete den Klemmhefter, den er in der Hand hielt. Er nahm die ausgedruckten DIN-A4 Seiten und hielt sie Alana hin. Es waren zwei Fotos: Das eine hatte ihnen Rebecca Güldenpfennig gegeben; eine aktuelle Aufnahme von ihrem Mann. Das andere zeigte Leander Gerlach ein wenig verpixelt und noch ohne operierte Oberlippe. Ein Ausdruck seines Profilbildes auf Xing.

Die Empfangsdame des *Lovetemple* zog genüsslich an ihrer Zigarette und zuckte mit den Schultern. »Was soll ich damit?«, fragte sie, während sie den beiden Beamten den Rauch entgegen pustete.

Reflexartig atmete Fabian, der mitten in der Dampfwolke stand, tief ein. Ob er sich wohl jemals damit abfinden könnte, Nichtraucher zu sein? Oder war das wie bei den Alkoholikern und Junkies? Einmal abhängig, immer abhängig? Hätte er doch damals auf seine Eltern gehört und niemals dieses Teufelszeug von Nikotin angerührt, dann müsste er sich jetzt nicht mit solchen Gedanken herumschlagen.

»Schon mal einen der beiden hier gesehen? In letzter Zeit zufällig?«

Wieder ein Schulterzucken, dieses Mal allerdings zögerlicher. »Sie wollen wohl unbedingt, dass unser Bordell mit drinhängt, oder? Sind die beiden auch tot?«

»Ganz sicher wollen wir niemandem etwas anhängen, sondern lediglich den Täter finden«, erklärte Fabian. »Also, schauen Sie sich die Fotos bitte genau an. Kommt Ihnen einer dieser Herren bekannt vor oder nicht?«

Alana Idrizaj rollte mit den Augen und nahm Thomas die Bilder aus der Hand. Schließlich reichte sie ihm eins davon zurück. »Den da kenn ich nicht«, sagte sie und schnippte ihre Zigarette auf den Boden. »Aber der andere, der hat unsere Mädchen schon das ein oder andere Mal besucht.«

Alarmiert schauten Fabian und Thomas sich an. Leander Gerlach hatte gelogen. Er verkehrte sehr wohl im *Lovetemple*.

32. Kapitel

»Da bin ich wieder«, flötete sie, als sie die Wohnungstür öffnete. Ein bisschen fühlte es sich so an, als würde sie ihren Ehemann nach einem langen Arbeitstag begrüßen. Obwohl sie kaum länger als drei Stunden aus dem Haus gewesen war, und außerdem natürlich keine Antwort kam. Wie denn auch, Aaron saß immerhin geknebelt und gefesselt in ihrem Ankleidezimmer. Weshalb hatte sie ihn überhaupt wieder mundtot gemacht? Es wäre doch schön gewesen, beim nach Hause kommen von seiner Stimme begrüßt zu werden.

Bald, sehr bald sogar, würde sie all das haben. Dann würde sie ihren toten Vater und seinen verdammten Gott Lügen strafen.

Gemächlich streifte sie sich die Schuhe von den Füßen und genoss einen Moment die Wärme der Fußbodenheizung. In der Küche räumte sie ihre Einkäufe aus und öffnete die Flasche Champagner, die sie besorgt hatte. Außerdem richtete sie das Sushi auf einem Teller an und füllte die Sojasoße in eine kleine Schale. Alles zusammen stellte sie mit zwei Gläsern auf ein Tablett und ging zu Aaron, der noch immer an derselben Stelle im Ankleidezimmer saß. Natürlich, wo hätte er auch hingehen sollen.

Als sie in den Raum kam, fiel ihr direkt ein strenger Geruch nach Urin auf. Ihr Blick fiel auf Aarons Unterkörper. Zwischen seinen Beinen befand sich ein dunkler Fleck auf seiner Hose. Offensichtlich hatte er sich eingenässt.

»Hallo, mein Süßer. Was ist dir denn da für ein Malheur passiert?«, fragte sie und stellte das Tablett auf der Kommode vor dem Spiegel ab. Missmutig betrachtete sie das Gesicht, das ihr daraus entgegen starrte. Sie hasste nichts mehr als sich ohne Make-up zu sehen. Lippenstift und Wimpernextensions gaben ihr eine Sicherheit, die ihrem anderen Ich einfach fehlte. Ohne diese Hilfsmittel war sie nicht mehr als ein blasser, unscheinbarer Niemand. Kein Wunder, dass Aarons Herz sich nicht für sie erwärmen konnte. Sie nahm sich fest vor, ihn nach dem heutigen Tag nie wieder mit diesem Aussehen zu belästigen. Er hatte es verdient, eine wunderschöne Frau zu haben, die stets auf ihr Äußeres bedacht war. Anders als diese plumpe Rebecca mit dem maskulinen Kurzhaarschnitt.

»Mhmmh«, nuschelte Aaron unter dem Knebel und riss sie aus ihren Gedanken.

»Ja, ist gut, ich mache dir das Ding schon ab«, sagte sie und lächelte ihn an. »Bald wirst du es überhaupt nicht mehr brauchen, das verspreche ich. Und jetzt wollen wir dich erst mal sauber machen. Bestimmt finde ich eine Hose, in die dein Traumkörper reinpasst.«

»Wasser!«, japste Aaron, als der Ballknebel aus seinem Mund flutschte. »Ich brauche dringend was zu trinken.« Keuchend hustete er.

In Gedanken schlug sie sich vor die Stirn. Natürlich, wie hatte sie daran nicht denken können? Er saß nun seit Samstagnacht auf diesem Stuhl und sie hatte ihm nicht einmal ein Glas Wasser angeboten. Eilig ging sie in die

Küche und goss ihm ein großes Glas ein. Zurück im Ankleidezimmer setzte sie es ihm am Mund an, und er trank in gierigen Schlucken.

»Machst du mich jetzt los?«, fragt er, nachdem er fertig war.

Sie schaute ihn an und schüttelte lächelnd den Kopf. »Leider glaube ich nicht, dass du schon so weit bist.« Um besser an seinen Gürtel ranzukommen, kniete sie sich vor ihn. Sein Urin war nicht nur in den Stoff der Hose gesickert, sondern auch auf dem Teppichboden gelandet.

»Was hast du mit Rebecca gemacht? Mit unserem Kind?«, fragte er, während sie ihn von den feuchten Klamotten befreite.

»Noch gar nichts«, sagte sie und leckte sich über die Lippen, als sie ihm die Unterhose von den Hüften zog.

»Tu ihr nichts! Ich bitte dich, halt sie einfach da raus, in Ordnung? Wir werden uns bestimmt einigen, aber Rebecca hat nichts mit der Sache zu tun«, bettelte er sie an, doch sie hörte ihm kaum zu. Vorübergehend hatte sie nur Augen für seinen Penis, der schlaff zwischen seinen Beinen lag und mit dem sie am liebsten sofort zu spielen begonnen hätte, wenn er nicht ... Nun, wenn er sich nicht gerade eben noch damit eingenässt hätte. Vielleicht sollten sie gemeinsam duschen gehen? Das wäre doch ein guter Start.

»Beruhig dich doch erst mal«, sagte sie und riss sich schweren Herzens von dem Anblick los. »Ich höre immer nur Rebecca hier, Rebecca da. Du tust geradezu so, als wäre sie der einzige Mensch auf der Welt. Dabei solltest du sie einfach nur vergessen. Wir gehören jetzt zusammen, und du wirst das auch bald einsehen. Deine Beccy wird nach dem heutigen Tag keine Rolle mehr in deinem Leben spielen.«

»Lass sie in Ruhe!«, rief er. In seinen Augen stand die Angst.

Nachvollziehbar. Veränderungen waren immer beängstigend und die, die ihm bevorstand, war nicht gerade geringfügig. Sein gesamtes bisheriges Leben würde auf den Kopf gestellt. Auch ihr standen Veränderungen bevor, vor denen sie sich bisher gefürchtet hatte. Doch mit Aaron würde sich alles ändern. Er würde ihr die Kraft geben, sich endlich all den langwierigen und anstrengenden Behandlungen zu stellen. Denn mit ihm hatte sie endlich ein Ziel, auf das sie sich konzentrieren konnte.

»Sie ist schwanger. Bitte, ich werde tun, was du von mir verlangst. Aber du musst mir dafür versprechen, dass du Rebecca und dem Baby keinen Schaden zufügst, in Ordnung?«

Sie legte den Kopf schief und schaute ihm tief in die Augen. An seinem Blick konnte sie sehen, dass er nicht die Wahrheit sagte. Es war ein lächerlicher Versuch, seine Frau und sein Kind zu retten. Ein weiterer Beweis dafür, dass die beiden so schnell wie möglich aus dem Weg geräumt werden mussten. Solange Rebecca noch am Leben war, konnte Aaron sich ihr gegenüber nicht öffnen.

»Jetzt essen wir erst mal gemütlich, und heute Nachmittag muss ich noch etwas erledigen. Dann sehen wir weiter«, sagte sie lächelnd. »Versuch einfach, die beiden aus deinem Kopf zu streichen, okay? Du wirst sehen, danach wird alles so viel einfacher für dich sein. Du wirst dich frei fühlen. Dein Herz wird offen sein für etwas Neues. Für die richtige, wahre Liebe. Wenn du das tust, dann verspreche ich dir, dass sie nicht lange leiden muss.«

Aarons Blick wurde starr. Er verengte die Augen und warf sich nach vorne, sodass die Lehne des Stuhls gefährlich krachte. »Mach mich sofort los! Du bist völlig irre. Wenn du ihr auch nur ein Haar krümmst ... Ich schwöre dir, ich bringe dich um!« Von der Anstrengung trat ihm Schweiß auf die Stirn. Nun war sie froh, dass sie viel Geld für echte Lederfesseln ausgegeben und nicht die billigen aus dem Katalog bestellt hatte. Die Teile hielten selbst den stürmischen Befreiungsversuchen eines verzweifelten Ehemanns stand.

»Verdammt!«, schrie er, das Gesicht vor Wut verzerrt.

Ohne große Eile stand sie auf und nahm den Knebel vom Boden, der ganz in der Nähe der feuchten Stelle gelandet war, wo sein Urin den Teppich durchtränkt hatte.

»Schade«, sagte sie und zuckte mit den Schultern. Dann drückte sie ihm den Ball in den Mund. »Ich hatte gehofft, du würdest wenigstens ein bisschen Entgegenkommen zeigen. So können wir uns leider nicht einigen.« Sie zurrte die Schnallen ein wenig zu fest, sodass seine Mundwinkel von dem Druck einrissen. »Aber weißt du was? Ich mache dir ein Video davon. Dann kannst du deiner Frau ein letztes Mal in die Augen sehen, während ich ihr euer Kind bei lebendigem Leib aus dem Uterus schneide. Vielleicht bist du dann bereit, endlich damit abzuschließen.«

»Mhmhh«, keuchte er und warf sich noch heftiger hin und her. Die Fesseln und der Stuhl hielten. Qualität, die ihren Preis wert war. Wie bei so vielen Dingen im Leben. Zärtlich streichelte sie ihm über die Stirn. Dann gab sie ihm einen Kuss auf die Wange.

»Wir sehen uns später«, säuselte sie. Ohne ihn noch einmal anzusehen, drehte sie sich um und ließ ihn im Ankleidezimmer zurück.

33. Kapitel

Rebecca fuhr zusammen, als der Klingelton ihres Handys die Stille in der Wohnung durchschnitt. Seit am Morgen die Kripobeamten wieder gegangen waren, und die Männer von der Spurensicherung zum zweiten Mal innerhalb von zwei Tagen ihre Arbeit beendet hatten, saß sie hier oben im Schlafzimmer, die Tür verschlossen, und lauschte auf jedes Geräusch im Haus. Sie wusste genau, wann die Nachbarn aus dem Erdgeschoss zum Einkaufen gefahren waren und wie viele Getränkekisten sie beim Heimkommen reingetragen hatten oder wann der Trockner in der Wohnung über ihr angesprungen war und wie lange er nun schon vergeblich piepste, um seine Besitzer darauf aufmerksam zu machen, dass die Wäsche fertig war.

Angespannt lehnte sie sich über das Bett, um auf das Display zu schauen. Sie hatte das Handy ans Ladegerät angeschlossen. Nicht, weil es leer war, sondern weil sie nicht riskieren wollte, im entscheidenden Moment keinen Akku zu haben. Die Nummer von Leander war dort zu sehen, und sie seufzte. Er zählte in dieser Situation zu den letzten Menschen, mit denen sie sprechen wollte. Dennoch nahm sie den Anruf entgegen und grüßte verhalten.

»Gibt's was Neues?«, erkundigte er sich.

»Nichts. Keine Geldforderung, kein Erpresserbrief. Sein Telefon ist ausgeschaltet.« Sie rang hilflos die freie Hand zur Decke.

»Kann ich irgendwas für dich tun? Wenn du was brauchst, I am here …«

»Bring mir meinen Mann zurück«, flüsterte sie. Tränen rannen ihr aus den Augenwinkeln. Etwas lauter fügte sie dann hinzu: »Was könntest du schon ausrichten?«

»Keine Ahnung. Zum Beispiel könnte ich vorbeikommen, und wir reden ein bisschen oder so.«

»Nein. Aber danke dir fürs Angebot.« Ihr Finger schwebte über dem roten Kreis auf dem Display, mit dem sie den Anruf beenden würde.

»Hey, komm schon. Sei nicht so zu mir. Ja, heute Morgen war ich echt bescheuert, das gebe ich zu. My bad! Aber da wusste ich ja noch nicht, was passiert ist. Mittlerweile war die Polizei bei mir, und mir ist klar geworden, wie ernst die ganze Sache ist.« Er wirkte tatsächlich etwas kleinlaut. So kannte sie Leander gar nicht. Wobei sie ihn ohnehin nicht besonders gut kannte. Eigentlich überhaupt nicht. Sie hatte sich nie die Mühe gemacht, sich näher mit ihm zu beschäftigen. Er war ihr von dem Tag an suspekt gewesen, an dem Aaron bei der BKZ-Bank angefangen und ihr beim Abendessen von diesem unglaublich witzigen Kollegen erzählt hatte. Letztendlich war er ihrer Meinung nach dafür verantwortlich, dass Aaron auf dieser verhängnisvollen Geschäftsreise die Kontrolle über sich und seinen Penis verloren hatte.

»Bist du noch dran?«, fragte Leander.

»Mhm«, machte sie. Irgendwie wurde ihr Leander gerade sympathisch. »Schon gut, du musst dir keine Gedanken machen. Ich hab selbst vollkommen überreagiert. Du kannst dir sicher vorstellen, dass ich unter enormem Stress stehe.«

»Selbstredend akzeptiert. Falls das eine Entschuldigung darstellen sollte. Also, was sagst du? Ich bringe ein paar Brötchen oder so etwas mit, und wir reden ein bisschen. Etwas Ablenkung von der schrecklichen Situation. Aaron ist mein Freund, und ob du es glaubst oder nicht, auch ich mache mir Sorgen um ihn. Wenn ich wüsste, wo ich anfangen soll, würde ich losziehen, um ihn auf eigene Faust zu suchen.«

»Fein. Vielleicht hast du recht«, gab Rebecca sich geschlagen. Was sollte es Aaron nutzen, wenn sie hier abgeschottet in ihrem gemeinsamen Schlafzimmer saß und vor Sorge beinahe wahnsinnig wurde? So konnte sie zumindest für ein paar Stunden abschalten und sich nicht die ganze Zeit über fragen, wann der Verrückte zurückkam, um ihr eine ähnliche Behandlung wie den Ratten zukommen zu lassen. »Wann wirst du hier sein?«

»Wenn du mir das Okay gibst, fahre ich los und bin in spätestens dreißig Minuten da.« Mit einem Mal klang er seltsam aufgedreht. »Irgendwelche Wünsche?«

»Nein, du musst nichts mitbringen. Ruf mich nur an, kurz bevor du hier bist. Draußen steht eine Streife und beobachtet das Haus. Nicht, dass sie dich für den ... Na, du weißt schon. Für den Täter halten. Ich komme dann raus und sage ihnen Bescheid.«

»Die Polizei überwacht dich? Gut zu wissen.«

»Wie meinst du das?«

»Na, wie du selbst gerade gesagt hast. Am Ende hätte ich mit dem Gesicht auf der Straße gelegen, ein paar Handschellen ums Handgelenk, weil sie mich für den

Täter halten.« Leander lachte trocken. »Ich melde mich dann. Bis gleich.« Er legte auf, ohne dass Rebecca noch etwas erwidern konnte.

34. Kapitel

Am späten Nachmittag überkam Fabian ein Tief. Nachdem sie bei der BKZ-Bank vorbeigefahren waren und erfahren hatten, dass Leander Gerlach sich für den restlichen Tag abgemeldet hatte, und sie ihn auch nicht in seiner Wohnung angetroffen hatten, waren sie jetzt zurück im Büro. Irgendetwas war eindeutig faul an der Sache, doch er konnte seinen Finger nicht darauflegen. Warum hatte Gerlach bezüglich des Bordellbesuchs gelogen? Freimütig zuzugeben, dass man die Dienste von Prostituierten in Anspruch nahm und gleichzeitig zu leugnen, dass man ein bestimmtes Etablissement besuchte, das passte einfach nicht zusammen. Doch bis auf sein Gefühl hatten sie nichts in der Hand und waren momentan dazu verdammt, sich in Geduld zu üben.

Gerade warteten sie darauf, dass Alana Idrizaj ihnen eine Liste mit den Namen der Frauen zusammenstellte, mit denen Leander Gerlach verkehrt hatte. Außerdem warteten sie auf die Vergleichsergebnisse zu dem gefundenen Handabdruck in der Küche des Entführungsopfers. Draußen wurde es langsam dunkel, und die Menschen auf der Straße eilten in ihren Feierabend. Vor Müdigkeit schaffte es Fabian kaum, die Augen offenzuhalten. Selbst die vierte Tasse von Gesa Anwandlers Kaffee, die bekanntlich den stärksten im gesamten Kommissariat braute, half ihm nicht mehr, sich auch nur ein wenig fitter zu fühlen.

Damit er nicht jeden Augenblick mit dem Kopf auf der Schreibtischplatte aufschlug, weil ihn der Sekundenschlaf ereilte, stand er auf und öffnete das Fenster. Kühle Luft strömte ins Büro und weckte zumindest ein paar seiner Lebensgeister.

»He«, brummte Thomas, der sich mit verschränkten Armen lässig in seinem Stuhl zurückgelehnt hatte. »Mach zu. Es wird kalt. So kann sich ja kein Mensch entspannen.«

»Genau das, was ich erreichen wollte«, sagte Fabian und setzte sich an seinen Schreibtisch. Er startete den PC und wartete darauf, dass das Gerät aus dem Energiesparmodus erwachte. Dann rief er noch einmal das Video aus Schleife auf. Zum zigsten Mal schaute er sich an, wie die blonde Frau mit Sonnenbrille und einem Handschuh an der rechten Hand den Bereich des Bankautomaten betrat, sich die – anscheinend falschen – Haare richtete und dann mit der Karte von Erik Marquardt den maximalen Auszahlungsbetrag abhob. Offensichtlich hatte sie den Vorgang sorgfältig durchgeplant, denn sie berührte alles in dem Bankvorraum lediglich mit der behandschuhten Hand. Zumindest nach dem, was man auf dem Video erkennen konnte.

Er spulte noch einmal zurück und stoppte das Video an der Stelle, an der sich die Frau die Haare zurückstrich. Endlich konnte er festmachen, was ihn daran störte. Dafür benutzte sie die linke Hand, an der sie keinen Handschuh trug. Die Handfläche war viel zu breit für die zierlich wirkende Frau, die Finger wirkten seltsam kurz und unförmig. Es sah beinahe so aus, als wäre an dieser

Stelle das Video verzogen, was allerdings unmöglich war, denn der Körper und die Haare um die Hand herum wirkten normal.

Bevor er Thomas von seiner Vermutung berichten konnte, ploppte eine Meldung der Datenbank des Informationssystems der hessischen Polizei auf. Die Abfrage nach Übereinstimmungen des Handabdrucks auf dem Fleischhammer der Güldenpfennigs war beendet. Mit einem Mal war Fabian hellwach, jegliche Müdigkeit war aus seinem Körper gewichen. Das System vermeldete einen Treffer.

»Sieh mal einer an, wer hätte das gedacht«, sagte er zu Thomas, der mittlerweile die Augen geschlossen hatte. »He, jetzt ist keine Zeit für ein Nachmittagsschläfchen.« Er zerknüllte ein Blatt Papier und schleuderte es in Richtung seines Kollegen, den es mitten auf der Stirn traf.

Thomas schreckte hoch und riss die Augen auf. »Mann, was soll das?«, rief er, als er merkte, dass Fabian ihn abgeworfen hatte. »Blödmann, nicht mal fünf Minuten Ausruhen gönnst du mir.«

»Garantiert willst du dich nicht mehr ausruhen, wenn du siehst, was ich hier habe. Komm mal rüber.« Die Maus auf dem Bildschirm zeigte sich als Eieruhr, während der PC rechnete, um den Bericht aufzurufen. Fabian glaubte schon, dass sich der Computer aufgehängt hatte, als sich endlich die eingescannten Ergebnisse vor ihm aufbauten. Ein Hoch auf die moderne Technik des hessischen Polizeiapparates, die so veraltet war, dass einem wegen der ständigen Ladezeiten beinahe graue Haare wuchsen.

Thomas seufzte, setzte sich aber mitsamt seinem Schreibtischstuhl in Bewegung und rollte an Fabians Schreibtisch. »Donnerwetter«, sagte er, nachdem er einen Blick auf die Scans geworfen hatte.

»Die Zufälle werden immer kurioser, findest du nicht auch?«, fragte Fabian. Das System meldete einen ungeklärten Mordfall vom Juli des Jahres 1999. Opfer war der zweiundvierzigjährige Walter Rebel gewesen.

Der bislang unbekannte Täter war am helllichten Tag in das Haus des Witwers eingedrungen und hatte ihn bestialisch ermordet. Als Todesursache war Verbluten infolge massiver Gewalteinwirkung eingetragen. Vermutlich über mehrere Stunden hinweg war der strenggläubige Mann ohne ersichtlichen Grund mit verschiedensten Werkzeugen gefoltert worden. Man hatte ihm Fingernägel herausgerissen, Zähne gezogen und die Schienbeine mit einem Hammer zerschmettert. Nase, Jochbein und Kiefer waren zertrümmert worden, ebenso die Schulter. Überall auf seinem Körper verteilt waren Stich- und Schnittverletzungen gefunden worden, wie die Fotos der Rechtsmedizin zeigten.

Nachdem Walter Rebel seinen Verletzungen erlegen war, hatte der bislang unbekannte Täter seine Tatwerkzeuge im Bad des Hauses gereinigt, die Badewanne verstopft und das Haus unter Wasser gesetzt. Mit einer geringen Menge Bargeld und etwas wertlosem Schmuck war er daraufhin geflüchtet.

Auf einer Zange, die im Bad gefunden und als eines der Tatwerkzeuge identifiziert worden war, hatte man den Handabdruck sichergestellt, der nun zu der Spur auf dem Fleischhammer der Gerlachs passte.

Bis heute ging man inoffiziell davon aus, dass der zu diesem Zeitpunkt flüchtige Serienmörder Dieter Zurwehme, der Ende des Jahres 1998 von einem Freigang nicht in die Justizvollzugsanstalt Bielefeld-Brackwede zurückgekehrt war, den Mann ermordet hatte. Auf seiner Flucht über Bochum, Baden-Baden, Freiburg und eben auch Frankfurt am Main hatte er mindestens vier Menschen getötet, wie er später bei seiner Festnahme zugegeben hatte. Den Mord an Walter Rebel hatte er nicht gestanden, und auch der Handabdruck hatte nicht zu ihm gepasst. Man hatte dem Serienmörder die Tat nie zweifelsfrei nachweisen können, weswegen der Fall offiziell nicht abgeschlossen war.

In der Spalte der Angehörigen tauchten die Namen von Walter Rebels Anfang der neunziger Jahre verstorbener Ehefrau sowie der des gemeinsamen Sohnes auf. Was er dort las, ließ bei Fabian sämtliche Alarmglocken schrillen. Der Sohn der beiden, der sich zum Zeitpunkt der Tat im Ausland aufgehalten hatte und von den Ermittlern deshalb als Täter ausgeschlossen worden war, hieß Leander. Der Mädchenname der verstorbenen Frau lautete Gerlach.

35. Kapitel

Aarons Gedanken überschlugen sich. Er unterdrückte seinen ersten Impuls, weiter an den Fesseln zu zerren. Jetzt musste er ruhig bleiben. Nachdenken. Nicht in Panik geraten. Und vor allem abwarten. Wenn er sich befreite, solange Leander noch in der Wohnung war, wäre er vermutlich schneller wieder gefesselt als er bis drei zählen konnte. In seinem Zustand hatte er einfach keine Chance, obwohl Leander kleiner und schmächtiger war als er. Aaron hatte seit Samstagnachmittag nichts gegessen und gerade eben den ersten Schluck Wasser seit Tagen getrunken. Er war viel zu geschwächt.

Auch wenn es ihm schwerfiel, nicht sofort zu handeln, schloss er die Augen. Die Schmerzen in seinem Nacken waren unerträglich. Im Endeffekt tat ihm nach beinahe zwei Tagen im Sitzen jeder Zentimeter seines Körpers weh. Die Fesseln rieben über die durch seine Befreiungsversuche aufgerissenen Stellen an seinen Handgelenken, die links und rechts um die Lehne des Stuhls festgezurrt waren. Seine Beine waren – abgesehen von dem ständig Schmerzsignale feuernden Ischiasnerv – ganz taub vom Sitzen, und sein Kopf dröhnte noch immer von den Schlägen mit dem Fleischhammer. So viel Kraft hatte er dem schmächtigen Leander überhaupt nicht zugetraut. Nicht zuletzt fühlte sich Aarons Rücken an als würde er bei der geringsten Belastung durchbrechen. Zumindest für den Fall, dass er jemals wieder von diesem verdammten Stuhl aufstehen würde.

Was er musste. Er musste es schaffen, Leander irgendwie zu überlisten. Rebecca war in großer Gefahr. Die Sorge um sie und ihr gemeinsames Kind trieb ihn beinahe in den Wahnsinn. Es war Aaron völlig egal, was der durchgeknallte Leander ihm antun würde, solange er nur Rebecca und das Kind in Ruhe ließ. Doch diese Möglichkeit hatte er verspielt. Trotz seines offensichtlich labilen Geisteszustands hatte Leander ihn vorhin mit Leichtigkeit durchschaut.

Im Gegensatz zu Aaron, der keine Ahnung hatte, was in Leander gefahren war. Ja, er hatte sich dank Drogen und Alkohol in dieser einen verhängnisvollen Nacht hinreißen lassen. Sie hatten einen Vierer gehabt, wobei Aaron sich aber mehr mit einer der Prostituierten beschäftigt hatte als mit Leander. Zumindest seiner Erinnerung nach. Er war ja nicht schwul oder so was. Aber Leander ... Anscheinend hatte ihn das Erlebnis völlig aus der Bahn geworfen. Was hatte diese Verkleidung zu bedeuten? War das so etwas wie ein Versuch gewesen, Aaron zu verführen, indem er sich in Frauenklamotten gezwängt hatte?

Zugegeben, nicht nur auf den ersten Blick hatte Aaron seinen Arbeitskollegen und ehemaligen Freund für eine Frau gehalten. Leander hatte eben dank der vielen Schönheitsoperationen ein sehr androgynes Gesicht, und seine Figur war so schmächtig, dass er mit den entsprechenden Hilfsmitteln absolut als sportlich gebaute Frau durchging. Erst recht mit der dicken Schicht Make-up, den stark geschminkten Augen und den knallroten Lippen. Aber als Leander in Aarons Küche auf der

Anrichte gesessen hatte und die Deckenstrahler ihn angeleuchtet hatten, hatte er ihn sofort erkannt.

Aaron richtete sich auf, als er ein dumpfes Geräusch hörte. War das die Wohnungstür gewesen? Er hielt den Atem an, damit ihn die Geräusche seiner verstopften Nase nicht ablenkten. Die Musik im Wohnzimmer lief noch immer, doch das konnte auch nur Ablenkung sein. Er wackelte auf dem Stuhl herum und brüllte, so laut es eben ging, in den Knebel. Bisher hatte das immer dafür gesorgt, dass Leander innerhalb weniger Minuten in den Raum gestürmt war. Nicht so dieses Mal. Er war also anscheinend dabei, seine Drohung wahr zu machen. Jetzt musste alles ganz schnell gehen.

Soweit es seine Nase zuließ, holte Aaron tief Luft, sammelte seine Kraft und warf sich dann nach vorne. Die Fesseln an seinen Handgelenken hielten ihn fest. Seine Schultern überdehnten. Ein stechender Schmerz, der drohte, ihn ohnmächtig werden zu lassen, jagte durch seinen oberen Rücken. Er ignorierte das Gefühl und versuchte es nach einer kurzen Erholungspause noch einmal. Immer wieder, bis er ein Knacken hörte. Zunächst fragte er sich, ob das Geräusch von seinem Rücken oder vom Stuhl stammte. Er bewegte seinen Oberkörper von links nach rechts. Die Lehne bewegte sich mit ihm. Langsam hob er seinen Hintern von der Sitzfläche ab. Die Lehne kippte nach hinten weg. Der Druck von seinen Händen fiel ab.

Aaron hatte sich befreit.

36. Kapitel

Auf der Adickesallee staute sich der Feierabendverkehr. Fabian musste sich zusammenreißen, nicht dauerhaft die Hand auf die Hupe zu pressen, während er sich durch die Blechlawine schlängelte. Leander Gerlachs Wohnung lag im Nordosten Frankfurts, eigentlich nur knapp zehn Autominuten vom Kommissariat entfernt. Gefühlt waren sie dank des Verkehrsaufkommens jedoch schon mehr als doppelt so lang unterwegs. Obwohl sie keinerlei handfesten Beweis gegen Aaron Güldenpfennigs Kollegen vorweisen konnten, war er sich sicher, dass sie mit ihrer Vermutung richtiglagen.

Das Diensttelefon von Thomas klingelte, und er nahm den Anruf an.

»Ich schalte Sie jetzt auf Lautsprecher, damit mein Kollege Sie auch hören kann«, sagte er und nahm das Handy vom Ohr. »Legen Sie los. Was haben Sie für uns?«

»Nun, die Bosse waren nicht begeistert, als sie gehört haben, dass die Bullen schon wieder bei uns aufgekreuzt sind.« Sie zog hörbar an einer Zigarette und pustete den Rauch aus. Fabian verfluchte sie dafür. Gerade beim Autofahren überkam ihn immer wieder die Lust auf Nikotin. Schon beim Aufschließen des Wagens hatte er früher eine Zigarette in der Hand gehalten, bereit, sie anzuzünden, sobald er den Motor gestartet hatte. Beim Fahren zu rauchen, war beinahe wie ein Ritual für ihn gewesen. Jedes Mal, wenn er am Steuer saß, vermisste er die Zigaretten wie sonst nur in wenigen Situationen.

»Auf alle Fälle haben die mir verboten, eine Liste für euch zu machen. Wir arbeiten nicht mit den Bullen zusammen, haben sie gesagt. Aber ich dachte mir, ich rede mal mit den Mädchen, so ganz unter uns. Schließlich hab ich auch keinen Bock, dass da jemand mordend durch die Gegend rennt und versucht, es uns in die Schuhe zu schieben. Eine von ihnen hat mir was Interessantes über den Kerl von eurem Foto erzählt. Diesen Gerlach, das war doch sein Name, oder?« Ein Hustenanfall unterbrach Alana Idrizajs Bericht, nach dem sie geräuschvoll ausspuckte.

Angesichts dieser Geräusche verging Fabian augenblicklich die Lust auf einen Glimmstängel. Die wenigen Momente der Entspannung, die man durch das Rauchen herbeiführen konnte, waren den Preis einfach nicht wert. Das musste er sich nur oft genug vor Augen halten.

»Wir sind ganz Ohr«, sagte Thomas, da sie nicht weitersprach.

»Ja, immer mit der Ruhe. Ich dachte nur gerade, einer der Bosse kommt raus. Also schnell. Euer Mann hat eigentlich immer nur eines unserer Mädchen gebucht. Hat gut bezahlt. Sie hat zugegeben, dass er unter der Hand immer etwas extra draufgelegt hat. Trinkgeld sozusagen. Was seltsam war, denn er wollte nie selbst an sie ran, sagte sie.«

»Sie hatten keinen Verkehr?«, hakte Fabian nach. Leander Gerlach hatte auf ihn nicht gerade den Eindruck gemacht, als sei er einer von der Sorte, die sich eine Prostituierte buchten, um zu reden.

»Wenn ich es doch sage. Er hat sie nie angefasst. Stattdessen hat er andere Männer mitgebracht, denen sie es besorgen sollte. Er hat dann dabei zugesehen. Saß einfach nur da in voller Montur und schaute zu. Nicht mal sich selbst angefasst hat er. Und jetzt kommt's.« Ein erneuter Zug an der Zigarette gefolgt von einem Husten. »Einmal hat er ihr Geld geboten, dass sie ihn anruft, wenn sie eine Buchung für anal hat. Er ist dann vorbeigekommen und hat ihren Kunden übernommen.«

»Achtung!«, rief Thomas plötzlich und versteifte sich auf seinem Sitz. Fabian, der gerade ungläubig das Mobiltelefon in der Hand seines Kollegen angestarrt hatte, lenkte seine Aufmerksamkeit wieder auf die Straße. Ihr Vordermann bog in diesem Augenblick, ohne zu blinken, in eine Parklücke. Fabian stieg auf die Bremse und brachte den Wagen gerade rechtzeitig zum Stehen. Durch das Manöver rutschte Thomas das Handy aus der Hand und landete im Fußraum.

»Hey, verdammtes Arschloch«, brüllte Fabian und schlug auf die Hupe. Dann gab er Gas, und der Wagen fuhr mit einem Ruck an, wodurch das Telefon unter den Sitz rutschte.

»He, was ist da los? Seid ihr noch dran?«, erklang Alana Idrizajs Stimme gedämpft unter Thomas' Sitzfläche.

»Ja, warten Sie kurz«, rief er und bückte sich umständlich. Mit schmerzverzerrtem Gesicht tauchte er wieder auf und rieb sich die Schulter. »Krampf«, flüsterte er, als Fabian ihn fragend anschaute. »Entschuldigen Sie«, sagte er dann ins Telefon. »Der

Freier war damit einverstanden? Dass ein Mann diesen Termin übernimmt?«

»Komisch, nicht wahr?« Ihre Stimme klang belustigt. »Hat kurz gedauert, bis sie mit der Sprache rausgerückt ist. Ich mache ihr da ja keinen Ärger oder so, solange sie bei uns den normalen Tarif abrechnet und nichts unterschlägt. Dritan und Elbunit sind da anders drauf. Aber ich verrate meine Mädels nicht. Egal. Sie hat dem Kerl vom Foto gesagt, dass das natürlich nicht geht. Der Kunde war ja nicht schwul, er steht eben nur auf etwas engere Löcher. Erst mal war er dann beleidigt, hat gesagt, er kommt nie wieder und so. Aber es hat nicht lange gedauert, dann hat der Typ sie doch wieder für einen Termin angefragt. Jetzt ratet mal, wie er aufgetaucht ist.«

Fabian wusste die Antwort, bevor Alana Idrizaj sie ihnen präsentierte.

»Der Kerl stand da auf einmal in Frauenklamotten. Aber nicht, als wäre er ein Kerl im Rock, nein. Sie sagte, sie hätte ihn beinahe nicht erkannt, so gut war seine Verkleidung. Da er ihr noch mal das Doppelte geboten hat, wenn sie ihm einen der Analkunden überlässt, hat sie sich breitschlagen lassen und ihm den nächsten zur Verfügung gestellt.«

»Der Freier hat allen Ernstes nicht gemerkt, dass er mit einem Mann ins Bett gestiegen ist?«, fragte Fabian skeptisch. Es war für ihn kaum vorstellbar, dass jemand beim Sex einfach so einen Penis übersah.

»Glaubt mir Jungs, so baff hab ich auch reagiert. Ich meine, wie kann man nicht merken, dass da jemand zu viel Landmasse südlich des Äquators hat? Aber die

Erklärung ist ganz einfach: Der Kunde steht nicht nur auf anal, sondern auch auf Bondage und so. Das Mädchen hat ihm einfach die Augen verbunden, die Hände ans Bett gefesselt und dann den reichen Schnösel auf ihn losgelassen. Der Kunde war völlig begeistert und hat noch gesagt, dass er dieses Mal besonders gut abgespritzt hat und sie es ab jetzt immer so machen sollten.«

»Handelt es sich bei Ihrem Mädchen zufälligerweise um Evelina Kedra? Und der Kunde war Erik Marquardt?«, fragte Fabian über das Motorengeräusch hinweg in Richtung von Thomas' Handy.

»Evelina hat eurem Makler nichts getan«, rief die Empfangsdame vom *Lovetemple*. »Wie seid ihr überhaupt an ihren Namen gekommen?«

Treffer. Da hatten sie ihre Verbindung zwischen dem Makler und Gerlach. Noch gestern hatte Fabian den Angaben von Alana Idrizaj nur schwer glauben können. Nach dem, was sie heute allerdings aus dem Ermittlungsprotokoll zum Tod von Walter Rebel erfahren hatten, klang das, was sie ihnen erzählte, in seinen Ohren nicht mehr völlig abwegig.

Nachbarn hatten ausgesagt, dass Walter Rebel und sein Sohn regelmäßig so heftig stritten, dass man es drei Häuser weiter noch mitbekam. Schon als Teenager hatte man Leander das ein oder andere Mal in Frauenkleidung auf der Straße gesehen, was dem erzkonservativen und sehr gläubigen Vater überhaupt nicht gepasst hatte. Er hatte seinen Sohn immer wieder so sehr verprügelt, dass dieser sich daraufhin tagelang nicht aus dem Haus getraut hatte. Mit siebzehn hatte Walter Gerlach seinen

Sohn in eine katholische Erziehungsanstalt in der Schweiz gebracht, wo sich Leander auch zum Zeitpunkt des Mordes am Vater aufgehalten hatte.

Angeblich jedenfalls, denn Fabian glaubte nicht wirklich daran.

37. Kapitel

Es dauerte eine Weile, bis das Gefühl in seine Gliedmaßen zurückgekehrt war. Als er seine Arme wieder spürte, riss Aaron sich den Knebel aus dem Mund und feuerte ihn zu Boden. Würgend spuckte er den Geschmack nach dem Gummiball hinterher und saugte dann gierig die Luft ein, die endlich ungehindert in seine Lungen fließen konnte. Erst dann stand er langsam auf, streckte seinen Rücken durch und wartete, bis sich sein Kreislauf stabilisierte. Es kam ihm wie eine Ewigkeit vor, und er konnte es kaum ertragen. Immer wieder sagte er sich, dass er Rebecca noch weniger helfen konnte, wenn er das Bewusstsein verlor.

Obwohl er am liebsten alles in dieser Wohnung kurz und klein schlagen wollte, konzentrierte er sich auf das Wesentliche und durchwühlte Leanders Schrank nach etwas, das ihm passen könnte. In erster Linie fand er Kleidungsstücke für Frauen. Da waren Korsetts in etlichen Farben und Formen, falsche Brüste aus Silikon in unterschiedlichsten Größen, Strapse und eine Schuhsammlung, auf die selbst Rebecca neidisch geworden wäre. Anscheinend waren Frauenklamotten für Leander mehr als nur ein Hobby.

Endlich fand er eine Jogginghose, schlüpfte hinein und suchte dann nach einem Telefon. Im Ankleidezimmer wurde er nicht fündig, also ging er durch das Schlafzimmer in den riesigen Wohnbereich. In der Küche ging er ans Spülbecken, drehte das Wasser auf und trank gierig direkt aus dem Hahn. Obwohl er wusste, dass sein Magen mit der Menge kalten Wassers nicht klarkommen würde, konnte er sich nicht zusammenreißen, mit dem Ergebnis, dass er alles wieder in das Becken erbrach. Nach einer kurzen Pause versuchte er es noch mal, dieses Mal langsamer. Mit Erfolg. Sein Kreislauf dankte es ihm, und er fühlte sich besser. Erneut schaute er sich nach einem Telefon um und fand eines auf einem Regal neben der Wohnungstür.

Er schnappte sich den Hörer und wählte den Notruf der Polizei. Mit Entsetzen registrierte er das Besetztzeichen. Sein Blick fiel auf den Router daneben. Keines der Lichter leuchtete oder blinkte. Das Stromkabel fehlte. Frustriert feuerte Aaron das Telefon auf den Boden. Leander hatte dafür gesorgt, dass er nicht telefonieren konnte, und die Zeit lief ihm davon. Dann musste er sich eben selbst darum kümmern, seine Frau zu retten.

Ohne sich die Zeit zu nehmen, sein Gesicht von den Blutspuren zu befreien, oder nach seinen Schuhen zu suchen, stürmte er aus der Wohnung.

Draußen schlug ihm kühle Novemberluft entgegen. Er versuchte, sich zu orientieren. Leander und er hatten viele Abende gemeinsam verbracht, doch er hatte ihn nie gefragt, wo er wohnte. Auf Socken rannte er die Straße entlang und ignorierte die Blicke der Anwohner. Endlich fand er ein Straßenschild. Petterweilstraße. Irgendwas klingelte da bei ihm, doch erst an der nächsten Kreuzung wurde er sich bewusst, wo er war. Direkt vor ihm lag der Günthersburgpark. Nordöstlich davon war seine Wohnung. Zu Fuß waren es maximal zehn Minuten.

Die Gedanken in seinem Kopf rasten, während er die Straße entlang rannte. Er spürte den Schmerz kaum, als er auf eine Glasscherbe trat, die sich in seinen Fuß bohrte. In ihm drin waren nur Verzweiflung und Wut. Was, wenn es schon zu spät war? Wenn Leander Rebecca und ihrem Kind ...

Nein, daran wollte er nicht denken. Das durfte einfach nicht passieren. Rebecca hatte niemandem etwas getan.

Als er den Günthersburgpark hinter sich gelassen hatte, bog er in eine Seitengasse ein und nahm den Weg durch die Gärten. So konnte er fast die Luftlinie nehmen und sparte sicher einige Minuten. Er musste es schaffen. Seine Lunge brannte, und seine Beine fühlten sich an als wären sie aus Gummi, doch er durfte jetzt nicht aufgeben.

Endlich erreichte er die Rückseite des Neubaus. Im Schatten eines Baumes blieb er stehen und starrte hinauf zur Fensterfront, wo sich sein Wohnzimmer befand, während er versuchte, zu Atem zu kommen. Oben war alles dunkel, nichts regte sich. Vielleicht war Rebecca überhaupt nicht zu Hause. Bestimmt war es so. Sicher war sie bei ihren Eltern. Oder hatte Leander sie längst umgebracht? Wie lange hatte er wohl gebraucht, sich zu befreien und hierher zu kommen? Vermutlich zu lange, um jemanden aufzuhalten, der von Mordlust getrieben war. Und dass dies bei Leander der Fall war, daran zweifelte Aaron keine Sekunde.

Mutlosigkeit machte sich in ihm breit. Warum hatte er sich nicht die Zeit genommen und bei einem von Leanders Nachbarn geklingelt, um die Polizei zu rufen? Alleine konnte er ohnehin nichts ausrichten.

Aaron merkte, wie sich sein Kreislauf verabschiedete. In seinem Kopf hämmerte ein unerträglicher Schmerz, und ihm wurde schwarz vor Augen. Kein Wunder, er hatte seit zwei Tagen nichts zwischen die Zähne bekommen, viel zu wenig getrunken und außerdem eine nicht zu verachtende Verletzung am Schädel. Die Aufregung und die Anstrengung, sich durch die Gärten zu schlagen, waren zu viel für ihn gewesen.

Er taumelte in Richtung Straße und schaffte es, bis zur Haustür zu kommen. Jetzt bereute er, beim Einzug nicht den Fingerabdruck-Türöffner programmiert zu haben. Das hatte er jetzt von seiner altmodischen Einstellung, lieber einen richtigen Schlüssel zu benutzen. Mit zusammengekniffenen Augen stierte er die Namen auf den Klingelschildern an und überlegte, welcher seiner Nachbarn ihn in seiner Aufmachung wohl am ehesten ins Haus lassen würde. Plötzlich fiel sein Blick auf den Briefkasten, der zu seiner Wohnung gehörte.

Der Deckel stand ein Stück offen und oben ragte die Lasche eines Briefumschlages heraus. Er griff danach und zog daran. Als der untere Teil zum Vorschein kam, spürte Aaron, wie sich die Angst mit einer Eiseskälte in seinem Körper ausbreitete.

Der Umschlag war blutgetränkt. Aaron wagte es nicht, hineinzuschauen. Die Nachricht war auch so unmissverständlich. Leander war bereits hier gewesen. Und er hatte Rebecca.

Unkontrolliert fingen Aarons Hände an zu zittern. Obwohl der Umschlag nicht schwer war, rutschte ihm das Papier aus den Fingern. Ihm war schwindelig, und er konnte keinen klaren Gedanken fassen. Mit einer Hand versuchte er, sich an dem Türknauf abzustützen, verfehlte ihn jedoch knapp und kippte seitlich zu Boden, wo er ungebremst aufschlug.

38. Kapitel

20 Jahre zuvor

Zweifelnd betrachtete sie die Acryl-Nägel im angesagten French-Look, die sie in der Drogerie besorgt hatte. Vor wenigen Stunden in der Stadt war es ihr noch wie eine hervorragende Idee erschienen, doch jetzt kam sie sich albern vor. Ihre breiten Hände wirkten alles andere als elegant, die Finger waren zu kurz und sahen aus wie Rindswürste von Gref Voelsings. Da würden auch ein paar lange Nägel nichts dran ändern. Andererseits hatte sie nichts zu verlieren. Sie hatte sich fest vorgenommen, sich nichts mehr von ihrem Vater vorschreiben zu lassen. Immerhin wurde sie bald volljährig. Der würde sicher Augen machen, wenn er später nach Hause kam und sie mit diesen Krallen sah. Vielleicht hatte sie ja Glück, und er bekam vor lauter Ärger einen Herzinfarkt. Dann wäre sie ihn endlich los.

Bevor sie es sich anders überlegen konnte, riss sie die Verpackung auf. Insgesamt waren 28 Kunstnägel darin, und sie suchte gewissenhaft für jeden Finger die richtige Größe aus. Für ihren Daumen fand sie keinen passenden, also entschied sie sich für den breitesten, unter dem ihr echter Nagel eben ein wenig hervorschauen würde. Liebevoll schnitt sie die Acrylplättchen auf die richtige Länge zurecht, wusch sich die Hände und trug nach Anleitung den Kleber auf.

Die linke Seite stellte keinerlei Problem dar, und innerhalb weniger Minuten war sie damit durch. Das

Ergebnis war so schön, dass es ihr beinahe die Tränen in die Augen trieb. Sie spreizte die Finger und hielt die Hand auf Augenhöhe, drehte sie hin und her. Ja, es waren immer noch dicke Würste statt schmaler, weiblicher Finger, aber trotzdem hatte das Stil. Bis der Kleber getrocknet war, dauerte es eine Weile und danach machte sie sich an die rechte Hand.

Dieses Mal war es wesentlich schwieriger: Das Aufkleben mit links wollte ihr nicht so gut gelingen. Hinzu kam die Tatsache, dass die Länge der Nägel für sie ungewohnt war, und sie noch nicht wirklich wusste, wie sie damit die kleinen Plättchen greifen sollte. Es gelang ihr schließlich doch, ein zufriedenstellendes Ergebnis hinzubekommen, wenngleich es nicht ganz so gut aussah wie an der linken Hand. Sie würde sich einfach auf die schöne Seite konzentrieren. Nur schade, dass niemand hier war, der sie bewundern konnte.

Einige Stunden später war von ihrem Selbstbewusstsein nicht mehr viel übrig, als sie den Wagen ihres Vaters in der Einfahrt hörte. Sollte sie doch lieber schnell versuchen, alles wieder abzumachen?

Unten ging die Tür. Nein, es war zu spät. Was sollte er schon tun? Dieser Kleber saß bombenfest, und sie musste ihm ja nicht verraten, dass bei dem Paket auch ein Lösemittel dabei gewesen war, mit dem man die Acrylplättchen ganz einfach wieder abmachen konnte.

»Bin zu Hause«, rief ihr Vater von unten. In der Hoffnung, er würde sich nicht um sie kümmern, antwortete sie nicht.

Doch natürlich war er ausgerechnet heute in der Stimmung, nach ihr zu sehen, und kam die Treppe hinauf. Es war geradezu so, als ahnte er, wenn sie sich mal wieder wie eine *Hure* – so seine Worte – zurechtmachte.

»Leander, bist du da?«

»Ja«, antwortete sie leise und öffnete ihre Zimmertür. Die eine Hand verbarg sie dabei hinter dem Rücken, die andere hinter dem Türblatt.

Ihr Vater musterte sie skeptisch. »Was ist los?«

»Gar nichts. Was soll sein?«

»Warum begrüßt du mich nicht, wenn ich nach dir rufe?«

»Hab dich nicht gehört.«

»Mhm.« Er nickte und wandte sich zum Gehen. Plötzlich drehte er sich um, packte sie am Arm und drückte fest zu.

»Du tust mir weh«, sagte sie und ärgerte sich über das Zittern, das in ihrer Stimme zu hören war. Er ignorierte sie und schaute über ihre Schulter ins Zimmer, was gar nicht so einfach war, da sie mittlerweile größer war als er.

»Was hast du schon wieder ausgefressen?«, fragte er streng. »Vor Gott kannst du es ohnehin nicht verbergen.«

»Mann, lass mich los. Ich hab nichts gemacht.« Sie befreite sich aus seinem Griff und wich einen Schritt zurück. Er folgte ihr. Dann entdeckte er die Verpackung auf dem Schreibtisch.

»Das kann nicht dein Ernst sein«, murmelte er und drängte sie an ihr vorbei. »Zeig mir sofort deine Hände.«

Ein Zittern unterdrückend hob sie ihre Arme.

»Jesus, Maria und Josef.« Er griff ihre Hand und drückte mit dem Daumen gegen einen der Nägel. »Dieses Teufelszeug geht überhaupt nicht ab«, rief er.

»Nein. Geht es nicht.« Sie versuchte, sich ihm zu entwinden. Ihr Vater packte fester zu.

»Komm mit«, knurrte er und zerrte sie hinter sich her. Gegen seine Kraft konnte sie nichts ausrichten. Er schleifte sie die Treppe runter und weiter in den Keller.

»Lass mich. Warum kannst du mich nicht akzeptieren, wie ich bin?«, schrie sie ihn an. Es war, als hörte er sie gar nicht. Ihr Handgelenk noch immer eisern umklammert, ging er an seine Werkbank und holte eine Zange hervor.

»Nein!«, rief sie. »Tu das nicht. Ich mache sie ja wieder ab. Oben hab ich ein Lösungsmittel.«

Ihr Vater reagierte nicht. Stattdessen setzte er die Zange an und umfasste den Kunstnagel an ihrem Zeigefinger. Panisch versuchte sie, sich ihm zu entwinden. Zu spät. Ein stechender Schmerz schoss durch ihren Finger. Sie brüllte auf. Blut tropfte auf die Hand ihres Vaters.

»Aus verstocktem Sinne geht hervor ihre Sünde«, murmelte er und packte den zweiten Nagel. Ihr Schreien übertönte seine Stimme, während er erbarmungslos sein Werk vollendete.

39. Kapitel

Wie zu erwarten, gab es in der gesamten Petterweilstraße um diese Uhrzeit keinen freien Parkplatz. Fabian stellte den Wagen direkt vor der angegebenen Adresse in der zweiten Reihe ab. Bevor sie ausstiegen, platzierte er das mobile Blaulicht gut sichtbar in der Windschutzscheibe, damit niemand auf die Idee kam, sie abschleppen zu lassen. »Es gibt echt nichts, was es nicht gibt«, sagte Thomas kopfschüttelnd, während sie auf den ehemaligen Hochbunker zugingen, in dem Leander Gerlach lebte. »Sieht ganz danach aus, als hättest du recht gehabt mit deiner Vermutung zum Video. Wir haben anscheinend nie wirklich nach einer Frau gesucht. Ich komme nur nicht auf das Motiv. Warum hat er den Marquardt umgebracht, und weshalb sollte er seinen Arbeitskollegen entführen und dessen Frau bedrohen?«

Genau darüber hatte Fabian in den letzten Minuten auch nachgedacht, seit sie erfahren hatten, dass Gerlach selbst nie sexuellen Kontakt mit der Prostituierten gehabt hatte. »Vielleicht hatten sie ein Verhältnis«, schlug er vor, weil ihm diese Möglichkeit am plausibelsten erschien. »Überleg mal. Gerlach ist schwul, hatte im Drogenrausch ein Techtelmechtel mit seinem Kollegen. Vielleicht hat sich das Ganze zu einer richtigen Affäre entwickelt. Jetzt, da Güldenpfennigs Frau ein Kind erwartet, hat der die Sache zwischen ihnen beendet, und damit kam Gerlach nicht zurecht.

Er versucht, sich mit dem Makler abzulenken, aber irgendwas geht dabei verdammt schief.«

Gerlach öffnete nicht, also klingelte Thomas bei einem der Nachbarn.

»Was ich dabei aber nicht verstehe: Warum hat er seine Verabredung mit Güldenpfennig am Samstag angeblich abgesagt? Anscheinend war der ja noch einmal bereit, sich mit ihm zu treffen«, fuhr Fabian mit seinen Ausführungen fort.

»Hallo?«, kam eine Stimme aus dem Lautsprecher über den Türklingeln.

»Kripo Frankfurt, würden Sie uns bitte ins Haus lassen?«, rief Thomas in die Sprechanlage.

Ein Moment der Stille folgte, dann ertönte der Türsummer. Als sie den Hausflur des umgebauten Bunkers betraten, öffnete sich im Erdgeschoss eine Tür. Eine junge Frau mit einem Kleinkind auf dem Arm trat heraus und blickte ihnen fragend entgegen. »Worum geht es hier?«, erkundigte sie sich verunsichert. »Darf ich Ihre Ausweise sehen?«

»Wir überprüfen einen Ihrer Nachbarn«, sagte Fabian, nachdem sie sich davon überzeugt hatte, dass sie wirklich Kripobeamte waren. »Leander Gerlach. Haben Sie in letzter Zeit etwas Ungewöhnliches festgestellt?«

Die Frau schüttelte den Kopf. »In welche Richtung? Hat er was verbrochen?«

»Wir müssen ihn als wichtigen Zeugen befragen«, sagte Thomas. »Haben Sie mitbekommen, ob er in den vergangenen Wochen öfter Besuch hatte? Von Damen vielleicht? Oder haben Sie in den letzten Tagen ungewöhnlich laute Geräusche festgestellt?«

»Das hier ist ein Bunker. Die Wände sind anderthalb Meter dick. Da bekommt man rein gar nichts von seinen Nachbarn mit. Unsere Einweihungsfeier ging bis morgens um fünf und war nicht gerade leise. Keiner der Nachbarn hat etwas gesagt.«

»Gut, vielen Dank. Am besten, Sie gehen jetzt in Ihre Wohnung und bleiben dort den Rest des Abends. Herr Gerlach wohnt im ersten Stock?«

Sie nickte zögerlich. »Rechte Seite. Also ist er ... Ist er doch gefährlich? Was hat er getan? Es ist wohl mein gutes Recht zu erfahren, wenn mein Nachbar ein gesuchter Verbrecher ist.«

»Wie gesagt, wir suchen ihn lediglich als wichtigen Zeugen«, beschwichtigte Fabian die Frau. »Es ist eine reine Vorsichtsmaßnahme. Machen Sie sich nicht allzu viele Sorgen.«

Die Frau nickte erneut, ging zwei Schritte rückwärts und schlug die Tür zu. Kurz darauf hörte Fabian, wie sie von innen den Schlüssel umdrehte.

Gemeinsam stiegen er und Thomas die Treppe in den ersten Stock hinauf. Die Tür zur Wohnung auf der rechten Seite war nur angelehnt. Fabian zückte seine Waffe, während Thomas klopfte.

»Kripo Frankfurt. Sind Sie zu Hause, Herr Gerlach?«

Keine Antwort. Langsam drückte Thomas die Tür auf. Fabian entsicherte die Waffe und hielt sie im Anschlag. Auch Thomas holte seine nun aus dem Holster.

Sie betraten eine Art Loft. In den ehemals kleinen Kammern des überirdischen Schutzbunkers hatte man die meisten der Wände entfernt und so einen großen Wohnraum geschaffen. Der Boden war mit hellbeigefarbenem Teppichboden ausgelegt, der ihre Schritte dämpfte. Es war warm, so warm, dass Fabian merkte, wie sich ein Rinnsal Schweiß den Weg über seinen Haaransatz den Nacken hinunter bahnte.

»Herr Gerlach? Wir kommen jetzt rein«, rief Thomas noch einmal und machte einige Schritte nach vorne. Vor ihnen erstreckte sich ein spärlich eingerichteter Raum. An der rechten Wand stand ein riesiges Ledersofa vor einem dunklen Holztisch, der aus einem Stamm geschnitzt war. An der linken Seite befand sich eine moderne und teuer aussehende Küchenzeile, davor ein Glastisch mit sechs opulenten Lederstühlen. Fabian zog beeindruckt die Augenbrauen hoch. Leander Gerlach musste ein ordentliches Gehalt von der BKZ-Bank beziehen.

»Sieh mal, da hinten«, flüsterte Thomas und deutete an die Stirnseite des Raumes in etwa zehn Meter Entfernung. Dort war eine Tür, die anscheinend ins Schlafzimmer führte. Auch dort, sowie in dem angrenzenden Ankleidezimmer, war niemand zu sehen. Es stank entsetzlich nach Urin und Schweiß, und außerdem nach dem Sushi, das gemeinsam mit einer Flasche Champagner und zwei Gläsern auf einer Kommode stand. Auf dem Boden im Ankleidezimmer lagen ein Ballknebel sowie ein paar Lederfesseln. Direkt daneben stand ein zerbrochener Holzstuhl. Offensichtlich war Aaron Güldenpfennig in diesem Raum die letzten Tage über festgehalten worden.

»Verflucht noch mal, wir sind zu spät«, murmelte Thomas und stieg über einen Haufen Klamotten, die wahllos aus dem Schrank gezerrt und auf den Boden geworfen worden waren. Auf den ersten Blick entdeckte Fabian ausschließlich Frauenkleidung. Leander Gerlach verfügte offensichtlich über einen großen Fundus an Korsetts, Damenschuhen in Größe dreiundvierzig und Fetisch-Garderobe aus Latex und Leder.

»Sind das alles Fotos von ihm?«, fragte Fabian fassungslos. Sein Blick schweifte über eine Galerie verschiedenster Aufnahmen von Frauen.

Auf den meisten Fotos war unverkennbar das Bett mit dem roten Lederkopfteil zu sehen, das im Zimmer nebenan stand. Sie waren offenbar von einer anderen Person oder mit Hilfe des Selbstauslösers gemacht worden. Einige davon, wohl älterer Natur, waren von schlechter Qualität und von Leander Gerlach selbst geschossen, indem er aufreizend vor einem Spiegel posierte und sich mit seinem Handy aufnahm. Auf diesen Bildern wirkte sein Gesicht trotz des auffälligen Make-ups noch wesentlich natürlicher als auf den neueren. Da hatten noch nicht etliche Schönheitsoperationen seine Mimik zu einer unbeweglichen Maske eingefroren.

»Sieht ganz danach aus. Schau dir das mal an.«

Fabian wandte sich Thomas zu, der einen der Schränke aufgezogen hatte. Darin standen, ordentlich aufgereiht und nach Länge geordnet, Perücken in unterschiedlichsten Ausführungen auf gesichtslosen Köpfen. Ganz rechts stand eine, die Fabian bekannt vorkam. Ein akkurat geschnittener platinblonder Pony bedeckte die komplette Stirn des Styroporkopfes. Exakt die Frisur, die die Frau auf dem Überwachungsvideo aus der Postbank in Schleife getragen hatte.

Fabian zückte sein Handy, um in der Zentrale anzurufen. Die Streife, die vor der Wohnung der Güldenpfennigs postiert war, musste unbedingt gewarnt werden. Leander Gerlach war ein Chamäleon, und niemand hatte eine Ahnung, als welche Person er gerade unterwegs war. Rebecca Güldenpfennig befand sich in höchster Gefahr. Sie konnten nur hoffen, dass es noch nicht zu spät war.

40. Kapitel

Zum letzten Mal war sie vor mehr als zwei Jahren im Haus ihrer Eltern gewesen. Es stellte jedes Mal eine Überwindung für sie dar, dieses Gebäude zu betreten. In den Wänden steckten neben dem Schimmel, der langsam die Struktur des alten Gemäuers zerfraß, zu viele schreckliche Erinnerungen. Die Erste brach über sie herein und drückte sie beinahe nieder, als sie die von Feuchtigkeit verzogene Haustür über das aufgequollene Parkett schob. Im Flur prangte direkt zu ihrer Linken bedrohlich das riesige Jesuskreuz. Die Figur aus Kupfer war im Laufe der Jahre vom Grünspan befallen worden, und es sah aus als hinge dort ein Zombie-Heiland. Schon als Kind hatte sie sich gefragt, warum man dem Abbild eines zu Tode gefolterten Menschen freiwillig einen so prominenten Platz in seinem Zuhause einräumte. Wenn es draußen dunkel war, hatte sie sich manchmal kaum getraut, daran vorbeizugehen.

Ähnlich ging es ihr in diesem Moment, allerdings aus einem anderen Grund. Während sie so in der Tür stand, tauchte vor ihrem inneren Auge unweigerlich ihr Vater auf. Sie selbst war plötzlich wieder der verunsicherte Teenager, der früh am Morgen darauf wartete, dass der Vater von der Nachtschicht aus den Farbwerken nach Hause kam und ihr etwas Essensgeld gab. Wenn der Alte dann das Haus betrat, bekreuzigte er sich, noch bevor er die Schuhe auszog. In den letzten Jahren hatte er nicht mal mehr mit ihr gesprochen, sondern war stattdessen sofort ins Schlafzimmer gestürmt, um dort seinen Rosenkranz herunterzubeten. Er hatte geradezu so getan, als wäre allein der Kontakt zu Ungläubigen – und das war für ihn jeder, der nicht dem christlichen Glauben angehörte – bereits eine Sünde, für die er büßen musste.

Sie verdrängte das Bild ihres Vaters. Prüfend warf sie einen Blick zur Garage, wo sie ihren Wagen abgestellt hatte. Bevor sie Rebecca ins Haus holte, wollte sie einen kurzen Rundgang machen und nachsehen, ob nicht gerade ein Penner die Bruchbude zu seinem Zuhause erkoren hatte. Bei dem, was sie mit Aarons Frau vorhatte, wollte sie keinesfalls gestört werden.

Schließlich gab sie sich einen Ruck und durchquerte den Flur. Mit der Taschenlampe leuchtete sie die Räume aus. Im Erdgeschoss war nichts Ungewöhnliches festzustellen. Die Fenster waren noch alle vernagelt, so wie sie sie das letzte Mal zurückgelassen hatte. Auf den Möbeln befand sich eine zentimeterdicke Staubschicht. Die Polster des alten Sofas waren zerschlissen, doch das waren sie schon bei ihrem letzten Besuch gewesen. Auch der Couchtisch lag unverändert zur Seite gekippt davor. In letzter Zeit hatte sich hier unten eindeutig niemand aufgehalten.

Oben hingegen fand sie im Schlafzimmer ihres Vaters einige leere Bierflaschen. Die Matratzen waren vom Bett gezogen worden und lagen auf dem Boden. Es roch nach abgestandenem Rauch. Auf der Fensterbank entdeckte sie die dazugehörigen Zigarettenkippen. Über dem Bett prangte auf der abblätternden Tapete ein Graffito mit einer Botschaft, die sie nicht entziffern konnte.

Anscheinend hatten Jugendliche in dem verlassenen Gebäude eine Party gefeiert. Vermutlich so eine Art Mutprobe, wenn man bedachte, was vor fast zwanzig Jahren hier mit ihrem Vater passiert war. Wenn man Walter Rebel selbst dazu befragen könnte, würde er vermutlich dasselbe sagen wie sie selbst: Er hatte für all seine Sünden gebüßt. Bloß, dass sie unterschiedliche Ansichten darüber hatten, um welche Verfehlungen es sich handelte.

Beim Rausgehen fiel ihr Blick auf ein Buch. Die Bibel ihres Vaters lag noch immer auf dem rechten Nachttisch. Mittlerweile war sie durch die eingedrungene Feuchtigkeit aufgequollen, der Ledereinband verrottet. Mit dem Griff der Taschenlampe fegte sie das Teil herunter und kickte es unters Bett. Gott war in diesem Haus schon lange nicht mehr willkommen.

Zur Sicherheit überprüfte sie noch die restlichen Räume im ersten Stock, fand aber keine weiteren Auffälligkeiten.

Ganz zum Schluss nahm sie sich den Keller vor. Eine schreckliche Beklommenheit überfiel sie, als sie vor der modrigen Holztür stand, hinter der sich die Treppe zu ihrem persönlichen Albtraum befand. Der *Bußraum,* wie ihr Vater das Gefängnis genannt hatte, in das er sie teilweise tagelang eingesperrt hatte, damit sie dort über Gott und dessen Bedeutung in ihrem Leben nachdenken konnte, existierte schon lange nicht mehr. Das war das Erste gewesen, um das sie sich gekümmert hatte, nachdem das Haus von der Polizei wieder freigegeben worden war. Der selbstgezimmerte Altar ihres Vaters war nur noch ein Haufen Staub, und doch jagte er ihr noch immer eine furchtbare Angst ein. Die Stunden, die sie kniend hatte davor verbringen müssen, Bibelverse vortragend und sich selbst mit einer Peitsche geißelnd, hatten sich unwiderruflich in ihre Erinnerung gebrannt.

Dabei war es doch nicht ihre Schuld, dass sie im falschen Körper geboren worden war. Dass ein bescheuertes Ding zwischen ihren Beinen ihr Leben zerstörte, obwohl es eigentlich viel zu klein war, um überhaupt als Penis bezeichnet zu werden. Gemeinsam mit den Ärzten hatte ihr Vater nach der Geburt einfach entschieden, dass sein Kind als Junge aufwachsen sollte, und er war bereit gewesen, zur Not mit Gewalt dafür zu sorgen, dass *Leander,* wie sie sie getauft hatten, das auch tat.

Sie solle Verständnis für ihren Vater aufbringen, hatte mal ein Psychiater zu ihr gesagt. Für Eltern, deren Kinder mit nicht eindeutigem Geschlecht zur Welt kamen, als sogenannte Pseudo-Hermaphroditen, wäre es eben nicht leicht. Sie wollten natürlich, dass sich ihr Kind einem Geschlecht zugehörig fühlte, und ihr Vater habe nun mal entschieden, dass es in ihrem Fall das männliche sein sollte. Aufgrund seines Glaubens wäre es schwer für ihn zu akzeptieren gewesen, dass er eine falsche Entscheidung getroffen hatte.

Leander hatte sich nach diesem Gespräch einen neuen Therapeuten gesucht. Für sie war es unverzeihlich, was ihr Vater getan hatte, und unter keinen Umständen wollte sie versuchen, sich in ihn hineinzuversetzen. Es war ohnehin zu spät. Ihr Vater hatte bekommen, was er verdient hatte. Sie hatte eigenhändig dafür gesorgt, denn sie hatte sich nicht darauf verlassen wollen, dass es wirklich eine Hölle für solche Menschen gab.

Noch einmal atmete sie tief durch, dann stieß sie die Tür zum Keller auf. Dort unten war der perfekte Ort für das, was sie mit dieser verdammten Fotze vorhatte.

41. Kapitel

Einatmen, ausatmen. Einatmen, ausatmen. Rebecca konzentrierte sich nur darauf und versuchte, alles andere auszublenden. In ihrem Mund steckte ein ähnlicher Ballknebel, wie Aaron ihn auf dem schrecklichen Bild umgeschnallt gehabt hatte, und das Leander auf ihr Handy geschickt hatte. Das Ding verhinderte, dass sie ausreichend Luft bekam. Was hatte dieses Schwein mit ihrem Mann angestellt? War Aaron tot?

Beim Gedanken daran traten ihr Tränen in die Augen, und sie versuchte, ihn beiseitezuschieben. Wenn sie jetzt zu heulen anfing, würde sie vermutlich in dieser verdammten Garage ersticken. Sie musste ruhig bleiben. *Einatmen, ausatmen.*

Am liebsten würde sie sich selbst dafür ohrfeigen, dass sie nicht auf ihr Bauchgefühl gehört hatte. Es war ihr gleich seltsam vorgekommen, dass Leander ihr vorgeschlagen hatte, sie in eine Osteria einzuladen. Welche normale Ehefrau ging schon gemütlich Nudeln essen, während ihr Mann von einem durchgeknallten Drogenjunkie festgehalten wurde, der sich als Banker tarnte? Und dann auch noch nach Bad Vilbel. Weil es in Frankfurt ja nirgends so gute Pasta gab wie hier. Was für ein ausgemachter Schwachsinn. Und sie war auch noch so dumm gewesen, ihre Bedenken zu verdrängen. Hatte sich eingeredet, dass sie in ihrer aktuellen Situation etwas überempfindlich war.

Erst als er mit ihr auf das verlassene Grundstück abgebogen war und weit und breit kein Restaurant zu sehen war, waren ihre Alarmglocken angesprungen. Viel zu spät, denn da hatte er ihr dieses schreckliche Ding um den Kopf gelegt.

Anfangs hatte sie sich noch gewehrt und verzweifelt nach einem Ausweg gesucht, bis sie die Spitze des Messers an ihrem Bauch gespürt hatte. An seinem irren Blick hatte sie erkannt, dass er es ernst meinte. Er würde nicht davor zurückschrecken, ihr und ihrem Baby etwas anzutun, wenn sie nicht kooperierte. Also hatte sie sich die Hand- und Fußfesseln anlegen lassen und wartete seitdem im Wagen darauf, dass Leander zurückkam.

Plötzlich wurde die Tür neben ihr aufgerissen. Der Schreck durchfuhr sie wie eine eiskalte Klinge. Sie hatte ihn in der Dunkelheit nicht kommen sehen. Unsanft packte er sie am Arm und zerrte sie aus dem Auto.

»Was hast du mit mir vor?«, wollte sie ihn fragen, doch die Worte wurden durch den Ball in ihrem Mund verschluckt.

Mit einer kleinen Taschenlampe leuchtete er ihnen den Weg. Wegen der Fußfesseln konnte sie nur winzige Schritte machen, und so stolperte sie eher hinter ihm her, als dass sie ging. Er führte sie aus der Garage zu einem verfallenen Gebäude. Es roch nach Moder und verfaulendem Holz, und es war eiskalt. Rebecca würgte und versuchte verzweifelt, durch den Mund etwas Luft zu bekommen, um den Gestank auszublenden. Hoffentlich musste sie sich nicht übergeben, solange das Ding zwischen ihren Lippen steckte und ihrem Mageninhalt den Weg versperrte.

Vor einer schiefen Holztür machten sie halt. Leander öffnete sie und beleuchtete ein paar Stufen, die nach unten führten.

»Na los«, forderte er. »Runter mit dir.«

Sie schaute ihn angsterfüllt an. Panik machte sich in ihr breit, und sie merkte, wie sie hyperventilierte. »Bitte nicht«, presste sie an dem Knebel vorbei.

»Noch mal bitte ich dich nicht so freundlich. Wenn du deinen Arsch nicht sofort bewegst, sorge ich dafür, dass du ...«

Er musste den Satz nicht beenden. Vorsichtig setzte sie einen Fuß auf die oberste Stufe. Die Kette zwischen den Fesseln um ihre Knöchel war gerade so lang, dass sie ohne zu stürzen nach unten gelangte.

Leander blieb so dicht hinter ihr, dass sie sein Schnaufen in ihrem Nacken spürte. Im Keller angekommen leuchtete er in eine Ecke. »Setz dich dahin«, befahl er.

Der Boden war feucht, mit Sicherheit eiskalt, und Rebecca hatte panische Angst vor Spinnen oder anderem Getier, aber sie gehorchte.

Während sie den niedrigen Raum durchschritt, konnte sie ihre Tränen nicht mehr zurückhalten. In der Ecke ließ sie sich umständlich auf die Knie fallen und drehte sich dann um. Ganz unten an den beiden Wänden, kurz über dem Boden, verliefen zwei Rohre. Leander klemmte sich die Taschenlampe zwischen die Zähne und löste die Kette von ihren Fußfesseln. Dann zerrte er ihre Beine auseinander und schnallte sie so an die Rohre, dass sie breitbeinig vor ihm saß. Zu guter Letzt machte er ihre Hände an einer Öse über ihrem Kopf fest.

Ihm vollkommen ausgeliefert beobachtete sie, wie er den Keller verließ und nach wenigen Minuten mit einer Tasche zurückkam.

»Ich werde dir dieses Ding jetzt abnehmen«, sagte er und ging vor ihr in die Hocke. »Theoretisch kannst du hier rumbrüllen, so viel du willst, aber um meine Geduld nicht zu überstrapazieren, rate ich dir, dass du das sein lässt. Verstanden?«

Rebecca nickte, obwohl sie nicht wusste, ob sie sich zusammenreißen könnte.

»Gut. Schließlich liegt dein Schicksal in meiner Hand. An deiner Stelle würde ich dafür sorgen, dass meine Laune nicht allzu schlecht ist.«

Er beugte sich über sie und befreite sie von dem Knebel. Gierig schnappte sie nach Luft.

»Was hast du vor?«, fragte sie ihn, während er sich umdrehte und seine Tasche öffnete. Anstelle einer Antwort entnahm er im Schein der Taschenlampe ein Stativ und baute es in der Mitte des Raumes auf. Danach schraubte er eine Kamera darauf. Auf einem Stahltisch, der daneben stand, breitete er in aller Ruhe einige Gegenstände aus. Als Rebecca erkannte, was er aus seiner Tasche packte, wurde sie vor Angst beinahe ohnmächtig.

»Wir drehen einen kleinen Erinnerungsfilm für deinen Mann. Hab ich ihm versprochen.« Leander legte die Taschenlampe auf dem Tisch ab, wo sie die grausamen Folterinstrumente beleuchtete. Sie entdeckte Zangen in unterschiedlichster Ausführung, eine Säge, das Messer, mit dem er sie vorhin bedroht hatte, einen Hammer sowie etwas, das auf die Entfernung nach einem Bunsenbrenner aussah.

»Was ... was für einen Film?«, stammelte sie. Panik schnürte ihr die Kehle zu. »Du willst diese Dinger da doch nicht benutzten, oder? Du weißt doch, dass ich schwanger bin, oder? Aaron und ich bekommen ein Kind!«

»Oh, meine Liebe, sicherlich bin ich bestens informiert. Ist ja schließlich kaum mehr zu übersehen, du Walküre. Genau darum geht es ja. Du willst doch sicher auch, dass Aaron zumindest einmal sein Kind zu Gesicht bekommt, oder?«

42. Kapitel

»Ihr habt was?«, brüllte Fabian ins Telefon und schlug mit der flachen Hand aufs Lenkrad. »Was glaubt ihr eigentlich, weshalb ihr extra abgestellt wurdet? Wir haben es hier mit einem gefährlichen Täter zu tun, und was macht ihr? Vor euren Augen verschwindet die Schutzperson. Wie kann euch nur so ein unglaublicher Patzer passieren?«

»Hey, immer langsam«, sagte der Kollege von der Schutzpolizei am anderen Ende der Leitung. »Wir sind doch keine Babysitter. Sie ist zu uns an den Wagen gekommen und hat Bescheid gesagt, dass sie mit dem Kollegen ihres Mannes eine Kleinigkeit essen geht. Das haben wir zu akzeptieren. Sie stand ja nicht unter Hausarrest oder so.«

»Ganz recht«, mischte sich der andere Beamte ein. »Wir sind ihr nur hinterhergefahren, um zu sehen, ob ihr jemand folgt.«

Fabians Gedanken überschlugen sich. Dem Grunde nach hatten die beiden recht. Rebecca Güldenpfennig war augenscheinlich freiwillig mit Gerlach gegangen, da sie keine Ahnung hatte, wie gefährlich er war. Am meisten ärgerte er sich über sich selbst und darüber, dass sie nur wenige Minuten zu spät kamen. Minuten, die Rebecca Güldenpfennig und ihrem ungeborenen Kind das Leben kosten konnten. »Gut, noch mal von vorne. Wo genau wurdet ihr abgehängt?«, fragte er, nachdem er seine Wut etwas unter Kontrolle gebracht hatte.

»Auf der Friedberger Landstraße raus Richtung Seckbach. Ein Schleicher hat sich zwischen uns gedrängelt. Dank ihm hingen wir bei der Auffahrt zur 661 an der Ampel fest. Als es weiterging, war von dem SLK nichts mehr zu sehen.«

»Ist nicht das Elternhaus von Gerlach in Bad Vilbel?«, meldete sich Thomas zu Wort. »Könnte doch sein, dass er sie dorthin bringt.«

»Bingo«, rief Fabian und trat aufs Gas. »Jede Wette, dass wir ihn da finden. Seid ihr noch in die Richtung unterwegs?«

»Nein«, sagte der Kollege am Telefon kleinlaut. »Wir sind auf dem Weg zurück ins Nordend.«

»Dann dreht ihr sofort um und seht zu, dass ihr nach Bad Vilbel kommt. Adresse schicken wir euch zu. Wir brauchen jeden Mann vor Ort.« Fabian beendete das Gespräch, während Thomas im Kommissariat anrief und sich von der Rufbereitschaft die genaue Adresse von Walter Rebel raussuchen ließ.

Da sich der Verkehr mittlerweile gelichtet hatte, und Fabian den größten Teil der Strecke schneller als die erlaubten achtzig Stundenkilometer fahren konnte, schafften sie die Strecke in knapp fünfundzwanzig Minuten. Das Navigationsgerät leitete sie an den Rand der Vorstadt. Direkt gegenüber von einem Waldkindergarten befand sich ein verfallenes Gebäude mit einem verwilderten Garten, der unmittelbar an ein Waldstück angrenzte. Es war das letzte Grundstück in der Straße. Auf den ersten Blick sah es nicht danach aus, als wäre in letzter Zeit jemand hier gewesen, doch davon würde sich Fabian nicht täuschen lassen.

Noch bevor das Motorengeräusch verklungen war, sprang er aus dem Wagen. Thomas war dicht hinter ihm.

»Sollen wir nicht besser auf Verstärkung warten?«, fragte er, während sie gemeinsam auf die andere Straßenseite zueilten. Vor dem Tor blieb Fabian stehen und blickte im Dämmerlicht der Straßenlaterne an der fleckigen und verrotteten Fassade hoch. Es nieselte, und der kühle Wind trug den Geruch nach vermodertem Laub herüber.

»Willst du allen Ernstes nach Vorschrift vorgehen, während Gerlach da drin gerade die Frau niedermetzelt?«, flüsterte Fabian, damit sie sich nicht durch ihre Unterhaltung ankündigten.

»Du weißt genau, dass man bei einem Zugriff nicht impulsiv handelt, egal, wie brenzlig die Situation erscheint«, gab Thomas zurück. »Erst recht nicht bei so einem unübersichtlichen Gelände. Wir haben ja nicht mal einen Grundriss von dem Haus ...«

Ruckartig hob Fabian die Hand, um seinen Kollegen zu unterbrechen. Hatte da gerade eine Frau geschrien? »Also gut, wie lautet dein Plan?«, fragte er, nachdem er nun nichts mehr weiter hörte.

»Ruhig bleiben, das Gebäude absichern und auf das Einsatzkommando warten.«

Fabian gab es nur ungern zu, aber Thomas hatte recht. Auch wenn es schwerfiel, war das Wichtigste, dass man in dieser Situation Ruhe bewahrte. Erst im vergangen Jahr hatte Thomas das schmerzhaft am eigenen Leib erfahren müssen, als er blindlings in ein mit

Kohlenmonoxid gesättigtes Haus gerannt und dort nach wenigen Schritten bewusstlos zusammengeklappt war. Zum Glück war ihm abgesehen von Kopfschmerzen nicht viel passiert – wenn man von den Witzen absah, die sich einige der Kollegen auch noch Monate später auf seine Kosten erlaubten.

Ein Poltern drang aus der Richtung des Hauses zu ihnen herüber. Zwischen den Ritzen der vernagelten Fenster im Erdgeschoss blitzte der Schein einer Taschenlampe auf. Es war eindeutig jemand im Gebäude. Fabian zückte seine Waffe und entsicherte sie.

»Wir müssen ihm wenigstens die Fluchtwege abschneiden«, sagte er mit gedämpfter Stimme und ging zu dem verfallenen Zaun, der das Grundstück umgab. »Du hältst hier die Stellung, ich postiere mich auf der Rückseite.«

Ohne eine Antwort abzuwarten, sprang er über eine niedergetrampelte Stelle und sprintete über den Rasen. An der Hauswand entlang tastete er sich vorsichtig vorwärts und bog um die Ecke. Ohne das Licht der Straßenlaterne war es stockfinster, und seine Augen brauchten einen Moment, bis sie sich an die Dunkelheit gewöhnt hatten. Wohl war ihm bei der Aktion nicht, doch sie durften nicht riskieren, dass Gerlach ihnen entwischte.

Plötzlich hörte er ganz in seiner Nähe ein Knacken. Kurz darauf noch eins. Waren das Schritte? Er starrte in die Schwärze vor sich und versuchte, etwas zu erkennen. Dann glaubte er, nicht weit von sich entfernt einen Schatten wahrzunehmen. Huschte da jemand durch den Garten? Er hob seine Waffe und verfluchte sich dafür, dass er keine Taschenlampe hatte. Wie war er nur auf die dumme Idee gekommen, völlig ohne Licht den Hintereingang abzusichern?

»Stehenbleiben, Polizei!«, rief er und machte ein paar Schritte in die Richtung des vermeintlichen Schattens. In diesem Moment ertönte ein Krachen hinter ihm. Er fuhr herum.

Noch in der Bewegung wurde er von einer unsichtbaren Wucht zu Boden gerissen. Kurz danach spürte er einen brennenden Schmerz in seiner linken Seite.

Vorsichtig befühlte er seine Rippen. Seine Finger ertasteten eine warme Feuchtigkeit, die keinesfalls von der nassen Wiese kommen konnte. Er war angeschossen worden.

Ein weiterer Schuss zerriss die Stille. Fabian versuchte, zu zielen, doch er schaffte es kaum, den Arm anzuheben. Stattdessen zückte er nun sein Handy. Er brauchte Hilfe. Sofort.

»Mann am Boden«, rief Fabian in den Hörer, doch seine Stimme ging im nächsten Schuss unter. Er presste sich flach auf den Rasen. Irgendwie musste er sich in Sicherheit bringen, doch er konnte sich kaum bewegen.

Das Atmen fiel ihm zunehmend schwerer. Jeder Atemzug brannte wie Feuer. Hatte die Kugel seine Lunge getroffen? Er schloss die Augen. Obwohl er auf dem Boden lag, wurde ihm schwummrig. In seinem Kopf drehte sich alles.

Jetzt nur nicht sterben, dachte er. *Nicht ausgerechnet jetzt.* Dann verlor er das Bewusstsein.

43. Kapitel

Sie konnte es nicht fassen. Hatte sie doch tatsächlich den Draht-Kleiderbügel im Wagen vergessen. Dabei wollte sie doch unbedingt ausprobieren, ob es tatsächlich funktioniert hätte, damit ein Kind wegzumachen, oder ob ihr Vater damals nur Quatsch erzählt hatte. Fürs Erste würde sie sich jedoch mit dem begnügen, was sie hier unten zur Verfügung hatte.

Zum Glück gab es keinerlei Grund zur Eile. Niemand würde auf die Idee kommen, an diesem Ort nach Rebecca zu suchen. Selbst wenn der Polizei irgendwann ein Licht aufging und sie herausfanden, welchen Bären sie ihnen die ganze Zeit über aufgebunden hatte, war es quasi unmöglich, dass sie dieses Haus fanden. Im Erbschein – und somit auch im Grundbuch – war noch ihr alter Name eingetragen. Rebel. Pah, das klang fürchterlich. Als hätte jemand etwas im Hals stecken, das er vergeblich hervorzuwürgen versuchte.

Zugegeben, Gerlach war nicht unbedingt viel besser, aber immerhin war das der Mädchenname ihrer Mutter und schaffte für sie eine Art Verbindung zu ihr. Es war ein bisschen wie mit der Tasche aus Krokodilleder, die sie mittlerweile auf den Müll geschmissen hatte. Der Geruch nach den Exkrementen der Rattenfamilie darin war einfach unerträglich gewesen. Allein deswegen hatten diese verdammten Viecher es verdient gehabt, zu sterben. Und dabei hatten sie außerdem noch einen guten Zweck erfüllt.

Auch ohne Grund zur Hektik sollte sie jetzt so langsam anfangen. Sie sehnte sich nach Aarons Gesellschaft. Viel lieber als hier in diesem stinkenden Keller zu stehen, wäre sie jetzt bei ihm in seiner Wohnung, um mit Champagner auf ihre gemeinsame Zukunft anzustoßen. Je eher Aaron das Video seiner sterbenden Frau zu sehen bekam und mit dem Verarbeitungsprozess beginnen konnte, desto besser.

Nachdenklich ließ sie ihre Hand über der Auswahl an Werkzeugen schweben. Einige davon hatte sie aus der Werkbank ihres Vaters genommen, die noch immer hier im Keller stand. Es waren Überbleibsel von damals, die sie nicht benutzt hatte, als sie ihren Vater zu Tode folterte. Diese Zangen waren verrostet und stumpf und sahen aus wie Requisiten aus einem Horrorfilm. Andere wiederum, wie zum Beispiel das Messer oder die Pistole, die in ihrem Hosenbund steckte, waren brandneu und unbenutzt. Die beiden Waffen hatte sie erst vor wenigen Stunden beim Dealer ihres Vertrauens erstanden. Kosovo-Albaner verkauften eben nicht nur Koks und Mädchen, sondern im Grunde alles, wenn man denn genug Bargeld auf den Tisch legte.

Da sie sich partout nicht entscheiden konnte, schloss sie die Augen, ließ ihre Hand über der Tischplatte kreisen und griff blind nach einem der Werkzeuge. Rebecca seufzte angsterfüllt, als sie das ausgewählte Instrument anhob. Anscheinend eine gute Wahl. Der Zufall hatte die Säge auserkoren.

»Was hast du mit mir vor?«, fragte Rebecca leise.

»Aber, aber. Die Überraschung wäre nur halb so schön, wenn ich dir alles vorher verrate.« Ihre Lippen verzogen sich zu einem zufriedenen Grinsen.

»Lebt Aaron noch? Ist er auch hier?«

Sie gab Rebecca keine Antwort, legte stattdessen die Säge zurück auf den Tisch.

»Du warst das auch mit dem Makler, oder? Im Grüneburgpark?«

»Keine Ahnung, was dich das angehen sollte.«

»Warum? Warum tust du uns das an?«

Ein bitteres Lachen entfuhr ihr. »Glaubst du, es geht um dich?«, fragte sie und zog ein paar Einweghandschuhe aus der Packung, die sie bereitgestellt hatte. Dann stellte sie den Fokus der Kamera ein, die über Nachtsicht verfügte und deswegen mit der schwachen Beleuchtung hervorragend zurechtkam, und startete die Aufnahme. Irgendwie verlieh die grünliche Farbe, in der später die Aufzeichnung zu sehen sein würde, der Szenerie noch mehr Grausamkeit.

»Um was geht es dann? Lass mich und mein Kind frei. Aarons und mein Kind ...«

»Schwangere Frauen glauben immer, die ganze Welt dreht sich nur um sie, nicht wahr?«, platzte es aus ihr heraus. »Sie sind das Zentrum des Universums und jeder muss Rücksicht auf sie nehmen. Hormone, blabla! Du kotzt mich an, du egoistische Glucke. Breitest die Flügel über deinem Mann aus als hättest du ihn für dich gepachtet.« Sie griff abermals nach der Säge. Prüfend wog sie das Teil in der Hand, während sie auf Rebecca zuschritt. So recht wusste sie noch nicht, was sie damit anfangen würde. Hätte sie selbst eines der Werkzeuge ausgewählt, wäre es vermutlich eine Zange gewesen. Ihr wären einige Dinge eingefallen, die sie damit anstellen konnte. Mit einer Säge aber, da sägte man etwas ab – und das war es dann. Wenn sie mit dem verrosteten Teil überhaupt bis auf den Knochen kam.

In der Ecke angekommen ging sie vor Rebecca in die Knie. Die Schwangere wand sich, soweit es die Fesseln zuließen. »Bitte ... Ich bitte dich, Leander, tu mir nicht weh. Mein Kind ... Ich flehe dich an.« Sie zitterte am ganzen Körper.

»Leander ... Den Namen hasse ich. Wie die Pest. Pah. Lea, so wird mich dein Mann in Zukunft nennen. Ich lasse mir nicht mehr länger von der Gesellschaft vorschreiben, wer ich zu sein habe. Ihr, mit all euren Vorurteilen.« Sie labte sich an dem Anblick der zitternden Rebecca, während sie überlegte, an welcher Stelle sie die Säge ansetzen sollte. Vielleicht an einem der Finger. Die waren nicht so dick, und die Säge würde dort allemal bis zum Knochen vordringen. Um an die Hände zu gelangen, musste sie sich strecken. Sie packte einen der rot lackierten Nägel.

»Wie sieht das überhaupt aus? Wozu brauchst du das? Du wirst Mutter. Da sollte man aufhören, sich wie eine Hure zu gebärden.«

»Was redest du denn da?«, jammerte Rebecca, und als die Säge die Haut an ihrem Finger aufriss, schrie sie: »Nein!«

»Hm. Du hast eigentlich recht. Die Finger hebe ich mir für später auf. Dann kann ich dir ganz in Ruhe jeden Nagel einzeln ausreißen.«

»Du bist ja völlig verrückt!«

»Wie bitte?« Wutentbrannt ließ sie von dem Finger ab und rammte Rebecca mit voller Wucht den Griff der Säge ins Gesicht. Dann beugte sie sich über die weinende Frau, riss ihre Bluse auf, schob brutal den BH nach oben und packte eine ihrer Brüste. Dank der Schwangerschaft waren sie prall und rund. Genau so einen Busen hatte sie sich schon seit ihrer Pubertät gewünscht. Es war einfach nicht fair, dass Rebecca all das bekam, was sie nicht haben konnte. Klar, sie würde vermutlich bald mit einer Hormontherapie beginnen, was zumindest für eine kleine Oberweite ausreichen sollte. Außerdem blieb immer noch die Möglichkeit, sich Silikonbrüste machen zu lassen. Aber es ging doch nichts über wunderbar weiche und einhundertprozentig echte Frauenbrüste.

»Niemand nennt mich verrückt, ohne es zu bereuen. Da kannst du meinen Vater fragen«, sagte sie und starrte Rebecca mit zusammengekniffenen Augen an. »Oder den Makler. Der hat dich ja vorhin brennend interessiert. Dabei wollte ich doch nur ein bisschen Sex. Etwas Zärtlichkeit. Was eben eine Frau so braucht.«

»Du bist keine Frau«, sagte Rebecca.

»Was weißt du schon, du dämliches Dreckstück? Glaubst du, du hast diese Bezeichnung für dich gepachtet, weil du genug Östrogen produzierst? Weil du von Geburt an eine richtige Muschi hast, die nach innen geht, hm?« Sie setzte die Säge an und ritzte Rebecca über die weiche Haut. Die kreischte vor Schmerz auf und zerrte an ihren Fesseln.

»Warum«, heulte sie, während das Blut aus dem tiefen Kratzer in ihrer rechten Brust rann. »Was habe ich dir denn getan?«

Ihr voluminöser Bauch bebte. Irgendwie war es faszinierend, direkt vor sich zu sehen, wozu der weibliche Körper in der Lage war. Dort drin steckte ein Leben. Noch jedenfalls. Etwas, das ihr Vater ihr verwehrt hatte, indem er kurz nach der Geburt eine Entscheidung getroffen hatte, die *Leanders* gesamtes Leben bestimmen würde. Doch damit nicht genug. Selbst dann, als die Wahl des männlichen Geschlechts sich als falsch herausgestellt hatte, war er nicht von dieser Entscheidung abgewichen. Jahrelang hatte er seiner Tochter eingeredet, dass die widersprüchlichen Gefühle in ihr nicht richtig wären. Dass sie eine Strafe Gottes wäre und unnormal. Ein geisteskranker Bastard, der es verdient hätte, seine Sonntage im Altarkeller zu verbringen und sich dabei selbst zu geißeln, in der Hoffnung, *er* würde dadurch irgendwann zur Vernunft kommen.

Gewissermaßen war das ja auch eingetroffen. Sie hatte sich aufgelehnt und sich von ihrem Vater befreit. Diese dämlichen Mönche in der Schweiz. Wenn sie von Gott geleitet wurden, warum hatten sie dann nicht bemerkt, dass sie in einer Nacht- und Nebelaktion einen Wagen gestohlen hatte? Dass sie damit zurück nach Bad Vilbel gefahren war, wo sie dem Leben ihres Vaters ein verdientes Ende gesetzt hatte? Wo war der Gott ihres Vaters gewesen, als er im Keller auf seinem Altar gelegen und all die Qualen ertragen hatte, die *Leander* für angemessen hielt?

Auf einmal versteiften sich ihre Muskeln. Ein Motorengeräusch näherte sich dem Haus. Kurz darauf klackten zwei Autotüren. Hektisch sah sie sich um und tastete nach dem Knebel. In der Nähe der Kamera wurde sie fündig. Als sie ihn Rebecca in den Mund schieben wollte, presste die die Lippen aufeinander.

»Nun mach schon, du dumme Schlampe«, murmelte sie. Mit der freien Hand griff sie nach der Säge. Den Moment, als Rebecca vor Schmerzen aufschrie, weil sie ihr in die Brustwarze schnitt, nutzte sie, ihr den Ball zwischen die Lippen zu schieben.

»Du bleibst hier«, sagte sie unnötigerweise, da Rebecca ohnehin nicht wegkonnte. Mit der Taschenlampe in der einen und der Waffe in der anderen Hand rannte sie die Treppe nach oben. Nach Anleitung des Albaners hatte sie die Pistole entsichert, indem sie den kleinen Hebel am Griff auf Rot gestellt hatte. Rot wie Blut, das bedeutete feuerbereit. Das Magazin steckte im Griff, der Schlitten war durchgeladen.

Von draußen drangen gedämpfte Stimmen zu ihr hinein. Dann hörte sie Schritte. Jemand ging am Haus entlang. Ihre Gedanken überschlugen sich. Wie hatten die Beamten sie hier entdecken können? Sie hatte nie jemandem von dem Haus ihres Vaters erzählt. War das überhaupt die Polizei? Vielleicht bildete sie sich das nur wegen ihrer Paranoia ein, und es handelte sich in Wirklichkeit um die Jugendlichen, die im ersten Stock ein Saufgelage abgehalten hatten.

Wieder hörte sie ein Geräusch, diesmal vor dem Küchenfenster, das nach hinten ging. Sie schlich darauf zu und linste durch einen Schlitz zwischen den Brettern, die von außen davor genagelt waren. Plötzlich nahm sie eine Bewegung wahr. Jemand rief: »Halt, stehenbleiben! Polizei!«

Sie saß in der Falle. Panisch presste sie die Pistole in die Lücke zwischen den Brettern und drückte den Abzug. Ein Knall zerfetzte die Stille. Jemand stöhnte. Hatte sie getroffen? In ihren Ohren klingelte es. Jetzt verstand sie, warum in Filmen die Leute auf Schießständen immer riesige Kopfhörer trugen.

Da sie kaum etwas hörte, feuerte sie noch einmal durch den Schlitz. Dann rannte sie nach vorne. Im Flur verbarrikadierte sie die Haustür mit einem Schuhschrank. Auch hier feuerte sie einen Schuss ab. Sollten die Scheißbullen doch kommen. Sie waren ohnehin zu spät.

44. Kapitel

Unaufhörlich liefen Rebecca die Tränen übers Gesicht. Je heftiger sie weinte, desto weniger Luft bekam sie, doch sie konnte sich einfach nicht beruhigen. Ihr Herz raste, und sie hatte schreckliche Angst, was ihre körperlichen Reaktionen mit dem Kind in ihrem Bauch machten. Spürte ihr Sohn den Stress? Sie war bereits über den kritischen Zeitpunkt hinaus, dennoch konnte eine Frühgeburt unter diesen Umständen tödlich für das Kind sein. In dem Kellerloch war es viel zu kalt. Davon abgesehen wollte sie gar nicht wissen, wie viele Exkremente von Tieren und Ungeziefer sich auf dem feuchten Boden unter ihr befanden.

Bei dem Gedanken daran, dass ihr Sohn nicht mal einen Namen hatte, wurde sie von einem erneuten Heulkrampf geschüttelt. Aaron hatte vorgeschlagen, sich spontan zu entscheiden, wenn sie ihn zum ersten Mal sahen, ihn das erste Mal in den Armen hielten. Das Kind würde sich ihnen in dem Moment vorstellen, so hatte er es gesagt. Das Wissen, dass es möglicherweise niemals so weit kommen würde, war unerträglich.

Verzweifelt zerrte Rebecca an den Fesseln. Sie musste stark sein, für sich und ihr Kind kämpfen. Aufgrund der Position, in der Leander sie gefesselt hatte, konnte sie kaum Kraft in den Armen aufbauen. Der Ring in der Wand über ihr schien sich keinen Millimeter zu bewegen. Auf diese Weise würde sie hier nicht rauskommen.

Sie fokussierte ihre Gedanken auf die Atmung. So ruhig wie möglich pustete sie die verbrauchte Atemluft an dem Ballknebel in ihrem Mund vorbei und sog langsam aber stetig neue ein. Ihre Nase war mittlerweile vollkommen verstopft, und sie musste mit dem wenigen Sauerstoff zurechtkommen, den sie am Knebel vorbei einatmen konnte.

Über ihr polterten Leanders Schritte. Anscheinend lief er durch das Haus. Was hatte er vor? Warum war er so schnell verschwunden?

Plötzlich hörte sie eine fremde Stimme. Sie schien von außerhalb des Hauses zu kommen.

»... Polizei!«

Der unerwartete Hoffnungsschimmer, der sie durchflutete, war beinahe schmerzhaft. Ihr Herz krampfte zusammen. Sie wurde gerettet. Da draußen waren Polizeibeamte.

»Hier«, kreischte sie am Knebel vorbei, obwohl sie bezweifelte, dass man sie hören konnte. »Ich bin hier! Helfen Sie mir!«

Ein lautes Krachen ertönte. War das ein Schuss? Hatten sie Leander erschossen? Noch ein Knall. Ja, sie kamen! Vor Aufregung konnte Rebecca kaum denken. Sie würde gerettet werden, sie hatte es geschafft.

Das Gefühl der Hoffnung und der Erleichterung wurde im Keim erstickt, als sie wieder die Schritte über sich hörte. Niemand brach von draußen die Tür auf. Kein Einsatzkommando stürmte in den Flur. Stattdessen schlich Leander weiter durch das Erdgeschoss.

Ein dritter Schuss hallte durch die Stille. Dann hörte sie, wie er die Treppe herunterkam. Vor Angst verlor

Rebecca die Kontrolle über ihre Blase. Jetzt würde er sein Werk vollenden. Sie war verloren.

45. *Kapitel*

Wütend trat sie die Kamera um. Scheppernd landete das Gerät auf dem Boden. Das Display brach ab und das rote Aufnahmelicht erlosch.

»Wir haben Besuch«, presste sie zwischen den Zähnen hindurch. Die Wut brodelte in ihr. Rebecca zitterte wie ein verängstigter Welpe, dem man mit der zusammengerollten Zeitung drohte, und starrte sie mit aufgerissenen Augen an.

»Wie ist das möglich, verdammte Scheiße?«, brüllte sie.

Es war völlig undenkbar, dass sie das Haus ihres Vaters so schnell hatten finden können. Und doch war da ein beschissener Bulle in ihrem Garten gewesen, mindestens ein weiterer stand vor der Tür. Jetzt musste sie es schnell beenden, wenn sie hier rauskommen wollte, bevor noch mehr von den Typen auftauchten. Dabei hatte sie doch Rebeccas Leid auskosten wollen. Auch den Film für Aaron konnte sie vergessen, schließlich hatte sie gerade dummerweise die Kamera zerstört. Wenigstens würde er in der Zeitung davon lesen können. Die Medien würden sich garantiert um den Fall reißen.

Sie schnappte sich das Messer vom Tisch. Rebecca schrie unter dem Knebel auf. Sie wand sich auf dem dreckigen Boden. Ohne zu zögern, stürzte sie auf die Schwangere zu und rammte ihr das Messer in den Bauch. Es fuhr in den Körper ihres Opfers wie in weiche Butter. Plötzlich bemerkte sie, wie sich Feuchtigkeit zwischen Rebeccas Beinen ausbreitete.

Angewidert wich sie vor der zuckenden Frau zurück. Das konnte doch kein Blut sein. Hatte sie sich etwa vollgepinkelt? Der riesige Bauch krampfte und bebte. Mit einem Mal verstand sie, was das sein musste. Die Fruchtblase war geplatzt. Das dämliche Kind in Rebeccas Bauch wehrte sich gegen den Tod und wollte, anstatt zu sterben, nun auf die Welt kommen.

Sie wechselte die Position, da sie nicht in dem Fruchtwasser knien wollte, und zerrte von der Seite an dem Messer. Die Klinge steckte fest im Fleisch und ließ sich kaum bewegen. Der Griff war glitschig vom Blut, das aus der Wunde quoll, und sie rutschte ständig ab.

»Du dumme Schlampe, gib mir das zurück«, brüllte sie, doch sie schaffte es einfach nicht, das Messer aus dem Bauch herauszuziehen.

»Leck mich doch«, schrie sie Rebecca an und rammte ihr den Ellenbogen ins Gesicht. Dann sprang sie auf. Es blieb keine Zeit mehr. Sie musste sofort verschwinden. Noch einmal trat sie Rebecca mit voller Wucht in den Bauch. Luft entwich aus deren Lunge und presste sich mit einem furzenden Geräusch an dem Knebel vorbei.

Draußen ertönten stampfende Schritte um das Haus. Verdammt. Sie umstellten sie. Vermutlich warteten dort Scharfschützen darauf, dass sie aus der Hintertür stürmte, um zu entkommen. Dann würden sie sie mit einem Kopfschuss niederstrecken.

Plötzlich tat es über ihr einen Schlag. Schritte polterten im Flur, Stimmen brüllten wild durcheinander. »Auf den Boden«, rief jemand. Dazwischen war Hundegebell zu hören.

Völlig kopflos schaute sie sich im Keller um. Sie konnte nirgendwo hin. Die Stimmen kamen näher, waren schon auf der Treppe. Blind rannte sie los und prallte direkt gegen zwei vermummte Personen. Sie wurde zurückgestoßen und fiel rückwärts die Stufen hinunter. Ihr Kopf krachte auf den dreckigen Kellerboden. Das Splittern des Knochens hallte in ihrem Schädel wieder. Ein sanftes Lächeln umspielte ihre Lippen. Es war vorbei. Sie hatte es überstanden.

46. Kapitel

Zwei Wochen später

Noch immer überfiel Aaron ein beklemmendes Gefühl, wenn er den Hausflur betrat. Er hasste es, in die Wohnung zurückzukehren, mit der er so viele schreckliche Erinnerungen verband. So schnell wie möglich würde er sich bemühen, einen Nachmieter zu finden und aus der Stadt zu verschwinden. Er hatte sich bereits ein kleines Häuschen im Speckgürtel von Frankfurt ausgeschaut und konnte es kaum erwarten, die Vergangenheit endlich hinter sich zu lassen.

Langsam stieg er die Treppe nach oben. Der Säugling in der Babyschale in seiner Hand gluckste zufrieden. Er schloss die Wohnungstür auf und trat beiseite, um Rebecca den Vortritt zu lassen. Es war ein unendliches Glück, dass sie bereit gewesen war, ihm noch eine Chance zu geben, obwohl allein er an all den schrecklichen Dingen schuld war, die Leander ihnen angetan hatte. Sie würden komplett neu anfangen. Eine Familie sein. Und er würde nie wieder solche fatalen Dummheiten machen, die seine Frau und seinen Sohn beinahe das Leben gekostet hatten.

Rebecca und Silas – der Name ihres gemeinsamen Sohnes – hatten mehr als nur einen Schutzengel gehabt, als sie den Messerangriff von Leander überlebt hatten. Wie durch ein Wunder hatte die Klinge alle lebenswichtigen Organe der werdenden Mutter verfehlt und auch der Säugling war unverletzt geblieben. Dank des schnellen Einsatzes des SEK war Rebecca rechtzeitig ins Krankenhaus gebracht worden, wo kompetente Ärzte das Kind zu früh, aber wohlauf zur Welt gebracht hatten.

Nach zwei Wochen im Brutkasten war heute der Tag, an dem sie ihren Sohn endlich zu sich holen konnten.

»Willkommen zu Hause«, sagte Aaron zu Silas. Ihm standen Tränen in den Augen.

»Willkommen«, flüsterte auch Rebecca.

47. Kapitel

Das fröhliche Lachen der Frauen drang herüber, während Thomas und Fabian in der Küche die Getränke holten. Fabian verzog das Gesicht, als er nach der Flasche Sekt griff. Erst vor wenigen Tagen hatte man ihn aus dem Krankenhaus entlassen. Die Kugel, die ihn im Garten von Leander Gerlachs Elternhaus getroffen hatte, war unter dem Schlüsselbein eingedrungen. Sie hatte zwar keine Organe getroffen, aber die Verletzung war noch immer schmerzhaft. Zudem hatte die Druckwelle ihm eine Rippe gebrochen, die ihn piesackte. Bis er die nicht mehr spürte, würde noch eine Weile vergehen.

»Sei nicht so ein Jammerlappen«, sagte Thomas und klopfte ihm auf die gesunde Schulter, als hätte er Fabians Gedanken gelesen.

Gemeinsam gingen sie ins Wohnzimmer, wo Thomas die Gläser füllte. Lumpi hatte es sich auf einer Decke auf dem Sofa bequem gemacht. Auch seine Verletzung war ohne große Folgeschäden geblieben, der Schnitt in seiner Pfote gut verheilt. Anscheinend hatte der Obdachlose, dem der kleine Hund zugelaufen war, die Wahrheit gesagt, wie Fabian von Peter erfahren hatte, als der dem Mann eine warme Suppe spendiert hatte.

Die Zuhälter aus dem *Lovetemple* hatten nichts mit dem Verschwinden des kleinen Hundes zu tun gehabt.

»Lasst uns anstoßen«, sagte Jana und stand auf. Josi tat es ihr gleich. Ein wenig gequält schaute Fabian in die Runde. Dann schob auch er langsam seinen Stuhl zurück und ignorierte das Stechen in seinem Brustkorb.

»Auf dass du dich nie wieder in so eine dumme Gefahr begibst«, sagte Josi und warf ihm einen strengen Blick zu.

»Genau«, pflichtete Thomas ihr bei. »Hör das nächste Mal lieber auf deinen kompetenten und außerordentlich gut aussehenden Kollegen. Der würde niemals so fahrlässig handeln.«

Jana prustete vor Lachen und verschluckte sich am Sekt. »Das sagt genau der Richtige. Darf ich dich daran erinnern, was damals beim Forsthaus in Neu-Isenburg ...«

»Nein! Es ist völlig ausreichend, dass ich mir auf der Arbeit Witze darüber anhören darf. Das muss nicht auch noch zu Hause sein.«

»So kenne ich dich«, sagte Fabian und setzte sich wieder. »Austeilen, aber nicht einstecken können.«

Josi legte ihre Hand auf seine und schaute ihm in die Augen. »Im Ernst. Versprich mir, dass du beim nächsten Mal vorsichtiger bist. Ich will dich nicht wegen so etwas verlieren.«

»Natürlich kann ich dir nicht garantieren, nie wieder in eine ähnliche Situation zu geraten. Aber ich werd ganz sicher auf mich aufpassen.«

»An das Gefühl wirst du dich noch gewöhnen«, sagte Jana und zwinkerte Josi zu, während Fabian versuchte, einhändig mit der Gabel ein Stück seiner Ofenkartoffel abzutrennen. »Es ist nicht immer leicht, die Frau an der Seite eines Polizisten zu sein, aber man lernt, damit umzugehen.«

Josi nickte. »Gerade wenn man mal den Hintergrund

solcher Taten mitbekommt«, sagte sie und half Fabian, indem sie mit ihrer Gabel die Kartoffel davon abhielt, vom Teller zu rutschen. »Dieser Leander kann einem schon irgendwie leidtun. Er – oder sie – war ja noch ein Baby, als der Vater entschieden hat, dass sein Kind ein Junge ist. Diese Vergangenheit hat ihn ja anscheinend erst dazu getrieben ...«

»Wirklich schlimm«, pflichtete ihr Jana bei. »Damals gab es eben noch nicht die Möglichkeit, intersexuell in die Geburtsurkunde eintragen zu lassen. Und dann die Zurückweisung, die sie ihr Leben lang erfahren musste. Das hat sich alles irgendwann in einer Explosion der Gewalt entladen.«

»Ihr habt gewissermaßen recht«, sagte Fabian, nachdem er das Stück Kartoffel heruntergeschluckt hatte. »Aber dabei dürft ihr nicht vergessen, dass Leander Gerlach ein Täter ist und nicht das Opfer seiner Lebensumstände. Man hat immer eine Wahl und nicht jedes traumatisierte Kind, dessen Sexualität in der Jugend unterdrückt wurde, wird auch gleich zum Mörder. Er hingegen hat es bewusst darauf angelegt, Menschen zu verletzen und sogar zu töten.«

»Trotzdem sind die Umstände einfach schrecklich«, beharrte Josi. »In was für ein Gefängnis wird er denn gesteckt? Ich meine, im Männertrakt ist er doch Kerlen der übelsten Sorte ausgeliefert.«

Thomas zuckte die Achseln. »Das wird der Richter zu entscheiden haben. Gerlachs Anwalt hat bereits beantragt, dass er für die Untersuchungshaft in ein Frauengefängnis kommt, sobald er aus dem Krankenhaus entlassen wird.«

»Man kann nur hoffen, dass Leanders Martyrium endlich ein Ende nimmt und sie ihre wahre Zugehörigkeit findet«, sprach die Psychotherapeutin aus Jana.

»Das wünsche ich ihm ... *ihr* auch. Trotz allem«, sagte Josi und Fabian nickte.

Josi hatte durchaus recht. Man konnte nicht immer die Taten unabhängig von den Menschen dahinter betrachten, ganz egal, wie grausam sie auch sein mochten. Leander Gerlach hatte sich sein Leben lang wie ein Störfaktor gefühlt, wie jemand, der nicht der Norm entsprach. In seinem Körper hatten zwei Identitäten gegeneinander gekämpft. Diejenige, die er von seinem Vater nach der Geburt aufgezwungen bekommen hatte, und eine viel stärkere, die sich dank zweier gleicher Chromosomensätze später als weiblich herausgestellt hatte. Der Vater hatte jahrelang durch Prügel versucht, diese zu unterdrücken, was natürlich nicht funktionieren konnte. Stattdessen hatten Walter Rebels Methoden eine psychisch schwerkranke Persönlichkeit erzeugt. Leander Gerlach hatte für sich und seine Gefühle keinen Platz in der Welt gefunden. Anstatt sexuelle Erfüllung in der Schwulenszene zu suchen, wollte er sich voll und ganz als Frau fühlen, die mit heterosexuellen Männern verkehrt. Zunächst hatte er dafür Prostituierte bestochen, die ihm ihre Freier »abgetreten« hatten. Der erste Versuch, ohne derartige Tricks einen Mann zu verführen, war schiefgegangen, was Erik Marquardt das Leben gekostet hatte.

»Ach, ich hab da noch was für dich«, riss Jana Fabian aus seinen Gedanken. Sie schob ihren Stuhl zurück, eilte in die Küche und kam mit einer kleinen Schüssel zurück, die sie vor Fabian abstellte. Als er erkannte, was sich darin befand, verzog er unwillkürlich das Gesicht. Josi kicherte neben ihm und auch Thomas stimmte mit ein.

»Lass dir deinen Rosenkohl schmecken«, gluckste er.

»Ihr seid doch Blödmänner. Alle miteinander«, sagte Fabian und musste ebenfalls lachen. Mit einem Seitenblick auf Josi schob er die Schüssel weit von sich. »Wenn der Schuss mich eines gelehrt hat, dann, dass ich mein Leben nicht mit Dingen verbringen will, die ich nicht mag. Das hier will ich nie wieder essen müssen!«

Epilog

Das grelle Licht der Neonröhre brannte in ihren Augen und so schloss sie die Lider. Nur langsam entfaltete sich die benebelnde Wirkung des Schmerzmittels, hüllte sie ein und trug ihre Gedanken fort. Obwohl sie sich darauf vorbereitet, sich es geradezu gewünscht hatte, am Fuß der Treppe in dem vermoderten Keller zu sterben, verspürte sie eine gewisse Erleichterung. Sie war noch am Leben, doch Leander gehörte der Vergangenheit an. Er war in dem Haus zurückgeblieben, in dem er jahrelang gefangen gewesen war.

Einzig ihr Herz konnte sich schwer an den Gedanken gewöhnen, dass sie niemals mit Aaron zusammen sein würde. Rebecca war eine starke Frau, sie hatte für sich und ihr Baby gekämpft und überlebt. Sie konnte nicht sagen, dass sie sonderlich erleichtert darüber war, aber es quälte sie auch nicht mehr. Wenn Aaron glücklich mit seiner *Beccy* wurde, dann musste es ihr nur recht sein. Manchmal bedeutete jemanden zu lieben eben auch, ihn freizugeben. Sie musste versuchen, ihn zu vergessen und weiterzumachen.

Zumindest ihr Anwalt, der sein Geld wirklich wert war, hatte ihr einen Grund zur Hoffnung gegeben. Schon bald durfte sie eine Hormontherapie beginnen, und auch wenn es kaum eine Chance gab, in naher Zukunft eine geschlechtsangleichende Operation durchführen lassen zu können, würde sie endlich den ersten Schritt in ihr neues Leben als Frau machen. Ärzte hatten bestätigt, dass ihre Geschlechtsmerkmale uneindeutig waren und so gab es die Möglichkeit, dass sie in ein Frauengefängnis verlegt wurde.

Ein Lächeln legte sich auf ihr Gesicht. Sie würde endlich Lea sein. Vor sich und vor allen anderen.

Anstelle eines Nachwortes

Liebe Leserinnen und Leser,

mir ist bewusst, dass ich mit diesem Buch ein sehr heikles Thema angeschnitten habe. Intersexualität ist auch im Jahr 2018 in Deutschland noch stigmatisiert, wird stellenweise totgeschwiegen. Bezeichnend für diesen Zustand ist, dass erst im November 2017 das Verfassungsgericht entschied, es solle in Zukunft einen dritten Geschlechtseintrag im Geburtenregister geben. Bis zu diesem Zeitpunkt mussten sich die Eltern bei der Geburt selbst bei uneindeutigen Geschlechtsmerkmalen für ein Geschlecht ihres Kindes entscheiden.

Aufgrund des Mangels an Allgemeinwissen in diesem Bereich hatte ich zunächst vorgehabt, in einem Nachwort eine kurze Abhandlung zu diesem Thema zu schreiben. Darüber, was Intersexualität ist, welche Formen es gibt und wie es dazu kommt. Nach langem Abwägen habe ich mich jedoch dagegen entschieden.

Bei diesem Buch handelt es sich um eine rein fiktionale Geschichte. Es geht mir als Autorin in erster Linie um Unterhaltung und dabei soll es auch bleiben. Wie Sie bestimmt bereits bemerkt haben, wenn Sie mehrere Bücher von mir kennen, hat jeder meiner Täter oder Täterinnen eine eigene Geschichte, ein Schicksal, das ihn zu dem Menschen gemacht hat, der er oder sie ist. Ich schaue gerne hinter die Kulissen. Leander – oder Lea – hat eben diese Geschichte bekommen.

Wer Interesse an weiterführenden Artikeln zu diesem Thema hat, klickt gerne auf folgenden Link, dort habe ich einiges Material für Sie zusammengestellt.

http://www.melisa-schwermer.de/leseproben/so-kalt-der-zorn/

Der Vollständigkeit halber: Die Psalmen von Leanders Vater wurden entnommen aus »Die Psalmen: Historischer und kritischer commentar nebst uebersetzung, Bände 1-2« von Ferdinand Hitzig, Heidelberg 1835. Sprachlich wurden sie von mir etwas modernisiert und angepasst.

Eine Bitte

Liebe Leserinnen und Leser,

ich bedanke mich bei Ihnen dafür, dass Sie mein Buch gekauft und gelesen haben. Natürlich hoffe ich, dass es Ihnen gefallen hat. Sollte dies nicht der Fall sein, freue ich mich über Ihre Rückmeldung, denn nur durch Kritik können sich Autorinnen und Autoren weiterentwickeln und erkennen, was sie falsch gemacht haben.

Ebenso wichtig wie die ehrlichen Rückmeldungen der Leserinnen und Leser sind die Bewertungen auf den Verkaufsportalen. Sie sind Anreiz für die Kaufentscheidung vieler Menschen. Leider gibt es dort immer weniger Rückmeldungen von den Leserinnen und Lesern. Woran das liegt, kann ich nur mutmaßen. Ich weiß lediglich, dass es beinahe allen Autorinnen und Autoren so geht. Vielleicht glauben viele Leserinnen und Leser, dass ihre Meinung nicht von Interesse wäre oder nicht wichtig oder sie glauben, sie hätten nicht genug zu dem Buch zu sagen.

Das stimmt allerdings nicht. Auch eine kurze Bewertung, in der Sie ausdrücken, warum Ihnen das Buch gefallen hat (oder eben nicht), reicht aus, um anderen Leserinnen und Lesern die Kaufentscheidung zu erleichtern und außerdem dem Autor oder der Autorin eine Freude zu machen.

Denn nur für Sie schreiben wir, für die Leserinnen und Leser. Sie können mir glauben, dass ich mir jede einzelne Rezension durchlese und mich darüber freue. Selbst wenn sie nicht so positiv ausfällt, wie man es sich erhofft, kann man doch meist daraus etwas lernen.

Ich würde Sie also bitten, sich doch die Zeit zu nehmen, kurz auf das Verkaufsportal zu gehen, auf dem Sie mein Buch erworben haben, und mir ein oder zwei Sätze zu meinem Buch zu schreiben. Denn mehr muss es gar nicht sein. Sie müssen keinen Roman verfassen, um Ihre Meinung auszudrücken, Sie müssen auch nicht den Inhalt nacherzählen oder sich etwas aus den Fingern saugen. Sagen Sie einfach kurz, ob es Ihnen gefallen hat und ob Sie mein Buch weiterempfehlen würden. Das genügt schon, wenn Ihnen nicht mehr einfallen sollte. Gerne erfahre ich aber auch, was genau Ihnen gefallen oder nicht gefallen hat, doch das liegt bei Ihnen.

Vielen Dank für Ihre Zeit.

Danksagung

Nach einer kleinen Pause habe ich mich nun wieder mit Fabian und Thomas beschäftigt. Ich muss sagen, es war ein wenig wie nach Hause zu kommen. Nicht nur die beiden Charaktere, auch Josi und Gering sind mir ans Herz gewachsen und ich habe mich gefreut, ihnen wieder zu begegnen. Ich hoffe natürlich, dass es Ihnen als LeserIn ähnlich ging.

Vielen Dank dafür, dass Sie mein Buch gekauft und bis zum Ende gelesen haben. Dass Sie mit den Protagonisten mitfiebern und mich durch Ihre Rückmeldungen antreiben, weiterzumachen und besser zu werden.

Sollte Sie noch Fragen an mich haben, schreiben Sie mir gerne eine Mail, besuchen Sie mich auf meiner Homepage oder folgen Sie mir auf Facebook (es gibt dort immer mal wieder kleinere oder größere Gewinnspiele, melden Sie sich einfach in der Mailingliste an, wenn Sie nichts mehr verpassen wollen):

melisa.schwermer@gmail.com
www.melisa-schwermer.de
https://www.facebook.com/melisa.schwermer

Ich bin immer bemüht, so schnell und ausführlich wie irgendwie möglich zu antworten, auch wenn es manchmal einige Tage dauern kann.

Selbstverständlich gab es wieder einige Menschen,

die mir beim Verfassen des Buches geholfen haben. E. hat mir mal wieder geholfen, die Ermittlungen von Fabian und Thomas realistisch zu gestalten. Vielen Dank auch dafür, dass ich kein schlechtes Gewissen haben muss, wenn ich mal wieder die ein oder andere Frage stelle. Vielen Dank auch an Simona, meine Lektorin, die sehr aufmerksam die kleinen Logikfehler und Timing-Probleme ausgelöscht hat. Die Arbeit mit dir hat sehr viel Spaß gemacht. Jasmin und Sandra haben dann noch die restlichen Fehlerchen gesucht und hoffentlich auch alle gefunden. Was noch im Buch verblieben ist, liegt ganz allein an mir. Danke liebe Mika, dass du dir ständig mein Gejammer anhörst und mich wieder aufbaust, wenn ich gerade ein Tief habe. Ich weiß, das kann wirklich anstrengend sein und ich weiß es sehr zu schätzen, dass du so viel Geduld mit mir hast.

Ein großes Dankeschön geht auch an meine lieben und wunderbaren Testleserinnen. Ihr macht mir Mut, wenn ich glaube, dass meine Geschichte stinkend langweilig ist und ihr motiviert mich, weiterzumachen. Ihr macht mir Komplimente in einem Stadium, in dem das Manuskript sicher noch keine verdient hat, und sagt mir außerdem ehrlich, wo noch Verbesserungspotential ist und etwas falsch läuft. Ihr bereichert meine Arbeit, vielen Dank.

Ein letzter Dank geht wie immer an Stefan, meinen Lebensgefährten, der all meine Launen erträgt. Ich liebe dich sehr.

Bis zum nächsten Mal,
Ihre Melisa Schwermer

24246326R00186

Printed in Poland
by Amazon Fulfillment
Poland Sp. z o.o., Wrocław